UMIDADE

REINALDO MORAES

Umidade
Histórias

Copyright © 2005 by Reinaldo Moraes

Capa
Kiko Farkas/Máquina Estúdio
Elisa Cardoso/Máquina Estúdio

Ilustração da capa
Elisa Cardoso/Máquina Estúdio

Preparação
Paulo Werneck

Revisão
Cecília Ramos
Cláudia Cantarin

Dados Internacionais de Catalogação na Publicação (CIP)
(Câmara Brasileira do Livro, SP, Brasil)

Moraes, Reinaldo
  Umidade : histórias / Reinaldo Moraes. — São Paulo :
Companhia das Letras, 2005.

  ISBN 85-359-0693-2

  1. Contos brasileiros I. Título.

05-5535   CDD-869.93

Índice para catálogo sistemático:
1. Contos : Literatura brasileira 869.93

[2005]
Todos os direitos desta edição reservados à
EDITORA SCHWARCZ LTDA.
Rua Bandeira Paulista 702 cj. 32
04532-002 — São Paulo — SP
Telefone (11) 3707-3500
Fax (11) 3707-3501
www.companhiadasletras.com.br

Este livro é dedicado a
Marta Garcia
Heloisa Jahn
Paulo Werneck
Luiz Schwarcz
Dênio Benfatti
Matthew Shirts
e Jean Moisan (in memoriam)

Sumário

Love is..., 13
Belo Horizonte, 22
Sildenafil, 31
Umidade, 47
Carta nº 2, 118
Bijoux, 136
Festim, 161
Privada, 181
História à francesa, 221
Vidadois, 228

Este livro reúne histórias escritas de 2002 para cá, quase todas. As exceções são "Carta nº 2" e "Festim", que saíram nos anos 80, com outros títulos, na revista de moda e cultura alternativa Around, *que depois virou* A/Z. *Dei-me a liberdade radical de reescrever a fundo esses textos, aproveitando a circunstância de estarmos vivos e passando bem. Alguns dos contos mais recentes também já foram publicados: "Bijoux", na antologia* Boa companhia — Contos, *da Companhia das Letras; "Love is...", no número 1 da revista literária* Ácaro; *e "Privada", em* Uma antologia bêbada — Fábulas da Mercearia, *da editora Ciência do Acidente em conjunto com a Mercearia São Pedro, numa tiragem não comercial. Estes, não pude evitar, ganharam também uns tapinhas revisionais. O resto é novo, se é que ainda existe algo novo feito com letras.*

R. M.
Junho de 2005

O desejo cansa.
Marcelo Mirisola

Love is...

A intimidade é uma merda, disse alguém. Talvez quisesse dizer que o casamento é que é uma merda, ela achava. Mas e o amor? Não se pode viver sem amor, o que, em si, já é uma merda. Isso ela sabia. A ponto de dizer do amor: grande merda. Não que o diga sempre. É mais quando acorda sem coragem de enfrentar a gravidade. A gravidade, até mais que a intimidade e o amor, é que é uma merda. Sob gravidade zero, a merda flutua. Alguns astronautas incautos já observaram:
— Merda que flutua é uma merda.
A Nóris. Instrumentadora cirúrgica num hospital do estado. Trabalha na equipe de um cirurgião-urologista que extirpa próstatas e testículos cancerosos. Outro dia foi um pênis inteiro, de aparência suspeitíssima, ela achou. Merecia. O salário é uma merda, mas é um salário. E que se danem o horário apertado e os pesadelos com testículos sanguinolentos na travessinha de alumínio e paus decepados.
A Nóris tem um filho e um ex-marido, o Anderson.
— Um merda — ela diz sempre, sem explicar por quê.

E precisa? É um merda, todo mundo vê que é um merda, e tá acabado. O que a Nóris lamenta na separação é que não tenha acontecido antes. Muito antes. Outro dia, sussurrou a uma enfermeira que reclamava do marido:

— Minha filha, sem marido a sua buceta voa.

A enfermeira ficou sem saber se queria ver sua buceta voando por aí como um pássaro assustado.

— Pior que marido só ex-marido, minha filha. Uns merdas, todos eles — a Nóris concluiu, como se conhecesse todos os ex-maridos do mundo.

Fala sério: o Anderson faz o que pode pra justificar essa fama. Exemplos não faltam na ponta da língua da Nóris. No começo do segundo semestre ele perdeu o dia de rematricular o Júnior na escola do estado. Quase que o moleque perde a vaga. E adivinha quem ia ter que arcar com uma escola particular? Ela, é claro, que o Anderson é um merda que não sabe, nunca soube, fazer dinheiro. Resultado: a Nóris teve que enfiar os peitos num decote e ir lá implorar ao diretor que matriculasse o menino fora do prazo, que ela nunca mais deixaria a matrícula do filho nas mãos do ex-marido — aquele merda, ela quase disse ao diretor.

Mas o homem não se comoveu. Talvez não tivesse mamado no peito quando bebê. Lançou-a sem piedade num cipoal de requerimentos, atestados, assinaturas, firmas reconhecidas, taxas desconhecidas e demais emolumentos, o que lhe comeu um dia inteiro de trabalho, com direito a corte no ponto e advertência no hospital.

— É ou não é um merda, aquele Anderson?— ela perguntava a quem quisesse escutar.

Filho, pelo menos, não era uma merda. Isso reconfortava. O trabalho que filho dá pode ser uma merda. As despesas também. Enfim. Dia desses, o Eucyr, o namorado novo da Nóris, mais velho que ela vinte anos, arranjou um apartamento no litoral, emprestado de um colega, corretor de imóveis como ele. Apê de quarto e sala na Boracéia, ia quebrar um galhão. Ela nunca saía de São Paulo. Mar, sol, camarãozinho. Dormir até mais tarde. Outros ares. Ela merecia. Arranjaram de ir no fim de semana em que o Júnior ficaria com o pai. Lua-de-mel.

O que aconteceu foi que o Júnior, bocudo que só ele, ligou pro pai e contou que a mamãe ia viajar com o namorado no fim de semana. A alma pequena do Anderson engruvinhou-se no ato. Disse pro filho:

— Pronto. Aquela vaca da sua mãe já arranjou outro corno.

Chegou o fim de semana da viagem. Na sexta, sete da noite, o Anderson não apareceu pra pegar o Júnior conforme o combinado. Nem às oito. A Nóris só esperando despachar o garoto pra viajar com o Eucyr. Não localizava o Anderson em lugar nenhum. Às nove o merda do ex-marido ligou de Campinas, a cobrar, avisando que, por estar em Campinas, na casa dos pais dele, não estava em São Paulo. E não estando em São Paulo, não podia ficar com o Júnior no fim de semana. Simples assim.

A Nóris desabou.

— Esse Anderson é um filho-da-puta. Eu fui casada com um filho-da-puta. O seu pai é um filho-da-puta — ela dizia, diante do filho.

— Você tá dizendo que a vovó Alzira é puta? Vou contar pro meu pai.

A Nóris ligou pro celular do Eucyr perguntando se o Júnior podia ir junto. Ele demorou um pouco pra dizer que tudo bem.

— Neto-da-puta — ela disse pro filho, desligando o telefone.

O Júnior virou a cara.

— Vou contar pro meu pai.

Foram. Assim que chegaram, o Júnior torrou o console do videogame de cento e dez volts na tomada de duzentos e vinte.

Disse que ia se matar. O Eucyr fez cara de quem não achava má idéia, mas prometeu pagar o conserto do aparelho, em São Paulo. Arrependeu-se quando o Júnior quis porque quis dormir no quarto com a mãe. Eucyr não acreditou. A Nóris deu uma piscada pro namorado ficar na dele. Seu plano era levar o Júnior pro colchonete da sala assim que o menino adormecesse.

Mas o Júnior não dormia, reclamava: da cama de armar desconjuntada "com cheiro de mendigo azedo", da espiral que só fedia e não matava os pernilongos, do videogame pifado, da televisão minúscula que não pegava nada.

Exausta, ela capotou antes dele, ouvindo ao longe o Júnior zumbindo que estava com fome.

Sozinho na sala, de cueca e sem camisa, Eucyr abriu uma lata de cerveja morna. Na quinta cerveja, já quase gelada, pensou em enrabar o Júnior. E, talvez, cortar-lhe a garganta.

No sábado, o Júnior acordou reclamando: não tinha o que fazer, nem uma bola murcha pra se distrair. Se ainda tivesse o videogame... Não queria ir à praia de jeito nenhum. Mas foi. Julho, tempo encoberto, vento frio. Não quis entrar no mar. Eucyr não se agüentou:

— Viadinho. Macho faz é assim, ó.

Correu pro mar, mergulhou de cabeça. Saiu da água tremendo, todo roxo-arrepiado.

A Nóris propôs ao filho fazerem juntos um castelo de areia. Isso ele topou: assim a mãe ficava longe do Eucyr.

Enquanto o castelo se erguia estrumiforme da areia, sob um mormaço que, enfim, apareceu, Eucyr chacinou duas dúzias de ostras com sete caipirinhas e infinitas cervejotas num quiosque ali perto. Aderiu à batucada. Ficou secando uma popozuda de biquíni e sandália de plataforma. Um cara deu uma dura nele, falando que a mulher tinha dono e coisa e tal. A mulher disse que ela não era bicho nem coisa pra ter dono. O clima ficou ruim no quiosque. O Eucyr e o cara por pouco não partiram pra ignorância.

No fim, totalmente zonzo de ostras e álcool, ele resolveu dar as costas pro sujeito e ir embora, resmungando um "vá se foder corno do caralho" enquanto atravessava trôpego a estrada-avenida supermovimentada.

De volta ao apê, encontrou a Nóris no banho e o Júnior de cara amarrada na sala, lendo gibi. Botou um pagode a mil no três-em-um dele, previamente ajustado pra duzentos e vinte.

— Não sou idiota, como certos guris por aqui — disse, e caiu no sofá de plástico. Dormiu, roncou, babou.

Namorado mais velho bebe, baba e ronca. A Nóris ia aprendendo isso e outras coisas, enquanto passava Caladryl nos ombros, costas e coxas, dela e do filho. Tinha esquecido que mormaço queima. O Júnior berrava quando o geladinho do líquido pingava na pele ardente.

— Fica quieto, seu! — dizia a Nóris, irritada.

Horas depois o Eucyr acordou do porre, querendo sexo e aspirina. Não tinha aspirina.

— "Vamo quebrá o barraco, nêga..." — ele começou pra cima dela, entoando o refrão de um pagode da hora.

Com o Júnior ali? Não dava. O Eucyr insistiu. A Nóris mandou o Júnior comprar Tylenol na farmácia e depois tomar um sorvete na esquina da avenida da praia. E ele:

— Nem fodendo.

Barraco nenhum foi quebrado. Eucyr começou a beber de novo, uma latinha atrás da outra, ao som de pagodes e forrós pornográficos. "Eu vou comprar uma panela de pressão / só pra ver s'eu *cuzinho* mais depressa..."

O Júnior dormiu de novo com a Nóris. Mas de manhã o Eucyr parecia de bom humor. Chegou no menino:

— E aí? Melhorou?

E deu-lhe um tapão nas costas. O Júnior se esgoelou de dor e ódio:

— Eu vou matar você! O meu pai vai matar vocês dois!

A Nóris fingiu que fingia que não ouvia. Tinha um domingo pela frente. Melhor desencanar.

O namoradão não quis nem saber: saiu antes da Nóris e do garoto pra comer mais algumas dúzias de ostras, regadas a brejas e caipirinhas geladas. E quem sabe se aquela popozuda não voltava sem o babaca de ontem?

Quando a Nóris e o Júnior voltaram da praia (ficaram o tempo todo de camiseta), encontraram o Eucyr passando mal. Muito mal. Vômitos, merda líquida vertida a cada dez minutos em média, calafrios, febre, imprecações. A Nóris fez um chá. Procurando algum remédio no armário embutido do banheiro, achou um saquinho de Ftalomicina com a validade vencida no século passado. Deu com o chá pro namorado. Os vômitos pelo menos cessaram. A caganeira não.

Veio a noite. Quando o Eucyr achou que estava um pouco melhor, se enfiaram todos no Uno Mille dele e pegaram a serra de volta pra São Paulo. Ela dirigindo ("Acho uma merda dirigir à noite"), o namorado se contorcendo de mau humor e cólicas.

— A pior viagem da minha vida — ele gemia.

— Pode crer — ela concordava.

O Júnior ia no banco de trás, trancado num rancor de pedra. A Nóris enfrentava o trânsito compacto e lento da volta tentando uns exercícios de "serenidade interior" que tinha lido naquela *Claudia* com a Gisele Bündchen na capa. O importante, dentro da adversidade, era estabelecer uma pequenina meta, ínfima que fosse, e se esforçar para cumpri-la.

A meta era ultrapassar o Scania detonado que ia na frente cuspindo diesel frito na cara deles. Difícil. Foi, tentou, não deu. Foi de novo, pelo acostamento, também não deu. E tome fumaça na cara, já que era impossível fechar os vidros do carro sem ar-condicionado e com aquelas emanações de ostra podre do Eucyr, uma a cada três minutos, em média.

Foi de novo, pé fundo no acelerador, aproveitando uma bobeada do motorista do Scania numa tomada de curva. Conseguiu passar. Por pouco não bate no caminhão, que não deu moleza. Sentiu-se realizada. A tática das pequenas metas funcionava. Já estava pensando na meta seguinte quando o Eucyr lançou o brado forte:

— Pára! Preciso cagar!

A Nóris parou no acostamento. O Scania passou lentamente por eles com aceleradas triunfais de fumo negro, enquanto o Eucyr evacuava junto à porta aberta do Uno. O Júnior tirou a camiseta pra tapar o nariz. A Nóris preferiu botar a cara na janela, com fumacê e tudo. Quase vomitou.

Quando o Eucyr voltou pro carro, o Júnior desabafou:

— Velho cagão.

A Nóris pensou que o namorado — ainda era namorado? — fosse sentar uma porrada no Júnior. Ela se antecipou, virando-se para aplicar um beliscão na perna do filho antes que o caldo entornasse de vez:

— Mais respeito, Júnior! Mais respeito!

O Júnior explodiu em lágrimas de ódio e dor:

— Vou contar pro meu pai! Ele vai matar você! Ele vai matar esse cagão!

A Nóris agarrou o braço do Eucyr, implorando calma. Nem precisava. Fraco e febril, ele não tinha condições de dar porrada em ninguém. Outra meta vencida. Foram muitas as metas até entrarem na rodovia dos Trabalhadores, onde a FM do carro passou a pegar uma rádio de São José dos Campos que tocava "Love is a many splendored thing" com um cantor americano de voz engomada que ela não reconheceu.

Lembrou que a mãe adorava aquela música na voz do Nat King Cole. A letra, em inglês, a Nóris nunca chegou a entender muito bem, apesar de tê-la ouvido centenas de vezes. Pelo título, que era também o verso inicial, parecia a celebração dos esplendores da vida. Mas a melodia, em tom menor e bordada com violinos, sempre lhe dava vontade de chorar. Que esplendor era esse da vida que a tornava assim tão triste? Em todo caso, lembranças como essa também ajudavam o tempo e o asfalto a passar por baixo das rodas.

A Nóris e o Júnior ficaram em casa. O Eucyr arranjou forças pra tomar a direção e tocar pra casa dele. Os dois mal se despediram na atmosfera sulfurosa do Uno.

Logo ao entrar, a Nóris viu que várias coisas tinham desaparecido. O Anderson. Passou de novo por aqui, concluiu. O filho-da-puta. Tinha a chave e dizia que o apartamento e as coisas também eram dele. E que, se ela mudasse a fechadura, botava a porta abaixo.

Tinham sumido o ventilador chinês de pé, o aparelho de som, uma pilha de cedês. E a bicama do quarto do Júnior.

— Até a sua cama!... — ela disse pro filho, mãos na cabeça.

— Quero morar com o meu pai — o Júnior replicou.

— Merda — exalou a Nóris.

O Júnior foi dormir na cama dela, que preferiu o sofá da sala. Eram três e meia da manhã, ela pegava às sete e meia. Fechou os olhos. O sono a pôs logo a nocaute.

Até que o telefone disparou a tocar, implacável. Não parava. Antes que o Júnior acordasse e fizesse um escândalo, ela se arrancou a fórceps do sono e foi atender.

Era o Eucyr, anunciando que não conseguia dormir, só pensando nela, que se arrependera de "perder a psicologia" com o Júnior, que da próxima vez ia ser diferente, que já tinha parado de cagar e vomitar a ostra assassina e que tinha uma proposta a fazer.

— Proposta... — a Nóris repetiu, zonza.

— Vamos casar, amor! De papel passado!... Nóris?...

— Vai dormir, Eucyr.

Bateu o fone na base e puxou o fio da parede. Tentou se ajeitar de novo no sofá curto e duro, de assento descambando ligeiramente pro chão. O sono não vinha. Deixara no lugar um torpor irritado que durou até a primeira luz da manhã. Aí o sono voltou, sólido e profundo como uma âncora, cerca de meia hora antes do toque eletrônico do despertador.

Nem tomou banho. Na cozinha, sorvendo um Nescafé, pegou a Bic e o caderninho de anotações pra escrever as ordens do dia pro filho. Olhou demoradamente o branco do papel, quase adormeceu de novo.

Depois animou-se a escrever algo. Releu. Arrancou a folha e escreveu de novo, no verso, uma frase mais curta. E se abalou correndo pro hospital. Vários testículos e próstatas a esperavam para ser extirpados naquela manhã.

O Júnior encontrou o bilhete preso debaixo da lata de Nescau.

— "A vida é uma coisa muito esplendorosa mas não vale uma ostra podre" — leu em voz alta.

Do outro lado do papel estava escrito:

"A vida é uma ostra podre."

Aparentemente a mãe não se decidira por nenhuma das versões e resolvera registrar as duas.

O Júnior dobrou e guardou o papel no compartimento externo da mochila. Fechou o zíper, e pensou em voz alta:

— Vou mostrar pro meu pai.

Belo Horizonte

Destino tinha um nariz grande. Quer dizer, reto e comprido. Digo, além de equilibrar um cântaro na cabeça. Por instantes preferi que ela tivesse o nariz pequeno, levemente arrebitado, do tipo ingênuo e petulante. Lá em Barbacena, antes de conhecer Destino, eu tinha uma amiga chamada Barbie que eu encontrava todos os dias no pátio e que tinha, por sua vez, uma amiga também chamada Barbie, companheira dela de todas as horas. Até na privada a minha amiga ia com a Barbie, e era dentro da Barbie que ela guardava a graninha que a família lhe mandava de vez em quando, que eu vi. Ela arrancava a cabeça da Barbie e enfiava o dinheiro enroladinho lá dentro. Depois atarraxava a cabeça de volta. A Barbie da minha amiga Barbie, se for ver, era só um bonecão do tamanho de um recém-nascido, que ela vestia de mulher e chamava de Barbie. Nada a ver com aquela Barbie magrela que eles anunciam na televisão. Minha amiga é que via uma loira linda naquele boneco careca. Eu também via, e já explico por quê. Foi por conta do narizinho da Barbie da minha amiga, um nariz arrebitadinho, do tipo que eu gosto, bem americano. Eu era muito ligado naquele narizinho da Barbie da Barbie. Me masturbava o tempo todo pensando naquele nariz, só que adaptado a outras caras de mulher que eu conheço, porque não tinha chegado ao ponto de me masturbar por um bebê careca. Negócio é que eu me amarro em detalhes: calcanhar, cotovelo, lóbulo de orelha. É como eu costumo — costumava — amar. Começava me apaixonando pelo detalhe. Depois a paixão se espalhava, ou não, pelo corpo todo da mulher. Por isso, pela falta desse detalhe apaixonante, Destino e seu nariz me desapontaram no início. Nem esperava encontrar mulher nenhuma lá em cima. Quanto mais com um narigão daqueles. Não queria companhia, homem ou mulher, com nenhum tipo de nariz. Mas ela estava lá — ela e o narigão dela. No fundo, sei que isso de querer que o nariz de uma mulher seja assim ou assado não leva a parte alguma. Não leva a Deus, por exemplo, que também deve ter uma bela duma napa por cima da bigodeira e da barba. Decidi dar um tempo pra ir me acostumando com o nariz dela. Não queria fazer nada antes de entender aquele nariz. Seu nome, não disse. Foi aí que resolvi chamá-la de Destino. É um nome esquisito para uma mulher, concordo, como Celestino ou Justino. Mas me parecia um bom nome para uma mulher com aquele nariz, vá me perguntar por quê. Isso tudo foi agorinha mesmo, lá em cima. Como o tempo passa. Essa frase, que era só uma frase, já se tornou para mim vertiginosa realidade, mergulho hiperacelerado de nave espacial viajando no cosmo. As minhas idéias se acendem e se apagam num tempo menor que um piscar de beija-flor. É impressionante. Vem tudo de uma vez. Também é impressionante como rapidamente me conformei com aquele narigão da Destino, que eu já começava a achar elegante, assim como ela toda, ao fim e ao cabo. Nunca cheguei a entender o que Destino fazia no topo do prédio do meu irmão. Meu irmão talvez saiba, mas não vou falar mais com ele. Nunca mais. Meu irmão levou um baita susto quando me viu chegar de repente no apartamento dele, fez perguntas, quis saber como eu tinha arranjado dinheiro pro ônibus. Eu contei que tinha tirado a grana da barriga da amiga de uma amiga lá de Barbacena. Contei também que essa amiga da minha amiga tinha um narizinho adorável de Doris Day. E que só de lembrar daquele narizinho, já me dava vontade de bater uma punhetinha. Meu irmão me mandou ficar sentado quieto vendo televisão enquanto ele ia telefonar no orelhão da esquina. Tinham cortado a linha dele por falta de pagamento, ele explicou, deixando claro que a situação tava preta, que eu não esperasse dinheiro dele pra nada. Meu irmão é um fodido. Bronco, invejoso e avaro. Não estudou, como eu. Saiu e trancou a porta por fora com a chave que ele tirou da fechadura, do lado de dentro, para me deixar preso. Mas o burro do meu irmão deixou o molho de chaves dele na mesa, em cima dos classificados de empregos e mil contas a pagar. Uma daquelas chaves abria a porta. Mas eu não desci: subi, de escada mesmo. Não me dou com elevador fechado. Nunca sei se o negócio tá subindo ou descendo, pra onde aquilo vai, me dá uma aflição danada. Lá em cima, onde a escada acabava, tinha uma portinha de grade, destrancada, que se abria pro topo do prédio. Ventava muito lá em cima. E tinha aquela mulher do nariz grande: Destino. E Destino ficou parada ali mesmo onde a encontrei, a uns quatro palmos do parapeito, cântaro na cabeça, pegando vento e olhando prum só ponto do horizonte, uns cumes de morros íngremes, desabitados. Daí olhei eu, de frente, pra ela. Fui chegando a minha cara até tocar a ponta do meu nariz na ponta do narigão dela. Destino nem piscou. Impassível. Fico meio assim com mulher impassível. É o tipo que pode te cravar os caninos na goela quando você menos espera. E se Destino resolvesse, por exemplo, me beijar naquela hora? Assim, napa a napa? Que eu saiba ninguém beija desse jeito. Só os egípcios, talvez, um povo antigo que vivia de perfil. Mas nunca vi um desenho de egípcios se beijando. Os egípcios nem eram de se beijar muito, acho. Só quem tem nariz asiático e lábios africanos é capaz de beijar de frente e de cabeça reta, de modo que o beijo possa ser desenhado de perfil. Mas quem disse que Destino ia me beijar? Ou eu a ela? A hipótese, porém, passou a existir na minha cabeça. Se bem que beijo é sempre de repente. Como uma picada de cobra, um enfarte, uma notícia ruim que chega pelo telefone. Se procurar, a gente acaba achando algum indício do que está pra acontecer — mas só depois, quando já beijou ou se fodeu. Agora, beijo que é beijo, por definição, é fenômeno que se deseja mas não se planeja. É o que eu acho, enquanto me resta tempo de achar alguma coisa. Se ela acabasse me dando esse beijo impensado — mas por que ela acabaria me dando um beijo, pensado ou impensado? —, teria que ser um beijo assim: nariz dela pra cá, nariz meu pra lá. Daquele jeito, nariz contra nariz, nossas bocas jamais se encontrariam. Veja no cinema, na televisão. A televisão é cheia dos beijos. E dos tiros. Por isso é tão legal: tiro e beijo, tiro e beijo, mais tiros que beijos, se for ver. Eu bem que daria um tiro no meio da cara do meu irmão agora. E um beijo em Destino. Um beijo diagonal, em X, como deve ser. O beijo é o xis da questão. Já vi e já dei beijos suficientes na vida pra saber disso. E eu via que Destino, em sua obstinada imobilidade, jamais inclinaria um pouco a cabeça para nos beijarmos em X. Pra começar que o cântaro lhe cairia do cocuruto. Eu poderia inclinar só a minha cabeça, claro, mas seria uma capitulação, um mau começo de relacionamento. O amor verdadeiro é em X: os dois devem inclinar as respectivas cabeças, uma pra cada lado. Mesmo assim, mesmo sem poder beijá-la direito e direto por causa das nossas napas, o fato é que fui me apaixonando. Por vários motivos. Os peitos dela, por exemplo. Ali, tão parados quanto a dona, presos num decote franzido, do mesmo jeito que o meu irmão queria me prender no apartamento dele. Mas se aqueles peitos saíssem de lá, vai saber. Podia ser perigosíssimo. Destino nem usava sutiã debaixo do vestido que lhe despencava em dobras rijas até os tornozelos. Mas por que haveriam de fugir do decote, aqueles peitos? Digo, seios. Não eram peitos, eram seios. Estavam muito bem ali, os seios. Felizes. Não tinham por que sair de lá. Nem sei precisar se o que eu sentia no meio da ventania era amor ou desejo, ou se as duas coisas iam nascendo juntas, ou o quê. Sei é que aquele nariz dela, e o decote também, já me diziam muito àquela altura. E que altura: vinte e um andares. É como se o destino me tivesse feito subir ali naquele topo de prédio só pra ouvir o que tinham a dizer aquele narigôncio grego e aqueles seios túrgidos dentro do decote duro. Taí: deve ter sido por isso que batizei aquela mulher de Destino. Tudo tem explicação. Vou dizer outra verdade: eu me apaixonava à velocidade do vento. O coração parou de bombear sangue negro e frio pro meu cérebro. O sangue agora era vermelho e quente, vermelho e quente. Aquele sentimento, fosse qual fosse, me enchia de alívio, coragem, pulsação vital, sei lá. Tesão também. Naquele instante — minha vida é uma rajada de instantes — não sabia direito o que fazer com o fato de me ver assim, de repente, apaixonado. Me masturbar, claro, pensei nisso. E o vento carregaria minhas sementes para longe. Por isso, desisti. Eu não queria me dispersar daquela maneira por uma cidade desconhecida. O vento era capaz de tudo, menos de descabelar Destino. Acho que é porque o narigão dela servia de quilha de proa a rachar o vento em duas metades que divergiam para os lados, deixando seus longos cabelos em paz. O vento também não tinha como zoar com o meu cabelo, porque eu estava sem o meu cabelo. Tinham me raspado o coco, que era pra eu não pegar piolho, disseram, mas sei lá. Você nunca sabe direito por que razão eles fazem as coisas lá em Barbacena. Que se fodam, eles e as razões deles. Aquilo é uma baixeza. Tô em outra agora. Venho do alto, de muito alto, do mesmo nível dos picos das mais altas montanhas que cercam esta cidade e seus bairros. Uns bairros mais verdes que outros. Bairros de casario, bairros de prédios, bairros mistos. Bairros de encosta de morro, bairros planos. Não gosto muito de gente, prefiro bairros, lugares diferentes de uma mesma cidade. Quando eu vagava por aí, de cidade em cidade, sempre buscava um bairro acolhedor pra ficar, de onde não fosse enxotado ou recolhido em pouco tempo. Um bairro é como a mãe da gente. Quando vem o pai, suja a barra e você tem que ir embora. Não conheço muito esta cidade, mas do topo do prédio achei todos os bairros sossegados lá embaixo. Alguns eram bem tristes também, roídos, incompletos, como a minha mãe. Nem por isso gostei menos de vê-los de cima. Sua tristeza não me atingia, daí me parecerem sossegados. Conferindo aqueles horizontes, pensei — porque eu penso muito — que eram os bairros que moravam na cidade, não as pessoas, meras intrusas. Os bairros cresciam, envelheciam, morriam na cidade. Era deles o cenário. Aquelas montanhas no horizonte velavam por eles. Daí que eu me cansei de consumir horizontes e bairros e voltei a me concentrar na mulher do cântaro, não mais de frente, mas de perfil, contra a paisagem montanhosa. Queria apreciar todo o efeito daquele nariz afilado e proeminente. Um nariz nobre, ao contrário do meu, batatudo e plebeu. Rainhas egípcias tinham aquele nariz. Nefertite tinha aquele nariz. Cleópatra tinha aquele nariz. Mas Destino parecia grega, não egípcia. Foi amiga, talvez namorada, de Platão e Aristóteles. Conheci Platão e Aristóteles em Barbacena. Grandes companheiros de torneios mentais. Platão tinha sido padre e professor de teologia, mas ninguém podia imaginar o que se passava debaixo daquela batina. Um dia deu de fazer enormidades, mostrou o pinto pras beatas, arrenegou a Santa Madre com blasfêmias, foi parar em Barbacena. Já Aristóteles era analfabeto e uma espécie de profeta. Predisse que eu viveria duzentos anos. Mau profeta, o Aristóteles. Quanto a mim, tenho meu estudo. Sempre fui de ler muito, de tudo. Na juventude, quase virei advogado. Faltava um ano só pra eu me formar na federal. Mas aí veio aquela inhaca e me agarrou por dentro. Foi de repente. Nem vi como aconteceu. Comecei também a tropeçar nas garrafas que mamava em série, e tudo foi ficando distante e se acabando, fora e dentro de mim. Quando vi, lá estava eu na Colônia, nas terras da antiga Fazenda da Caveira, do Joaquim Silvério dos Reis, traidor da Inconfidência. Já disse que tenho estudo. Sei das coisas. Mas nunca tinha visto de perto um nariz como o da mulher do cântaro. Do ângulo em que eu estava ele era maior que o pico da mais alta montanha ao fundo. Esse negócio do pequeno próximo parecer tão maior do que o grande distante tem implicações que eu nem me arrisco a esmiuçar agora — não sem Platão e Aristóteles por perto pra me ajudar. E aqueles olhos dela, então. Nem sei se eram de fato azuis como eu quis supor naquele momento indefinido em que me apaixonei. Eram olhos muito claros, disso me lembro bem. Talvez brancos até. O céu, em todo caso, era uma abóbada cinzenta e fria de mausoléu. Me deu uma ternura imensa pela solidão daquela mulher nariguda. Bateu também um desejo profundo de uma cervejinha bem gelada com colarinho de espuma. Um copinho que fosse. Se Destino bebesse cerveja, a ponta do seu nariz com toda certeza mergulharia na espuma dentro do copo. Ia ser gozado ver aquela napa carimbada de espuma. Mas Destino não era de cerveja, tava na cara. O negócio dela só podia ser vinho, que não tem espuma. Fora que ninguém enfia o nariz dentro da taça. Destino, pelo menos, não enfiaria. Aquilo tinha classe: fêmea de truz. Como teria ido parar naqueles altos, dando a cara e o nariz ao vento, ao sol e à chuva, sem desgrudar o olhar branco do tope da montanha no fundo do horizonte? Qual era a daquela mulher, afinal? Tinha sido confinada naquela torre por qual crime ou pecado? Tive um devaneio de horror: Destino se virava para mim, seu narigão crescendo rápido feito o nariz do Pinóquio, a me empurrar pelo parapeito afora. Eu terminava agarrado na ponta de seu imenso nariz com os pés pedalando sobre o abismo. Aí o narigão se quebrava e eu me precipitava pra morte. Destino talvez fosse uma deusa especializada em precipitar pessoas pra morte, às narigadas. Um braço erguido ajudava a equilibrar o cântaro sobre sua cabeça. O outro braço dava-lhe graça e balanço ao andar — se ela andasse, coisa que não devia fazer sabe-se lá havia quanto tempo. Desde o nosso recente encontro, em todo caso. Tinha uma boa altura, para uma deusa imóvel. O parapeito orçava-lhe pelo busto mais ou menos. De onde estava, podia descortinar boa parte do horizonte de prédios e montanhas da cidade — quer dizer, se Destino se dignasse a girar cabeça e cântaro para os lados. Talvez fosse louca. Doidinha de pedra, literalmente. Por isso aquela imobilidade de rainha, porque era louca, assim como o horizonte à nossa frente era belo. E belo, talvez, só pelo fato de haver horizonte. A noite veio vindo de algum lugar, mas o dia ainda estava por perto. Já brilhavam luzes, perto e longe. Alguém acendia aos poucos a cidade. Destino dizia muito sem falar nada e eu ouvia tudo sem compreender coisa alguma. Só o vento, de passagem, ciciava seus segredos sem sentido. Os lábios perfeitos e perfeitamente mudos da minha impenetrável amada me deram o impulso não de beijá-la, mas de me empoleirar no parapeito, de pé, feito equilibrista de circo. Fiquei de costas para Destino e de frente praquela geologia de horizontes. Muito alto, muito vento ali. Embaixo, na ondulante morada dos bairros, tudo estava calmo, parado. Distinguia lá embaixo a Sagrada Família, a Savassi e outros poucos bairros que eu conhecia naquela cidade imensa e amorosa, mãezona de braços abertos sorrindo pra mim. Virei a cabeça para trás e olhei Destino uma última vez. Vi que ela também olhava pra mim, ou através de mim, com aqueles olhos brancos dela. Nunca saberei ao certo o que havia dentro daquele cântaro e daquela cabeça altiva de rainha louca. Vinho num, verdades eternas na outra, é provável. Bem pensando, se tudo parasse agora eu até que beberia uma taça de vinho. Mas não trouxe a taça. Nem o vinho. Falta de lembrança. Eu tenho muita falta de lembrança. É que eu penso demais, não cabe tudo. Também comeria uma maria-mole bem salpicada de coco ralado. Engraçado, acabei de olhar praquela deusa lá em cima e ela já me aparece na memória em sépia de passado remoto, tão rápido me chega o futuro que se aproxima, duro e definitivo futuro, e as palavras não param um segundo, caem todas comigo, Nefertite, Cleópatra, Aristó

Sildenafil

— Vai, Horácio. Toma logo.
— Eu não tomo nada sem antes ler a bula. Cadê meus óculos?
— Pendurados no seu pescoço.
— Isso é ridículo, Maria Helena. Ridículo.
— Então todos os homens da sua idade são ridículos. Porque todos estão tomando. E não me puxa esse lençol, fazendo o favor. Olha aí o bololô que você me faz nas cobertas.
— A humanidade conseguiu crescer e se multiplicar durante milênios sem isso. Nós dois crescemos e nos multiplicamos sem isso. Taí o Pedro Paulo, taí o Zé Augusto que não me deixam mentir. Fora aquele aborto que você fez.
— Horácio, eu não vou discutir isso com você agora. Toma logo esse negócio.
— Isso aqui faz mal pro coração, sabia? Um monte de gente já morreu tentando dar uma trepadinha farmacêutica.
— Foi por uma boa causa. E não faz mal coisa nenhuma.

Só pra quem é cardíaco e toma remédio. Você não é cardíaco. Nem coração você tem mais.

— Não começa, Maria Helena, não começa.

— Pode ficar sossegado que você não vai morrer do coração por causa dessa pilulinha. Eu vi num programa do GNT um velhinho de noventa e dois anos que toma isso todo dia.

— Sério?

— Preciso de sexo, Horácio.

— Mas hoje é segunda, Maria Helena...

— Quero trepar. Foder. Ser comida por um macho de pau duro.

— Francamente, Maria Helena, que boca. Parece que saiu da zona.

— Quero ser penetrada, quero gozar.

— O sexo é uma ditadura, Maria Helena. A gente tá na idade de se livrar dela.

— Saudades da dita dura. Olha só, você me fez fazer um trocadilho de merda.

— Além do mais, Maria Helena, nós já tivemos um número mais do que suficiente de relações sexuais na vida, por qualquer padrão de referência, nacional ou estrangeiro. A quantidade de esperma que eu já gastei nesses anos todos com você dava pra encher a piscina aqui do prédio.

— Com o esperma que você ordenhou manualmente, talvez. O que o senhor *gastou* comigo não daria nem pra encher o bidê aqui de casa. Um penico, talvez. Até a metade.

— Maria Helena...

— E faz quase um ano que não pinga uma gota lá dentro!

— Sossega o facho, mulher. Vai fazer ioga, tai chi chuan. Já ouviu falar em feng shui, bonsai, shiatsu? Arranja um cachorro. Quer um cachorro? Um salsichinha?

— Quero um salsichão, Horácio. Olha aí: outra piadinha infame.
— É porque você está com idéia fixa nessa porcaria.
— Que porcaria?
— O sexo, Maria Helena, o sexo.
— Sabe o que mais que deu naquele programa sobre sexo, Horácio?
— Não estou interessado.
— Deu que as mulheres com vida sexual ativa têm muito menos chance de ter câncer. É científico.
— Come brócolis que é a mesma coisa, Maria Helena. Protege contra tudo que é câncer. Também é científico, sabia? E puxado no azeite, com alho, fica uma delícia.
— A que ponto chegamos, Horácio. Eu falando de sexo e você me vem com brócolis puxado no azeite!
— Com alho.
— Faça-me o favor, Horácio.
— Maria Helena, escuta aqui, você já tem cinqüenta anos, minha filha, dois filhos adultos, já tirou um ovário, já...
— Não fiz cinqüenta ainda. Não vem não. E o que é que filho e ovário têm a ver com sexo?
— Maria Helena, me escuta. Depois de uma certa idade as mulheres não precisam mais de sexo.
— Ah, não? Quem decidiu isso?
— Sexo nessa idade é pras imaturas. Pras deslumbradas, pras iludidas que não sabem envelhecer com dignidade.
— Prefiro envelhecer com orgasmos.
— O que é que o Freud não diria de você, Maria Helena.
— E de você, então, Horácio? No mínimo, que você virou gay depois de velho. Boiola.
— Maria Helena! Faça-me o favor. Eu tenho que ouvir is-

so na minha própria casa, na minha própria cama, diante da minha própria televisão?

— Aliás, gay gosta de trepar. É o que eles mais gostam de fazer. Você virou outra coisa, sei lá o quê. Um pingüim de geladeira, talvez.

— Maria Helena, dá um tempo, tá? Tenho mais o que fazer.

— Fazer? Essa é boa. O que é que um funcionário público aposentado com salário integral tem pra fazer na vida, posso saber?

— Sem comentários, Maria Helena, sem comentários.

— Tá bom, sem comentários. Bota os óculos e lê duma vez essa bendita bula.

— Só que precisa de dois óculos pra ler isso. Olha só o tamanhico da letra. Se é um negócio pra velho, deviam botar uma letra bem grande. Pelo menos isso.

— Vira o foco do abajur para cá... assim... melhorou?

— Abaixa essa televisão também. Não consigo me concentrar ouvindo novela. Mais. Mais um pouco.

— Pronto, patrãozinho. Sem som. Vai, lê duma vez.

— O princípio ativo do medicamento é o citrato de sildenafil.

— Sei.

— Veículos excipientes: celulose microcristalina...

— Celulose vem da madeira. Pau, portanto. Bom sinal.

— Onde foi parar a sua pouca educação, Maria Helena?

— Vai lendo, Horácio. Depois conversamos sobre a minha pouca educação.

— Cros... camelose sódica. Croscamelose. Castrepa, Maria Helena. Me recuso a tomar um troço com esse nome. Deve ser alguma secreção de camelo. Se não for coisa pior.

— Não é *camelose*. Num tá vendo aí? É caRmelose. Deve ser algum adoçante artificial. Pro seu pau ficar doce, meu bem.

— Putz. Só rindo mesmo. A menopausa acabou com a sua lucidez, Maria Helena.

— Troco toda a lucidez do mundo por um pau tinindo de tesão por mim.

— Absurdo, absurdo.

— Que mais, que mais, Horácio?

— Dióxido de titânio.

— Ah, titânio. Pro negócio ficar bem duro.

— Índigo carmim...

— Índigo? Deve ser o que dá o azul da pilulinha.

— Será que esse negócio não vai deixar o meu pau azul, Maria Helena?

— E daí, se deixar? Você não sai por aí exibindo o seu pênis, que eu saiba. Ou sai?

— Mas, e se eu for a um mictório público? O que é que o cara ao lado não vai pensar do meu pinto azul?

— Diz que você é um alienígena, ora bolas. Que o seu corpo está pouco a pouco se adaptando à Terra, que ainda faltam alguns detalhes. Ou explica que você é um nobre, de sangue e pinto azul. Ou não diz nada, ora bolas. Acaba de mijar, guarda o pinto azul, e vai embora, pô.

— Escuta. Agora vem a parte que explica como esse petardo funciona.

— Isso. Quero ver esse petardo funcionando direitinho.

— Presta atenção. "O óxido nítrico, responsável pela ereção do pênis, ativa a enzima guanilato ciclase, que, por sua vez, induz um aumento dos níveis de monofosfato de guanosina cíclico, produzindo um relaxamento da musculatura lisa dos corpos cavernosos do pênis e permitindo assim o influxo de sangue." Cacete. Corpos cavernosos. Já pensou, Maria Helena? Corpos cavernosos sendo inundados de sangue? Puro Zé do Caixão.

— Corpo cavernoso só pode ser herança do homem das cavernas. Vocês homens evoluem muito lentamente.
— Pára de viajar, Maria Helena. Parece que fumou maconha.
— Não era má idéia. Pra relaxar. Vou roubar do Pedro Paulo. Eu sei onde ele esconde. Podíamos fumar juntos.
— Eu já tô relaxado. Tô até com sono, pra falar a verdade.
— Lê, lê, lê, lê aí. Você já dormiu tudo a que tinha direito nessa vida.
— Vou ler. "Todavia, o sildenafil não exerce um efeito relaxante diretamente sobre os corpos cavernosos..."
— Não?
— Não, Maria Helena. Ele apenas "aumenta o efeito relaxante do óxido nítrico através da inibição da fosfodiesterase-5, a qual" — veja bem, Maria Helena, veja bem — "a qual é a responsável pela *degradação* do monofosfato de guanosina cíclico no corpo cavernoso". Ouviu isso? Degradação, Maria Helena. Dentro dos meus próprios corpos cavernosos. Degradante.
— Degradante é pau mole.
— Olha o nível, Maria Helena, olha o nível. Vamos ver os efeitos colaterais. Olha lá: dor de cabeça. Você sabe muito bem que se tem uma coisa que eu não suporto na vida é dor de cabeça.
— Na cultura judaico-cristã é assim mesmo, Horácio. Pra cabeça de baixo gozar, a de cima tem que padecer.
— Não me venha com essa sua erudição de internet, Maria Helena. Estamos off-line.
— Deixa de ser criança, Horácio. Se der dor de cabeça você toma um Tylenol, reza uma ave-maria, canta o "Hava Naguila", que passa.
— Outro efeito colateral: rubor. Rá rá. Vou ficar com cara de quê, Maria Helena? De camarão no espeto?

— Se for camarão *com* espeto, tá ótimo. Que mais, que mais?

— Enjôos. Ó céus. Enjôos...

— Você sempre foi um tipo enjoado, Horácio. Ninguém vai notar a diferença.

— Vamos ver o que mais... hum... dispepsia. Que lindo. Vou trepar arrotando na sua cara.

— Você me come por trás. Arrota na minha nuca.

— É brincadeira... É essa a sua idéia de amor, Maria Helena?

— Isso não tem nada a ver com amor, Horácio. Já disse: é profilaxia contra o câncer. E arrotar, você já arrota mesmo o dia inteiro, sem a menor cerimônia. Na mesa, na sala, em qualquer lugar.

— Como se você não arrotasse, Maria Helena.

— Mas não fico trombeteando os meus arrotos. Isso é coisa de machão broxa. Em vez de trepar com a esposa, fica arrotando alto pra se sentir *o cara* do pedaço.

— Como você é simplória, Maria Helena, como você é... menor. Desculpe, mas acho que o seu cérebro anda encolhendo, sabia? Ou mofando. Ou as duas coisas.

— Vai, Horácio, chega de conversa mole. E de pau idem. Pula os efeitos colaterais.

— Como, "pula os efeitos colaterais"? É porque não é você quem vai tomar essa meleca, né? Vou ler até o fim. Os efeitos colaterais são a parte mais importante. Olha lá: gases. Que é que tá rindo aí?

— Do efeito *cu*-lateral. Desculpa. Esse foi de propósito. Não agüentei.

— Admiro seu humor refinado, Maria Helena. Torna você uma mulher tão mais sedutora, sabia?

— Obrigada, Horácio. Agora, quanto aos seus gases, pode relaxar o esfíncter, meu filho. Numa boa. Tô tão acostumada que até sinto falta quando estou sozinha. Sério. Fico pensando: Ah, se o Horácio estivesse aqui agora pra soltar uma bufa de feijoada com cerveja na minha cara...

— Maria Helena, qualquer dia você vai ganhar o Oscar da vulgaridade universal.

— Vou dedicar a você.

— Vamos ver que mais temos aqui em matéria de efeitos colaterais. Ah! Congestão nasal. Que gracinha. Vou ficar fanho, que nem o Donald. Qüém, qüém. Qüém.

— Um pateta com voz de pato. Perfeito.

— Ridículo. Absurdo. Idiota.

— Ridículo você já é, Horácio. E quem não é? Além do mais, é só calar a boca que você não fica fanho.

— Ah, tá. E se eu quiser falar alguma coisa na hora?

— Você não diz nada de interessante há mais de dez anos, Horácio. Vai dizer justo na hora de trepar?

— Eu não nasci para dizer coisas interessantes a você, Maria Helena.

— Já percebi.

— Hum. Ouve só: diarréia!

— Quê?

— É outro efeito colateral dessa bomba aqui. Fala sério, Maria Helena. Isto aqui é um veneno. Não sei como eles vendem sem receita.

— Deixa de ser pueril, Horácio. Magina se alguém vai ter *todos* os efeitos colaterais ao mesmo tempo. No máximo um ou dois.

— A caganeira e os arrotos, por exemplo? Ou a ânsia de vômito e os gases?

— Faz um cocozinho antes. Pra esvaziar. Vai no banheiro agora, Horácio. Eu espero.

— Eu não estou com vontade de fazer cocozinho nenhum,

Maria Helena. Faça-me o favor. E olha aqui, mais um efeito colateral: visão turva.

— Você bota os seus óculos de leitura. E que tanto você quer ver que já não viu?

— Maria Helena, você não entendeu? Essa droga perturba seriamente a visão. Vou ficar cego por sei lá quantas horas, quantos dias. E tudo por causa de uma reles trepadinha? E se a minha visão não voltar? Vou andar de bengala branca pro resto da vida?

— Pode deixar que eu guio a sua bengala, Horácio. Olha, pensa no lado bom da cegueira: você vai poder me imaginar vinte anos mais moça. Trinta, se quiser.

— Maria Helena, desisto. Não vou tomar essa porcaria e tá acabado.

— Dá aqui essa cartela, Horácio. Abre a boca. Pronto. Engole. Olha a água aqui. Isso. Que foi? Engasgou, amor?! Tosse pra lá, ô! Me borrifou toda! Que nojo! Quer que bata nas suas costas? Ai, meu Deus! Horácio?!... Você está bem? Respira fundo! Isso, isso... E aí, amor? Melhorou? Morrer afogado num copo d'água ia ser idiota demais, até prum cara como você.

— *Arrr!*... E com essa pílula monstruosa entalada na garganta, ainda por cima! *Unfff!* Me dá mais água!...

— Quanto tempo isso aí demora pra bater?

— Isso aí o quê?

— A pílula, Horácio, a pílula.

— E eu sei lá?

— Vê na bula, Horácio.

— Hum... tá aqui: trinta minutos.

— Ótimo. Dá tempo de ver o fim da minha novela.

— Ah, coitada da Idalina...

— Tava na cara que essa Idalina ia morrer. Novela é a coisa mais previsível que tem na face da Terra. Sem contar as baixarias.

— E por que o senhor assiste, então? Alguém te obriga? Eu não achava nada previsível a Idalina morrer, não senhor.

— Como não, Maria Helena? A mulher dava pro porteiro, pro entregador de gás, pro guarda-noturno, pro vizinho, pro filho do vizinho, pros amigos do marido, pro oficial de justiça. Fazia suruba com o próprio filho e os amiguinhos dele. Roubou o namorado da filha mais velha, que se matou de depressão. Trepou com a filha mais nova junto com o namorado dela e a menina ficou louca. Obrigou o marido a dar a bunda pro *personal trainer* na frente dela. E você acha que a Globo não ia mandar matar ela?

— Como você é moralista, Horácio. Só você não via que a Idalina encarnava a mulher liberada.

— Liberada de qualquer vergonha na cara, isso sim. Pelo menos a atriz era uma gostosa.

— Falando nisso, e aí, Horácio?

— E aí o quê?

— Levanta esse lençol, abaixa esse pijama, deixa eu ver. Ô droga. Nem se mexeu.

— Eu não disse? Dinheiro jogado fora.

— Vamos dar mais um tempo. Esse negócio tá sem funcionar há tanto tempo que enferrujou.

— Que é isso que você botou aí, Maria Helena? Desliga essa porcaria. Ou põe no futebol. Tem reprise de São Caetano e América de Ribeirão Preto no trinta e nove.

— E o senhor vai ficar vendo reprise de São Caetano e América sei lá de onde enquanto espera o pinto subir?

— Qual é o problema?

— Vai ficar com tesão vendo aqueles pernudos correndo atrás da bola? Já vi qual é a sua, Horácio.
— Não me provoca, Maria Helena, não me provoca! Só não quero ver esse Corcunda de Notre-Dame pela milésima vez. Pelo amor de Deus, o corcunda de novo, não.
— Tá na metade. Adoro o Depardieu fazendo o Quasímodo. Me amarro na ereção dele.
— Que ereção, Maria Helena? Eu que tomo essa porcaria e você é quem fica com a visão turva?
— A ereção nas costas dele.
— Francamente, Maria Helena! Sua cabecinha já era, sabia? Vou te dar uma camisola-de-força de aniversário.
— Acho os corcundas criaturas muito sexy, se você quer saber. Deve ser arquetípico, manja? Também ouvi dizer que corcunda tem pau grande. Será que é verdade, Horácio?
— Felizmente não estou em condições de responder a essa pergunta, Maria Helena.
— Tó: vai lendo aí a *Caras*, que eu ponho o filme bem baixinho.
— Já li cinco vezes essa porcaria. O que me interessa saber pra quem essas piranhas loiras tão dando ou deixando de dar a bundinha de silicone delas?
— Shhhh.
— Vou acabar é dormindo, isso sim.

— Coitado do Corcunda. Se matar por causa daquela lambisgóia. Não me conformo. Horácio? Horácio! Acorda, Horácio!
— Ahn?
— Acorda, meu filho. E põe a mão na boca pra bocejar, faz favor.
— Acabou aquele Corcunda de bosta?

— Quando o Quasímodo se joga da torre, eu sempre torço pra sair um pára-quedinhas da corcunda dele. E aí, Horácio? Novidades?

— Que novidades? Ah. Sei. Hum. Nada. Tudo na santa paz.

— Merda. Vê o que diz aí na bula.

— Diz sobre o quê?

— O que é pra fazer quando o negócio não levanta? Tem que repetir a dose, será? Ou o quê?

— Humm... ahn... não tô achando...

— Deve estar em *broxura renitente*.

— Tá aqui. Achei: "O sildenafil não propicia a estimulação sexual".

— Não?!

— O pior é que não. Ou melhor, sei lá. Olha o que diz aqui: "O paciente tem que estar sexualmente estimulado para que a ação da substância ativa possa surtir o desejado efeito erétil".

— Vem cá, Horácio.

— Quê?

— Olha pra mim.

— Que é isso, Maria Helena? Solta a gola do meu pijama. Ficou louca?

— Diz pra mim, olho no olho: você está sexualmente estimulado para que a ação da substância ativa possa surtir o desejado efeito erétil?

— Não.

— Merda.

— Pois é.

— E agora?

— Bom...

— Que é isso aí, Horácio? Uma *Playboy*!... Debaixo do colchão!... Safado!

— Na verdade, eu comprei por causa da entrevista do... do... Guido Mantega. Sabe o Guido Mantega? Ministro da... do...

— Fique à vontade, Horácio. Deixa eu ver também. Hum, olha só essa japonesa, que peituda. Eu achava que toda japonesa tinha peito pequeno. Sabe que eu nunca tinha visto uma japonesa pelada?

— Maria Helena, quer deixar eu me concentrar um minuto?

— Concentra. Você já fez amor com uma oriental, Horácio?

— ...

— Horácio! Olha só pra isso! Funcionou! Deixa eu pegar, deixa?

— Pe-pera aí, Maria Helena... ô, Maria Helena... Maria Helena, que é isso, Maria Helena?!...

— Fica aí deitadinho.

— Você tá me achando com cara de cavalo pra me cavalgar desse jeito?

— Ui!.... Ai!... *ffff*...

— Ma-Ma-Ma-Maria Helena!...

— Deixa comigo, Horácio.

— Vai com calma, Maria Helena! Esse negócio não é de borracha, não...

— É isso aí!... *ffff*... há quanto tempo, meu Deus!... Uh-lá-lá!...

— ...

— Horácio?

— ...

— Larga um pouco essa revista agora, amor. E deixa que eu faço, tá? Isso. Quietinho. Assim. Devagarinho. Olha pra mim, vai. Horácio?

— ...

— Tudo bem, pode olhar a japonesa... Tá ótimo, Horácio, tá óóótimo!...

— ...

— Isso, Horácio, isso! Ai, meu Deus, eu vou gozar! Eu vou go...

— Maria Helena?

— Não fala, Horácio, não fala!... Tô quase chegando lá!... Aí!... Vem junto comigo!... Isso!... Faz forte, bem forte! ... Isso!... ISSO!... Tô quase lá, Horácio!

— Tô perdendo a visão, Maria Helena.

— Quê?... *ffff*... ããi.....

— Não tô mais enxergando a japonesa na *Playboy*, Maria Helena... Nem a *Playboy* eu tô vendo mais! Tudo virou uma névoa azulada... Eu tô ficando cego, Maria Helena. Como o Ray Charles!

— Caralho, Horácio! Perdi o ponto!

— Perdeu o quê? Eu digo que tô ficando cego e você responde que perdeu o ponto, Maria Helena?

— Fecha os olhos e pensa na japonesa, Horácio... Vai, de novo, de novo... O.k., Horácio... Isso!... Isso!!!

— Maria Helena?

— O que foi agora, Horácio?!

— *Blugf*. Uma dispepsia desgraçada! *Glaburgh*.

— Saúde, Horácio...

— Também tô ficando fanho, não tô?

— Cala esse bico de pato e se concentra, Horácio... *ã-ã-ã-ãi... ui!... isss... ssso*... faz mais... mais...

— Não!

— Não o quê, Horácio?...

— Dor de cabeça, Maria Helena! Bateu com tudo! De rachar! Aiiiii! Minha cabeça vai estourar, Maria Helena!

— Estoura não, Horácio, fique calmo... seja homem... não pára!... Não pára, pelamordedeus, Horácio!...

— *Gug*. Vou vomitar, Maria Helena. Enjôo desgraçado!... Ops. Desculpe. Saiu sem querer.

— Uau! Esse foi caprichado, hein, Horácio...

— *Ãi-ãi-ãi! Ahhh... UG!*

— Cê tá gozando, Horácio?!

— Não, Maria Helena. Tô quase cagando. Brequei na tarraqueta.

— Tudo bem, Horácio, tudo bem. Seu intestino levou a melhor. Deixa eu sair daqui... pronto, pronto. Você está livre. Pode ir dar sua cagadinha.

— Poxa, Maria Helena, me desculpa, mas...

— Não, tudo bem. Eu gozo outra hora. Não faltará oportunidade, como diz você.

— Eu não tô legal, Maria Helena... *glonfsss...*

— Tava bom demais pra ser verdade.

— Você consegue ver os meus chinelos por aí, Maria Helena? Não tô enxergando porra nenhuma... Êpa! Que é isso aqui?!

— É o seu pau, Horácio.

— Nossa. Nem parece meu.

— Não é mesmo. É da Pfizer. Olha aqui os seus chinelos, Horácio... um pé... o outro pé...

— Valeu, Maria Helena.

— Vem, Horácio, vem que eu te levo ao banheiro. Dá a mãozinha pra mamãe... isso... por aqui... vem... Querendo, pode abaixar esse pau agora.

— Não consigo.

— Jura? Ótimo. Quem sabe depois do seu cocô a gente não tenta novamente.

— Maria Helena?

— Sim, Horácio.
— Como é que eu vou fazer pra sentar na privada desse jeito? Meu pau vai ficar pra fora do vaso.
— E qual é o problema, Horácio? Você por acaso caga pelo pau?
— Maria Helena!
— Vem, vem... já estamos na porta do banheiro... vem... não embola o meu tapetinho... isso... pode parar agora. Vira... senta... Pronto.
— Olha aqui, Maria Helena. Não falei? Meu pau não fica dentro da privada.
— Relaxa, Horácio. Esquece esse pau duro.
— Eu detesto ter que te explicar isso, Maria Helena, mas o fato é que, quando eu defeco, eu urino junto.
— Verdade? Não dá pra segurar o xixi?
— É incontrolável. Vou inundar esse banheiro de urina.
— Já sei, Horácio. Eu seguro o baldinho do lixo na frente do seu pau. Tá vendo? Não tá vendo, né? Pega aqui. Viu? Pode mijar o quanto você quiser, que não cai nenhuma gotinha no chão.
— Jura?
— Nem uma gotinha.
— Que situação...
— Depois eu te faço um sexo oral aí pra relaxar esse negócio.
— Não precisa se incomodar, Maria Helena. Maria Helena?
— Fala, Horácio.
— Como é que eu vou fazer pra limpar a minha bunda? Não tô vendo nada. Pode acontecer uma tragédia.
— Eu limpo a sua bunda, Horácio.
— Mesmo?
— Mesmo.
— Obrigado, Maria Helena.
— De nada, Horácio.

Umidade

1.

O Liminha jamais sonhou em ter uma mulher como a Mariana. Quando ele conheceu Mariana, seus sonhos começaram. Aqueles peitos empinados como um par de golfinhos saltando em sincronia num tanque de exibições, aquilo era o bicho, cara, se entusiasmava o Liminha diante dos amigos.

— Que mulher! E digo mais: que puta mulher. Putíssima — amplificava o Liminha.

Quem a conhecia, como o Rubens, concordava: putissíssima mulher. Quando pegava um sol, então, ficava pra lá de tesão. Morenaça, mas com luzes loiras manchando os cabelos castanhos, o que dava um halo exótico àquela cara de Claudia Schiffer. Sim, o Liminha achava a Mariana a cara escarrada da jovem Claudia Schiffer em versão tropical, os zigomas salientes e arredondados, os lábios grossos, o ar de tédio irônico na expressão, os olhos indecifráveis. As minissaias mais generosas comprovavam: celulite zero naquelas pernas de manequim atlética. Só músculo e a pele mais lisa do mundo. Uma seda.

Aquilo era um outdoor ambulante, rotulava o Liminha. *Clean*, como ele gostava. Sempre saída do banho e da frente de uma dúzia de espelhos. Não era abonada, a Mariana, pelo contrário. Berço modesto, filha única de mãe viúva que vivia de pensão e do aluguel de uma casinha, nada mais. Seu microssalário de auxiliar de alguma coisa numa pequena agência de publicidade não devia dar pra nenhum luxo, mesmo pruma jovem solteira. Mesmo assim ela se arranjava e sempre dava um jeito de descolar grifes de patricinha em pontas de estoque, brechós, bazares.

Outra coisa: a Mariana estava solteiríssima desde que rompera com o noivo, um mauricinho cheio da grana, filho de um empresário de transportes, cujo sobrenome, Galhardo, circulava colado no baú dos caminhões pelos quatro cantos do país: TRANSGALHARDO. Só em Mariana é que o transgalhardo não colou, já que "a menina se recusou a subir os degraus do altar com o herdeiro", como suspirava a mãe dela para os parentes, amigos e vizinhos em geral. Muita gente não entendeu como é que a Mariana tinha deixado escapar uma oportunidade daquelas. Liminha e todos os pirocudos do pedaço se animaram. Liminha mais do que todos, se isso era possível.

— Essa Mariana é uma apoteose — derramava-se o Liminha nas happy hours. — E ainda por cima é honesta. Deu um pé na bunda do Transgalhardo. — E insistia: — Não é uma xota registradora atrás de marido rico, como essas gostosinhas com quem a gente topa por aí, a toda hora, em todo canto. Tô certo ou tô errado?

Estava certíssimo, ecoavam os colegas e amigos da happy hour.

Um dia o Liminha tomou coragem e ligou pra Mariana na

agência. Ela disse alô, e ele, na lata: "Vamos ao cinema?". Ela quis saber quem estava falando. Ele disse que era ele, o Liminha, da BigNet.

— Lembra de mim? Você disse que eu parecia o Michael Douglas jovem — ele mentiu.

— Eu disse isso?!

O truque deu certo. Ela riu e acabou topando o cinema na sexta.

Topou, caralho! Ela topou! O Liminha não acreditava. Quase mijou nas calças de excitação. Mijou um pouco, até. O último romântico, o Liminha.

Ir ao cinema aproxima as pessoas pelo inconsciente. Estranhos que partilham o mesmo sonho na sala escura estabelecem mais facilmente uma base comum de afetividade. Essa era a tese do Liminha, que ao prospectar um possível cliente pedia sempre para abaixarem um pouco a luz antes de acessar no computador os sites construídos e administrados pela BigNet. Assim, enquanto apresentava o portfólio vivo de sua empresa no próprio computador do cliente, ia criando vínculos subliminares com ele ou ela que não raro se transformavam em bons negócios.

Quando o filme — terror, com a Nicole Kidman — acabou e as luzes se acenderam, o Liminha e a Mariana estavam de fato mais íntimos, ela, aterrada, buscando proteção física nele.

— Não gosto de filme com cadáver que anda e fala — disse Mariana, apertando o braço do novo amigo.

Liminha pensou se não tinha dado uma bola fora. De fato, filme de terror não é pra qualquer paladar. Agora, toda vez que as imagens horripilantes do filme viessem à cabeça de Mariana, ela se lembraria dele, criando uma associação negativa.

A conferir, inquietava-se o mercadólogo.

Bom, Mariana ficou de fato mexida com o filme, isso era visível. Ponto a meu favor, computava o Liminha. Você trabalha melhor a mente de uma mulher que já está emocionada por imagens impactantes. Ela fica mais vulnerável, mais fácil de abordar, influenciar, penetrar.

Ele encostou o braço no dela, de leve, na escada rolante do shopping. E ela deixou. Pelo menos pareceu não se incomodar. Pele quente, macia, ele registrou. Uma troca de calores físicos é sempre um bom começo, calculava o Liminha. Teve ganas de enlaçar aquela cinturinha, mas ficou sem saber se teria mesmo coragem de fazer isso, pois a escada do shopping os despejou no piso inferior antes que ele pudesse tomar alguma atitude.

Ali tinha, ele viu. Inacreditável. A mulher mais gostosa do Cone Sul. Quem diria. O Rubinho não ia acreditar. Ninguém ia acreditar. Mariana era mais que um avião; era um ônibus espacial, uma estação orbital completa, ele comparava, vendo com que graça, com que abandono ela se deixava cativar por uma vitrine da Zoomp anunciando uma tentadora liquidação de jeans.

Propôs então uma cantina fora do shopping. Ela topou, mas ficou só na salada.

— De sexta, não como carne nem massa — explicou.

Ele gostou de ouvir aquilo. Definitivamente, uma garota de princípios. Talvez por isso tivesse rompido com o cafajeste do ex-noivo. Será que ele era um tipo autoritário, ou mesmo sádico, que a obrigava a comer carne e massa toda sexta? "Vai, sua vaca, come aí essa picanha. Anda, piranha, devora logo esse ravióli." Coitadinha da Mariana. Com ele, ia ser diferente. Ela ia poder se fartar de quanta rúcula, alface, agrião e tomate quisesse pastar "de sexta".

Na volta, ele parou o Audi diante do prédio de Mariana no Ipiranga, três andares, sem elevador, a fachada carcomida pela pouca prosperidade dos ocupantes. Antes que ela fizesse menção de dar o boa-noite, ele começou:

— Vou te dizer uma coisa que eu não devia te dizer... não agora, pelo menos...

Tantas reticências... Ela sabia o que vinha pela frente. Ou melhor, pelo lado esquerdo, o do motorista. Ele começou:

— Te amo, Mariana. Nunca senti isso por mulher nenhuma, sabia? Não assim tão rápido, tão intenso, tão definitivo.

"Te amo?" Logo de cara? Ela não sabia o que pensar. Surpresa não era. Os homens que se aproximavam dela acabavam, mais cedo do que tarde, caindo de paixão tesuda por ela, e caídos ficavam pelo caminho. Mas aquele lá parecia diferente. Não sabia explicar por quê. Talvez nem fosse tão diferente, e ela estivesse apenas achando conveniente arranjar logo um novo idólatra fixo, fosse quem fosse, dentro de um certo padrão, é claro. De todo modo, fechou os olhos e acatou o beijo dele. Depois abriu um olho e viu que ele não tinha fechado os olhos. Safado, pensou. Liminha, que tinha visto aquele olhão aberto dela, pensou o mesmo. E o beijo acabou. O primeiro beijo. Ela saiu do carro com um "Me liga", e nisso ficaram.

— Diferente dessas galinhas por aí, que já vão se arreganhando pro primeiro macho que aparece na frente delas — Liminha elogiava no dia seguinte ao Rubens, webdesigner da BigNet e seu melhor amigo.

E Mariana foi se deixando namorar, de leve, sem compromisso. Liminha se deslumbrou com o deslumbramento que causava sua entrada nos lugares ao lado daquela presa fabulosa. Nem se ele entrasse com uma tigresa na coleira faria tanto sucesso. Mariana era o alvo certo de todas as retinas, masculinas ou femininas. Homens e mulheres tentavam descobrir que atributos especiais, invisíveis a olho nu, possuía o aparente proprietário daquele monumento. Grana e cacife social? Poderes sobrenaturais? Dote avantajado de ator pornô? Ninguém saberia a resposta, nem o próprio Liminha, que apenas esfregava as mãos, esperando pela "hora H do dia D — de Deu!", conforme comentava com os mais chegados.

Só de pensar, já ficava de pau duro, como aconteceu numa reunião para decidir o perfil do novo portal de um megabanco. O cliente, uma loira bunduda de tailleur malva e salto agulha, hesitava entre um estilo "galera" e algo mais sisudo e "bancário".

— A menos que vocês tenham outra opção — a mulher jogou pro Liminha, o homem de marketing da BigNet.

— Bem, veja... — o Liminha começou, sem completar.

Sim, na verdade, ele tinha outra opção, cilíndrica, rija e cabeçuda. Estava logo ali, dentro da calça, debaixo daquela pasta de cartolina aberta em seu colo. Mas quem respondeu à dona, pra sorte dele, foi o Amaral, um dos sócios da BigNet presentes à reunião, desembrulhando um blablablá subsociológico que deu tempo ao Liminha de trazer suas duas cabeças de volta para a Terra.

Episódios como esse se repetiam. Não havia muito espaço para outro assunto na mente do apaixonado Liminha. E a hora H, o dia D, não chegavam nunca. Não passava dum B de beijinho, e olhe lá. O Liminha cozinhava no fogo alto da própria ansiedade.

Um dia confidenciou com o próprio pênis, nos preâmbulos de uma punheta dedicada a Mariana:

— Rapaz, que inveja de você, que vai entrar de cabeça naquela beleza brasileira. Pela porta da frente, como um rei. Ou pela dos fundos, feito um penetra sapeca. Tanto faz.

Ele se abria com o Rubens no fumódromo da BigNet:

— Essa mina é uma parada, meu amigo. Durona na queda.

Tinha comprado umas camisinhas coloridas, coreanas. Andava com três envelopes delas na carteira. Mostrou pro outro.

— Pra quando o carnaval chegar. Vou estrear de vermelho. A cor do tesão!

— Guarda de lembrança, depois — sugeriu o Rubens, não sem um certo despeito invejoso.

2.

— Sou virgem — confessou Mariana, quando chegou o momento de confessar alguma coisa. — Convicta.

Nem admitia discutir o assunto. Sua virgindade fazia parte do pacote. Era pegar ou largar. "Essa é a minha cláusula régia."

Ou seja, namoro sem penetração. Ou isso ou nada.

Liminha nem se recordava da última vez que tivera uma namorada virgem. Nem sua primeira namorada, coleguinha do colegial, era virgem, que ele se lembrasse. Todas já tinham vindo a ele devidamente desbravadas. E era na cama que se celebrava o contrato amoroso. Mas achou melhor ficar quieto.

Mariana reiterou:

— Sexo, meu filho, só casando mesmo. Puxei à minha mãe, que puxou à minha avó. Mulherada das antiga, falô?

Liminha olhava aquele ícone feminino e caía de joelhos:

— Vamos casar então, Mariana! Semana que vem! À moda antiga! De véu, grinalda e limusine!

Ele falava sério. Ardia de seriedade. Ela não esperava aquele ultimato. Disse que também não era assim. Precisava de tempo pra pensar, pra eles se conhecerem melhor. Primeiro, um noivado, "nos conformes".

Que conformes? Ele não se conformava: seduzia, investia, provocava.

— O verdadeiro amor vive apressado — poetizou o Liminha, com a mão dela apertada entre as suas, durante um jantar.

Ela puxou a mão de volta. Liminha viu que nem poesia vingava ali.

— Caralho... — deixou escapar.

Foi o suficiente pra ela fechar a cara. Quanto tempo ia durar aquele muxoxo?, perguntou-se Liminha. Às vezes uma besteira qualquer podia render uma semana inteira de tratamento antártico por parte de Mariana. Era seu tempo mínimo de dissipação rancorosa. Pedia pra telefonista da agência e pra mãe, em casa, não passarem as ligações dele, não respondia os e-mails, não queria papo.

O Liminha pirava. E submetia Mariana a um intenso e custoso bombardeio de flores e mimos enviados por courier. Ela chegava às nove no trabalho e já encontrava um buquê de rosas brancas, suas preferidas, a esperá-la com um bilhete: "Te espero até o fim do tempo". Ou um par de brincos caros e a dedicatória: "À minha única e eterna rainha, de um súdito que morre todo dia um pouco sem a luz da tua presença".

Mariana, toda armada de ameaças e novas regras, acabava concedendo nova chance ao desesperado Liminha, que manejava legal nas primeiras semanas. Não era fácil pra ele. Era muito linda e apetitosa, aquela mulher.

Desabafava com o Rubens:

— Só penso nisso, cara. Nem consigo me concentrar no trabalho.

— Já percebi. E todo mundo na BigNet também.

— É muita tentação aquela mulher. Fico vendo os peitinhos dela no ar, que nem dois balões de gás. Acordo de pau duro encoxando o travesseiro e pensando que é ela. Até beijo na boca eu dou no travesseiro. Pode?

— É ruim, hein?

— No meio de reunião de trabalho fico tentando imaginar os cheirinhos íntimos da Mariana. Você já tentou imaginar os cheiros de uma mulher?

— Acho que não. Que eu me lembre, pelo menos.

— O cheiro da bundinha dela, por exemplo. Da xota. Dos pés...

Rubens arriscou:

— Você já viu?

— O quê? Os pés da Mariana?

— A bundinha.

— Claro — mentia o Liminha. Depois diminuía: — Quase. — E corrigia: — Não.

— Tem que ter paciência.

— E um pé-de-cabra — completava o Liminha. — Aquilo tá trancado a sete chaves. É foda, véio.

— Aliás, foda é que era bão, né?

— A situação é tão surreal, tão anacrônica, tão absurda, que outro dia eu me pilhei cogitando se a Mariana tem mesmo vagina. Juro.

— Pode estar em outro lugar — começou o Rubens, tentando temperar um pouco o baixo astral do amigo. — Vai ver tá debaixo do sovaco esquerdo. Ou direito. Já deu uma checada?

Liminha delirava levemente, no embalo de quatro uísques.

— Linda como ela é, meu velho Rubens, a Mariana nem precisa de buceta.

— É verdade — concordou o Rubens. — Quer dizer, buceta, com todo o respeito, sempre tem sua utilidade numa mulher, né?

— A merda é que ela é muito linda. Demais da conta.

— Sou forçado a concordar. Ela teria a cara da Winona Ryder, se a Winona Ryder fosse tão perfeita quanto ela.

— Ela é a cara é da Claudia Schiffer quando jovem. A Winona é muito miúda.

— Uma mistura da Claudia Schiffer com a Winona Ryder, então — concedia o Rubens. — Com um toque da Luana Piovani.

— É verdade. Os olhos, principalmente, são da Luana. Verdes como o diabo gosta. E que shape tem aquele corpo. O que é aquilo, meu Deus?

— Corpão malhado da Demi Moore — detalhava o Rubens, estimulado pelo amigo. — Tomo a liberdade de dizer isso porque vi a sua excelentíssima de biquíni naquele churrasco no sítio do André.

— Não é uma coisa de arrepiar? — se orgulhou o Liminha.

— Eu diria que sim — concordou o Rubens, já um tanto enjoado daquela devoção toda.

3.

Liminha pegou o hábito de acessar os sites de sacanagem da internet em pleno horário de trabalho, tentando adivinhar qual daquelas genitálias femininas combinava mais com o jeitão da namoradinha. Uma floresta tufosa? Um jardim aparadinho? Implícita e discreta? Ou farfalhuda e metida a besta, desabrochando em pétalas e gomos exuberantes? Difícil dizer. Ele já tinha se enganado muito com bucetas. Já vira gatinhas miúdas, com pouco mais de metro e meio de altura, portando verdadeiras hiléias entre as coxinhas de boneca.

— Meu reino pela bucetinha da Mariana! — bradava o Liminha em suas orgias marianonanistas.

Quando estava em sua mesa na sede da BigNet, passava horas fazendo montagens no Photoshop, instalando a cabeça da Mariana nos corpos das peladas que capturava na internet. Imprimia as melhores versões e levava para o banheiro, onde se acabava em inspiradas homenagens.

Um dia, de pileque, voltando de uma festa com Mariana,

foi acometido de uma ereção de jumento. Puxou discretamente o zíper da braguilha, deixou sair pra fora.

— Olha — ordenou.

Ela olhou. Soltou sua bufada de protesto e virou o rosto magnífico pra janela. O negócio dele arrefeceu.

— Desculpe — ele murmurou. — É que...

Nem completou a desculpa. Mas, daquela vez, não deu o rolo que ele achava que ia dar. Mariana até deu um selinho de despedida nele, com pena talvez da rejeição que impunha ao namorado. O Liminha voltou pra casa achando que o noivado dela com o finado Transgalhardo tinha melado por causa do sexo. Ou da falta dele. Tava na cara. Vai ver, o cara forçou muito a barra. Esse pessoal da área de mudanças não deve primar pela sutileza. Não que ele próprio já não tivesse sentido uns ímpetos violadores com Mariana, mas nem cogitava em partir pra ignorância. Não, ali o sujeito tinha que ter a manha, desencanar, aprender os códigos, decifrar os enigmas.

Mas, no dia seguinte, tomando o primeiro uisquinho da happy com o Rubens, o Liminha, sem aviso prévio de sua consciência, soltou:

— Comi.

— Quem?! — o Rubens explodiu.

A cara do amigo não deixava dúvidas.

— Brincou... — fez o Rubens.

— As duas primeiras, foi sem tirar.

— E por que tirou, tirou por quê? — babava o Rubens, que, pudesse, passaria a vida inteira dentro daquela mulher, mesmo sem tevê nem microondas.

Daí, não se sabe bem por que sussurrantes vias, o eco da lorota acabou batendo nos ouvidos da Mariana. Pronto. Armou-se o maremoto. Putíssima, a bela disparou berros e pragas, atirou coisas na parede, jurou as vinganças mais atrozes. Quando esgotou o auge do surto, passou a mão no telefone e mandou a melhor amiga espalhar imediatamente a contra-informação:

— Mentira! Não dei, nem vou dar nunca praquele cachorro obsceno!

Depois, mandou um e-mail mais ou menos com o mesmo teor para o Liminha, com o adendo: "Não me procure mais, seu cafajeste".

Aquilo doeu na alma do Liminha. Ele atuava na nova economia, tinha MBA na GV, falava inglês perfeitamente, era um homem do século vinte e um. Não era um cafajeste.

Liminha foi cobrar satisfações do Rubens. Como ele podia ter contado aquele segredo de ouro a sabe-se lá quem?

— Foi um desses papinhos idiotas de praia e caipirinha cuma mina que eu conheço, sobre a idade com que cada um trepou pela primeira vez. Saca esse tipo de conversa mole que só tem a finalidade de trazer o sexo pra berlinda?

— Mas por que cagadas-d'água o senhor teve que botar a minha vida íntima no meio desse seu xaveco barato?

— Pois é — falou o Rubens, realmente passado. — A mina tava contando que tinha começado aos dezessete anos, mas que hoje tem muita mina de catorze mandando ver, e tal. Aí eu falei que tinha uma conhecida, a Mariana, namorada de um amigo, que apesar de supergata, moderna, publicitária e tudo o mais, tinha ficado virgem até os vinte e cinco anos. Mas que, graças às habilidades e artimanhas do meu grande amigo Liminha...

— Por que envolver nomes, santa porra!?

— Bom, quando você tá contando uma história, é legal pro ouvinte saber os nomes dos personagens, o que eles fazem na vida, né?

— Cê me fodeu, Rubinho.

— Porra, você diz que fodeu a mina quando não fodeu, e eu é que te fodi? Liminha, como é que eu ia adivinhar que a garota da praia ia bater essa história pra alguém que conhece a Mariana, meu?

— Todo mundo conhece a Mariana nesse meio. Você já não conhecia? Todo mundo conhece todo mundo.

Nova bateria de telefonemas, rosas brancas da paz, presentes (o urso de pelúcia, imenso, mal passou pela porta do prédio), e-mails animados em 3-D, criados especialmente pelo Rubens, com as músicas preferidas dela, o diabo. Um mês, dois meses. E nada. Nunca uma reconciliação tinha demorado tanto assim. O Liminha detestava reconhecer isso, mas a batalha e a própria guerra pareciam perdidas. Ele deixara tolamente a beleza absoluta escapar de suas mãos trogloditas.

Até que teve a idéia e a oportunidade de trocar o Audi 96 por outro mais novo, uma peruinha A-4 prateada, 2001, jóia rara, baixa quilometragem, único dono, o Netto, maior investidor da BigNet, que acabara de trocá-la por um Volvo zero-quilômetro. O A-4 era cinza-metálico, a cor predileta da Mariana para carros em geral: vistosa e distinta ao mesmo tempo, dizia ela. Bom gosto. O Liminha sabia disso. Uma nota preta, aquele A-4, em prestações que se arrastariam por séculos a fio. Mas valia o investimento, ele achava. Mariana valia qualquer dinheiro, qualquer suor, qualquer coisa.

— Vale mesmo? — ele se perguntava.

— Vale! — ele se respondia, categórico, para não fraquejar.

Acertou na mosca com aquele A-4, o Liminha. Mariana, inteirada da nova aquisição do ex-namorado, acabou admitindo que ele viesse vê-la, "sem compromisso", para se desculpar ao vivo. Mas tinha que ser numa manhã de terça, que ela dizia ser seu único período disponível, quando excepcionalmente não iria trabalhar. O motivo, não explicou. Só podia ser pra atazaná-lo. Soterrado de compromissos profissionais nas manhãs dos dias úteis, tanto quanto às tardes, e mesmo às noites, sobretudo com a crise em que a economia digital se atolava até o pescoço, cada cliente sendo disputado a socos e pontapés pelas empresas de internet, lá foi ele pro Ipiranga. Não podia ficar sem aquela mulher. Ela já era uma parte estrutural da sua imagem pública. E nunca na vida que a sua próxima namorada, ou a seguinte, ou qualquer outra que viesse a arrumar na vida, seria assim tão top de linha quanto a Mariana. Tirasse o cavalo da chuva.

Ficou se repetindo isso feito um mantra, enquanto se arrastava pelo trânsito demencial que o levou até a travessinha da rua Bom Pastor, onde morava Mariana, tendo perdido uma reunião importantíssima com a diretoria da BigNet e outra que rolaria durante um almoço com um dos principais clientes do noroeste do estado, em visita à capital. Esse cliente, um revendedor de implementos agrícolas de Araçatuba, "trabalhado" pessoalmente pelo Liminha, era peça fundamental na estratégia revolucionária que ele desenhara, de regionalizar os negócios da BigNet, num ramo em que todos buscavam soluções universalistas. Sua monografia de MBA, "Do Universo à taba: a volta por baixo da rede mundial", abordava justamente essa proposta que procurava os caminhos para inflar de novo a malfadada bolha dos negócios digitais. Liminha precisava com urgência "provar seu ponto", como se dizia agora. Aquele forfait matinal ia sujar legal sua barra. Ele teria que contratar roteiristas do estúdio do Spielberg para fabricar uma desculpa ao menos plausível.

Liminha deu de ombros. Foda-se a internet. Fodam-se o universo e a taba. Viva Mariana.

E Mariana viu da janela o namorado estacionando o Audi novo em frente ao prédio. Carrão. Cinza-metálico, tinindo. Quatro portas. Zerinho, parecia. Viu quando ele entrou no prédio abraçando um verdadeiro roseiral branco. Antes de entrar, olhou pra cima, jogou um sorriso pra ela. Mariana fechou a cortina num golpe seco, indicando que nada seria tão fácil quanto ele imaginava.

Depois de galgar aos saltos de dois e três degraus os lances de escada até o terceiro e último andar com sua carga floral, três dúzias, Liminha encontrou a porta da frente entreaberta. Deu com sua deusa na sala, sozinha, entronizada no sofá, diante da tevê ligada num programa de culinária, em alto volume: abobrinhas recheadas ao forno, era o tema, como o Romeu florido logo percebeu.

— Mariana! — ele explodiu.

Mas o alvo da exclamação nem se dignou a se levantar para recebê-lo, ou às rosas, que ele depositou na mesa de jantar. Num tom menos enfático, disse:

— Não dá pra abaixar um pouco essa tevê, Mariana?

— Você só veio aqui me pedir pra abaixar a tevê? — replicou Mariana, sem desviar os olhos da telinha, onde se via em close fechado os dedos da apresentadora entuchando carne moída misturada com arroz para dentro de uma abobrinha oca.

Liminha não esperava por aquela abobrinha recheada. Via os dedos besuntados da mulher da tevê indo e vindo dentro do oco da abobrinha, a ajeitar com cuidado o recheio no interior da leguminosa, sem falar nada, agora. Teve tempo de ponderar o quanto devia ser difícil arranjar o que dizer enquanto se recheia uma abobrinha, e com aquela musiquinha eletrônica besta de fundo, ainda por cima.

Perdeu o rebolado. Até que Mariana apontou o chão à sua frente e comandou:

— Ajoelha aí.

Liminha se ajoelhou sobre a rótula direita, com a tevê ainda em seu campo de visão. Mariana, por fim, concedeu-lhe um olhar. E outro comando:

— Repete o que eu vou dizer agora. É um juramento.

Liminha, genuflexo diante de sua dama, abanou a cabeça. Sim, ele repetiria fosse o que fosse, era só ela dizer. Juraria qualquer coisa, por todos os santos e deuses de todos os olimpos. Mas, antes que Mariana proferisse o texto do juramento, o que se ouviu foi a apresentadora rompendo sua mudez na tevê:

— Mas, veja bem, minha amiga, você precisa tomar o máximo cuidado pra não rasgar a parede da abobrinha quando for socar o recheio lá dentro... assim, ó... tá vendo?... de leve... com carinho...

Liminha soltou uma risada. Era justamente aquilo que ele gostaria de fazer com Mariana, socar seu recheio lá dentro, com carinho. Ela clicou por fim o off no controle. A apresentadora e suas abobrinhas foram sugadas pelo negror da tela.

Mariana começou:

— Repete.

— Repito.

— "Eu, Rogério Francisco Lima Júnior, juro, em nome da minha mãe..."

Liminha uniu as mãos espalmadas em prece e repetiu. Mariana continuou:

— ... que nunca mais direi que fiz o que não fiz...

— ... nem o que vier a fazer! — atalhou o Liminha. — Sobretudo isso!

— Exatamente.

— Mas digo agora, pra quem quiser ouvir, que te amo, Mariana, acima de todas as coisas. Você é a minha luz, Mariana, minha alegria, minha vida. Me perdoa, *amore mio*!

4.

O Rubens custou a acreditar quando o Liminha relatou o ocorrido na happy daquele mesmo dia.

— E você ajoelhou?!

— E rezei, meu amigo. Jurei, implorei. Tô com o joelho latejando até agora.

— E?...

Liminha puxou o celular com câmera digital. Acessou uma foto no visor: lá estava ele abraçado a Mariana, o braço direito estendido a segurar o aparelho, sorridente.

— Uau... — suspirou o Rubens, de olhos fixos nos peitos da girl do amigo, exuberantes debaixo da blusa de malha fina. E pensou que daria um ano da sua vida só pra chupar um único peito daquela mulher. Só um. Quase chegou a ter ódio do Liminha, que, em breve, estaria degustando as duas mamas da sereia do Ipiranga. Dois peitos incríveis para um homem só. Não era justo.

Mas o glorioso dia dessa degustação mamária não chegava nunca para o Liminha, embora, com o tempo, Mariana fosse dando uns ralos sinais de relaxamento. Muito de vez em quando concedia uma coisinha ou outra, em geral a bordo do Audi A-4. Deixava-o pegar nos peitos por dentro do decote, ou por baixo da blusa, breve e de leve, só pegar, nada de apertar, muito menos chupar.

"Migalhas para um leão faminto", o Liminha definia, usando uma frase lida ou ouvida em algum lugar. Uma vez, estacionado na porta do prédio do Ipiranga, durante um malho rotineiro de despedida, o Liminha tentou conduzir de mansinho a pata da gazela até seu pau duro sob o pano do jeans. No anular ela trazia o anel de pérola solitária que ele lhe dera de presente, numa das várias e complicadas reconciliações do casal. Ele queria que ela ao menos sentisse a quantas andava o seu desejo, mera conferência, nada mais. Um macho apaixonado precisa desse tipo de reconhecimento. Mas, quando a mão dela tocou aquele volume sólido, logo recuou, ultrajada. E a noite acabou azeda.

No encontro seguinte, não se tocou no assunto, e o namoro foi em frente, ou seja lá pra onde vão os namoros, com ou sem sexo, seguido a respeitável distância pelo amor. Liminha fez questão de apressar as bodas — ou "as fôdas", como ele se referia em conversas com os amigos mais chegados. Todos riam, todos se viam no fraque do Liminha a receber no altar aquela maravilha de mulher embrulhada em branco virginal — e nenhum deles tinha dificuldade de imaginá-la depois numa cama de um cinco estrelas, a meia-luz, toda aberta e pronta para o amor.

Marcaram data. Maio. "Um mês tão lindo!", aplaudiu a sogrinha, as banholas debaixo dos braços tremelicando de emoção, quando a filha e o futuro genro foram participar-lhe a decisão. Dona Lena não conteve as lágrimas, como se diz, ao estreitar Mariana em sua peitaria católica.

— Chegou a horinha da minha miúda! Ai, Deusinho! Eu vou perder a minha pequenina! — se debulhava a matrona, deixando aflorar a portuguesa que fora um dia, antes de emigrar para o Brasil, uma pá de décadas atrás.

— Credo, dona Lena — disse o Liminha ao ouvir aquilo. — A Mariana não vai se mudar pra Sibéria. Só vai casar comigo.

— Você diz isso porque não é mãe! — fremia a mulher.

— Isso lá é verdade — replicou o Liminha, arrependido de ter aberto a maldita boca. Lá vinha catilinária:

— Só mãe é que entende esse sentimento! — expectorou a boa senhora. E acrescentou, compungida: — Se pelo menos o Geraldinho estivesse aqui na Terra pra levar a nossa Marianinha até o altar...

Mas não estava. Geraldinho Batistutti, Homem de Vendas de 1975 pela ADVB, por ter negociado mais Brasílias do que qualquer outro vendedor das concessionárias Volkswagen no Brasil inteiro, estava morto. Anos depois daquele prêmio, já numa fase declinante da sua carreira em vendas, o pai da Mariana teve um colapso cardíaco fulminante em pleno escritório de um cliente.

Já não era mais carro o que ele vendia então. Geraldinho tentava convencer o cliente das vantagens imperdíveis de adquirir um jazigo num cemitério ajardinado "a apenas dez minutos do estádio do Morumbi", como dizia o prospecto que tiveram de arrancar de sua mão crispada pela morte. Dona Lena guardava a relíquia num gavetão da cômoda da sala, sobre a qual imperava uma estátua de Nossa Senhora Aparecida, e foi lá pegá-lo novamente, como da primeira vez que contara ao Liminha aquela história. Era lá mesmo, naquele amplo terreno ajardinado da foto já esmaecida do folheto, que o seu saudoso Geraldinho estava enterrado. Tão refinado jazigo tinha sido uma oferta da empresa incorporadora do novo cemitério, onde o marido, já velhusco e alcoólatra, tentava reerguer a sua outrora gloriosa carreira de vendedor.

— Um cemitério chique que só vendo — disse dona Lena, antes de suspirar, filosófica: — Enfim, o que tem que acontecer, acontece, não é? Uma fatalidade.

Liminha já tinha perdido a conta de quantas vezes fora submetido ao relato dos últimos momentos de Geraldinho Batistutti na Terra. Já nem se dava mais ao trabalho de demonstrar compunção ou nada parecido. Simplesmente olhava o folheto, sussurrando um foda-se lá por dentro do seu íntimo. Dona Lena sempre concluía seu discurso referindo-se à tal fatalidade. Às vezes são bem-vindas as fatalidades, matutava o Liminha, saudando a providencial ausência do Homem de Vendas de 1973. Ou era 75?

Depois de ordenar um café à Neguinha, a adolescente mulata praticamente muda que trabalhava para os Batistutti, dona Lena enxugou uma lágrima inexistente e seguiu discorrendo sobre a grande fatalidade que tinha sido a morte do Geraldinho, ocorrida justamente quando o coitado dava sinais de superar o alcoolismo e a ligação com uma vagabunda espertalhona e aproveitadora que o haviam consumido durante anos. Ninguém sabe o que ela tinha sofrido, a vilipendiada esposa.

— Eu vivi no purgatório, meu filho. Mas não deixei que nada disso destruísse o meu lar. Nem as bebedeiras dele, nem aquela caboclinha oportunista que o Geraldinho foi me arrumar sabe lá o diabo onde.

Dona Lena enfatizava a sorte do desgraçado do Geraldinho de encontrar uma santa como ela para esposa. Pois o Geraldinho, mesmo no auge dos porres diários e do caso com a "caboclinha", nunca deixou de ter assento e leito, comida, roupa lavada e pátrio poder na casa familiar. Aquela mamãe coragem tinha engolido estoicamente a humilhação e nunca deixara de abrir a porta para o marido bêbado e pulador de cerca, nem muito menos de tocar sua vida e a das filhas.

— Jamais abri esta boca para reclamar — gabava-se dona Lena. — Eu fazia cada tostão render um milhão. Cheguei a passar fome, mas a Mariana sempre teve do bom e do melhor. Não é por nada, mas hoje em dia as mulheres se separam dos maridos por dá cá essa palha. Não há mais santas disponíveis na praça.

Dona Lena ria de sua frase, obrigando o Liminha a esboçar algo parecido com um sorriso.

— Sou pobre, meu filho, mas tenho um coração nobre — rimava em causa própria a santa mulher.

Não havia, de fato, quem não achasse dona Lena uma santa. Maçante até a última dobra da papada — mas santa. A derradeira disponível na praça. O que fazia de Mariana uma filha da santa. Isso explicava muita coisa, concluía o Liminha, com um travo de ressentimento contra aquela "portuga bigoduda, gorda, carola e ridícula", como ele costumava se referir à futura sogrinha. Ali estavam as óbvias raízes do bode sexual da sua noiva.

5.

Na noite em que se oficializou o noivado, o Liminha saíra do Ipiranga convicto de que, não tivesse vivido à sombra da carolice balofa daquela mulher, Mariana estaria hoje fazendo com ele o que toda namorada moderna faz há mais de trinta ou quarenta anos com o namorado: sexo, muito sexo, gostoso e lambuzado, franco, explícito e desculpabilizado, à altura de sua monumental beleza.

A sorte de Mariana, o Liminha achava, era ter saído fisicamente ao finado pai, o magrelinho da foto sobre o bufê da sala, com sua pinta de galã galinha, peso-pena, cabeludo, como era praxe naqueles remotos anos setenta, com grandes e bem cultivadas costeletas, gola olímpica, blazer com brasão no bolso e óculos ray-ban de lentes esverdeadas. Geraldinho, havia que reconhecer, tinha o perfil exato do campeão em vendas de Brasílias e trêfego sedutor de caboclinhas. Os genes da esbeltez de Mariana tinham vindo dele, com certeza. Da mãe, ela puxara o nariz arrebitado e aquele temperamento diminutivo e tumular, capaz de sepultar numa caixa de fósforos qualquer entusiasmo mais romântico, qualquer arroubo mais viril da parte de um homem apaixonado.

Pelo menos uma inflada matrona igual a dona Lena ela não ficaria. Quer dizer, só se uma tonelada de banha estivesse de tocaia na curva da maturidade para encarnar naquele corpo de miss. A própria dona Lena já fora mais magra, segundo ela própria gostava de repetir: "Comecei a engordar depois de descobrir que o Geraldinho tinha outra".

— Mamãe foi linda na juventude — contou-lhe Mariana.
— Parecia uma top model.

Ao ouvir aquilo, o Liminha desenhava na mente o quadro tétrico que o esperava em algum momento do futuro: não muito tempo depois de casado, ele arrumaria uma amante, caboclinha, germânica, oriental, o que fosse, e Mariana descobriria tudo. Daí, por medo do escândalo e também por simples comodismo, ela se fecharia no rancor e logo em seguida na obesidade. Mas ele jurava a si mesmo que não deixaria uma catástrofe daquelas acontecer. Se sua bem-amada embagulhasse, arrastaria a cretina até um spa, onde faria exumar suas formas perfeitas do sepulcro de banha. Dona Lena não tivera quem lhe fizesse esse favor. E talvez o Geraldinho não tivesse dinheiro nem vontade de levá-la a algum spa, antes se comprazendo em ver a mulher perder dia a dia a feminilidade. Vai entender a cabeça de um premiado homem de vendas.

Dona Lena, de sua parte, nada tinha contra o casório da filha com o "filho do padeiro", como ela dizia, aludindo ao negócio do pai dele: padarias. Claro, ele podia ser um pouquinho mais alto, "só um tiquinho", ela brincava. E tratava de achar-lhe qualidades. Honesto, por exemplo. Nunca tinha roubado nem matado ninguém, que ela soubesse. E de rosto não era feio. Quer dizer, tinha seus ângulos bons. E uma carreira em ascensão numa firma "de alta tecnologia", como dona Lena aprendera a dizer. E detalhava às suas intelocutoras, que eram basicamente a Izumi, do cabeleireiro que ela freqüentava ("Porque faz bem um poucochinho de vaidade, não é?"), e a Lurdes, a jovem e já patusca vizinha do trinta e dois: "Meu futuro genro não é um reles vendedor como o Geraldinho, que Deus o tenha. O negócio dele é márquetim, minha filha, da internet. É outro nível".

Além disso, o futuro genrinho tinha verdadeira devoção pela sua Marianinha. "Acho que ele arrancaria o braço direito pela menina", como disse um dia à bronquítica e impressionável Lurdes, que teve um calafrio pensando no que Mariana haveria de fazer com o braço direito do Liminha.

Enquanto esperava maio chegar, Liminha se aplicava em prelibadoras bronhas, antegozando as delícias nupciais. O calor que devia fazer no meio das coxas marianas! Uma verdadeira sauna amorosa. Além da providência das camisinhas coreanas coloridas, o Liminha ponderou que ia precisar também de um certo treino pra não gozar rápido demais na primeira noite. Desvirginar Mariana em meio a uma ejaculação precoce era o que ele mais temia. Fazia questão de manter o pique até a descabaçada esposinha gozar gloriosamente, curando-se no ato das inibições herdadas da mãe. Ia ser um momento lindo.

Lembrou de ter lido uma crônica do Mário Prata no *Estadão* que mencionava certa técnica de contenção orgástica criada por um ejaculador precoce do interior paulista. Na hora do vamo-vê, o sujeito fazia um esforço para puxar na memória a careca de um antigo professor de matemática do ginásio. Isso o ajudava a temperar um pouco a afoiteza sexual, dando tempo ao pênis de se acostumar com seu novo hábitat, antes de sair cuspindo esperma feito um frangote ansioso.

O problema é que ele não se lembrava de nenhum professor careca, de matemática ou de nenhuma outra disciplina. Poderia mentalizar outras carecas antieróticas que conhecia — a do Válber, por exemplo, o cara do atendimento lá da BigNet, sendo que a pança do Norton, do financeiro, também serviria ao mesmo propósito. Mas pelo que a tal crônica deixava entender, tinha que ser uma recordação infantil pra técnica funcionar.

Esse método, portanto, estava fora de questão, descartou Liminha. Sem contar o risco de acabar desenvolvendo algum tipo de fixação sexual por carecas e panças. Vai saber. Não; o mais seguro era o chamado "método socrático" da sua adolescência, popular entre os garotos que iniciavam sua vida sexual com a namoradinha. Consistia em *socrar* uma no banheiro, "pra tirar o grosso", antes de entrar em ação com a mina, de modo a aproveitar melhor a brincadeira. O trocadilho era hediondo, mas o método socrático já se provara eficiente em mais de uma oportunidade.

Em meio a tais cogitações, a nudez imaginária de Mariana lhe provocava uma formigação que se espalhava do sexo para o corpo todo, numa espécie de febre galopante. Ele era bem capaz de gozar na noite de núpcias, só de bater o olho naquilo. A perfeição ao alcance da mão — e do pau. A glória. Talvez tivesse que *socrar* duas, pra garantir.

Passaram a procurar apartamento nos fins de semana. Depois de muito rodar pelo universo imobiliário da cidade, Mariana declarou-se perdidamente apaixonada por um apê na Vila Nova Conceição, não longe do parque do Ibirapuera. A suíte de casal e a copa-cozinha, em especial, eram "tudo de bom", como ela definiu. Alto padrão. Já estava cansada do Ipiranga. A vida inteira no Ipiranga. Uma prisão, o Ipiranga. Já era tempo de proclamar sua independência da classe média baixa de São Paulo, sintetizada naquele "Ipiranga", da mesma forma que dom Pedro I fizera em relação à coroa portuguesa, não muito longe da sua casa. Mas o aluguel do apaixonante apê era bem salgado, mais da metade do salário fixo do Liminha, sendo que havia ainda as prestações do A-4 a perder de vista, além das despesas do dia-a-dia. O ordenado de Mariana na agência de publicidade não seria um adjutório de grande monta; mal daria para cobrir a taxa do condomínio. Além do quê, o Liminha já tinha sinalizado que não queria mais ver sua Mariana se exibindo diariamente diante do bando de executivos e publicitários faunescos que esvoaçavam em torno dela na agência. Aquela jóia era só dele, agora.

Pelo sim, pelo não, o Liminha foi até a imobiliária, pagou o sinal e deu entrada nos papéis. O problema foi que seu pai, com quem contava cegamente para fiador, não quis nem ouvir falar nessa palavra perto dele. Seu Valentim já tinha se ferrado uma vez como fiador do seu então melhor amigo, anos antes. Pagou em juízo o maior mico, rompeu com o amigo e prometeu que nunca mais o pegariam pra Cristo. Nem seus filhos. Inda mais um aluguel astronômico daqueles. Onde o Rogério Francisco estava com a cabeça? Para ter aquele patrimônio que conquistara, três padarias e diversos imóveis alugados, precisou assar centenas de milhares de pãezinhos ao longo de muitos anos. Não ia pôr tudo em risco por causa da mania de grandeza da nora e da sabujice do filho apaixonado. Eles que começassem com mais modéstia a vida de casados, pomba, como ele próprio, Valentim, e sua esposa tinham começado, mais de trinta anos antes, em condições infinitamente mais precárias, diga-se de passagem.

Mas o Liminha não era de entregar os pontos. Ele tinha um plano, que não demorou a pôr em execução. Começou dizendo a Mariana que o pai topara assinar a fiança. E que pegaria bem ela passar lá na casa dos velhos para agradecer. E a noivinha foi, carregando um sorriso encantador. Deu um beijo em cada bochecha do constrangido sogro, desarmou o homem. Seu Valentim não teve alternativa senão aceitar a Mont Blanc que o filho lhe oferecia e assinar as três vias do contrato na linha do fiador. Ganhou em seguida mais um beijo de Mariana, que o deixou rubro como as brasas de seus fornos.

Uma semana depois, com a papelada finalmente aprovada,

o Liminha passou na imobiliária para pegar as chaves e despejar o checão do primeiro aluguel. Naquela noite ia fazer uma surpresinha pra Mariana. Tiraria do bolso e ficaria chacoalhando o molho de chaves na cara da noivinha, pra ver se não a induzia a um estado hipnótico que rebaixasse suas inibições. Mandrake.

No caminho pra casa da noiva, as chaves no bolso, o Liminha teve o impulso de dar uma passada no apê que acabara de alugar. Uma comichão que lhe deu de repente, quase um tesão vindo do nada, ele diria.

Subiu, depois de explicar ao desconfiado porteiro que era o novo inquilino do cento e sessenta e dois. Lá em cima, deu uma espiada geral nos cômodos vazios. Por toda parte, no carpete e nas paredes, viam-se as marcas de antigas civilizações que ali haviam se estabelecido outrora. Na suíte matrimonial a comichão chegou ao ápice. Pela janela dava pra enxergar ao longe uma nesga verde do Ibirapuera.

Quando viu, o Lima estava de pau na mão, no meio do quadrilátero de um verde mais intenso no carpete onde antes se plantara com toda certeza uma cama de casal. Ia batizar o local onde haveria de ter o corpo de Mariana muitas e quantas vezes lhe desse na veneta e nas glândulas, pela vida afora. Gozou em formidáveis esguichos de garanhão alucinado.

Ainda com o coração aos pinotes, Liminha abriu os olhos e contemplou seu sêmen espalhado pelo carpete velho. Sentia-se pleno, feliz e com a mão direita melada. Enxugou-se na cortina que o locatário anterior abandonara na janela, uma espécie de gaze grossa. E, já que tinha feito isso, não relutou em limpar no mesmo pano seu recém-masturbado membro. Antes de sair, ponderou mais uma vez se a cortina e o carpete agüentariam uma boa lavada profissional, ou se não seria o caso de comprar tudo novo, e quanto isso lhe custaria.

Voltou lá no fim de semana com Mariana e dona Lena, para planejar a mudança. A sogra notou a gosma seca e esbranquiçada no carpete do quarto de casal.

— Que nojo — disse a mulher. — Andaram escarrando aqui. Ave Maria! Que gente porca!

6.

A festa foi na casa dos pais dele, em Moema, não longe do apê da Vila Nova Conceição, um dos últimos casarões do bairro, com jardinzinho na frente e um nicho iluminado para Nossa Senhora de Fátima, santa que dava nome à primeira padaria de seu Valentim. Atrás da casa, o amplo quintal, coberto com um toldo plástico, abrigava as mesas e os convidados. Dona Lena passou mal bem na hora em que os noivos iam cortar o bolo, de mãos unidas sobre o cabo da espátula. A sogrinha padecia de crises rotineiras de palpitação e falta de ar devido a uma angina pectoris precariamente controlada pela medicação. Além disso, por causa do diabetes em estado avançado, não podia ficar muito tempo de pé, pois suas pernas inchavam, o que a tornava ainda mais parecida com aquele homem-pneu da Michelin, avaliou Liminha.

Calaram-se os flashes. Pobre dona Lena. A peitaria da sogra implorava por oxigênio. Escorada nos parentes, arfava: "Ai, meu Deus! Ai de mim! Ai, Jesus!". Foi levada ao quarto dos pais do Liminha, onde a acomodaram na cama. Um tio remoto da noiva, médico-legista, correu a examiná-la, com o auxílio de um estetoscópio que fora buscar no carro. Disse que, tirando a angina, o necrosamento progressivo das artérias das pernas, o diabetes avançado e a aerofagia resultante de insuficiências múltiplas do aparelho digestivo, não era nada, só abafamento e emoção. E receitou repouso e Luftal.

Liminha via a cena e se perguntava pra que diabos um médico-legista teria um estetoscópio à mão.

Com a crise da mãe já controlada, Mariana, esplêndida de noiva, se abanava com um pratinho de papel laminado, comentando à parte com o noivo:

— Já pensou se a mamãe me morre bem no dia do meu casamento?

— Puta cagada — concordou o Liminha. — Digo, puta tragédia. Mas, graças a Deus, né...

A noite de núpcias foi num cinco estrelas em São Paulo. Hotel Napoléon I, na Berrini, não longe da BigNet, aliás. Celebridades de toda laia costumavam se hospedar no Napoléon, lembrou o Liminha à noiva. Talvez topassem pelos corredores com algum ator, atriz da Globo, ou mesmo com algum político importante. O próprio presidente já se hospedara ali. Aquilo tudo não tinha saído de graça, claro, mas um pacote especial para noivos oferecia cinqüenta por cento de desconto na diária, mais uma champanhota francesa no quarto, de brinde.

No dia seguinte à tarde voariam para Foz do Iguaçu, num outro pacote supervantajoso. Claro, Foz do Iguaçu não era o sonho glamoroso de ninguém, mas era o que dava para pagar, depois das despesas iniciais com o casório, a festa, o aluguel, móveis, enxoval e o diabo. De pacote em pacote eles iriam construindo sua felicidade, arquitetava o Liminha, que não parava de fantasiar as trepadas maravilhosas que daria com Mariana tendo as cataratas do Iguaçu de fundo musical, segundo prometia o prospecto da agência de turismo.

No quarto do Napoléon, ainda em São Paulo, Liminha se preparava para o ansiado himeneu. Nunca tinha sacrificado um hímen antes. Será que fazia algum barulho? Sprang? Pops? Ptuf?

Podia ter bebido um pouco menos na festa, ele percebia agora, e talvez pudesse ter poupado também o champanhe que os esperava no quarto. Mas, tirando uma zoeirinha insidiosa e ocasionais ânsias de vômito, sentia-se ótimo. Mal divisava a nudez de Mariana na escuridão da alcova nupcial. Nem a luz do banheiro ela deixara acender. Entravam só uns fiapos da luz de fora pelo cortinado das janelas, mais nada. Mas que Mariana estava ali na cama, só de calcinha, disso suas mãos não tinham dúvida. Começou apalpando aqueles peitos fugidios, duas grapefruits maduras que tentou lamber e chupar o quanto pôde, em meio às esquivas da dona. Depois deu início às manobras para fazer escorregar a calcinha de seda por aquelas pernas modeladas por Deus em pessoa. Ela tentou segurar a pecinha enquanto ele a forçava para baixo energicamente, a ponto de quase romper o elástico e o tecido.

A verdade é que cada pequeno avanço naquele território penumbroso e perfumado sempre encontrava alguma resistência das tropas inimigas. Mariana não parecia disposta a vender barato sua rendição. O negócio, como sempre, era ir com jeito e muita criatividade. O importante é que lá estava Mariana, real em sua suavidade de pêssego *premium*, tão intensamente linda que sua beleza achava jeito de varar o breu do quarto para massacrá-lo mais uma vez.

Liminha conseguiu esconder a decepção, mas não sua ereção turbinada por um comprimidinho esperto, só por via das dúvidas, e também porque tinha ouvido dizer que o remédio ajudava a retardar a ejaculação. Como quem não quer nada, foi tentando abalar a inércia da esposa, levando a mão boba para passear por aquela anatomia de veludo, aproximando-se por círculos e longos contornos de seu centro xamânico, o púbis angelical.

Ele beijava a boquinha esquiva de morango maduro imaginando o efeito daqueles lábios almofadados na sua glande, logo ali, a dois ou três palmos de distância, clamando por uma boa chupada. Depois de muita insistência e contorcionismo por parte do Liminha, Mariana deixou finalmente pôr nas coxas, só um pouquinho, lembrando-se de perguntar antes:

— Tá limpo esse negócio, amor?

O Liminha disse que sim, coração, o negócio tá limpinho, e ela então deixou-se friccionar umas poucas vezes, antes de refugar de vez. Precisava o cabra ser campeão mundial de ejaculação precoce pra conseguir gozar naqueles breves segundos de penetração interfemural, considerou o esforçado amante. Coxas fechadas, ela defendia heroicamente sua cidadela. Nem El Cid entraria ali com sua espada em riste, avaliou Liminha. Nem Ivanhoé com sua lança, nem Guilherme Tell com sua flecha, nem Lampião com seu fuzil, nem o Duque de Caxias com seus canhões de matar paraguaio.

A certa altura, porém, ele deu um jeito de tocar a prenda máxima, explorando-a com a ponta do dedo de baixo para cima. Encontrou um deserto de secura entre as pétalas adormecidas. Talvez a lubrificação estivesse escondida mais a fundo na vagina. Mas não logrou nada parecido com uma "inclusão digital" para poder checar isso.

Liminha parou um pouco para rever suas táticas. O álcool como que tinha evaporado do seu organismo, mas o membro continuava lá, de prontidão, como um recruta de sentinela num quartel abandonado. Ele começou a achar que obteria mais reciprocidade se fornicasse um daqueles travesseirões do Napoléon I. Poderia chupar as pontas da fronha como se fossem bicos rijos de peitinhos adolescentes — quatro bicos em cada travesseiro, à sua disposição. Era uma idéia, ante à inércia da noivinha gelada. Aliás, onde estava ela no minifúndio daquela cama imperial?

Resolveu acender a luz do abajur sem consultar Mariana.

Sentada junto à cabeceira, ela abraçava as pernas dobradas, olhando fixo para o nada — que no caso se situava entre os lençóis embolados.

Neurótica, pensou Liminha. Pior do que ele supunha. Caso clínico. E agora?

Agora, nada. Mariana continuava linda, e isso era tudo. Liminha foi aos poucos atenuando seu julgamento. Não é que ela fosse assim tão travada, nem louca, nem nada. Aquilo era só ansiedade típica de primeira noite, diagnosticou. Nenhum motivo para alarme. Era só ter mais um pouco da famosa paciência. Dar tempo ao tempo, como diz o outro. Engoliu o tesão a seco e ficou procurando algo para dizer. Mas quem disse primeiro foi ela:

— Tenho problema, Liminha.

Ele ficou em silêncio. Claro que ela tinha problema. Ele tinha problema. Todos tinham problema.

— Você já deve ter sacado isso, né? Se não sacou é porque é burro ou cego.

— Prefiro cego. Cegos aprendem coisas. Burros não.

— Já tentei me tratar. Fui num terapeuta de vidas passadas. Ele descobriu que eu fui uma santa italiana em outra encarnação. Só não conseguiu ver o nome da santa.

— Santa ingenuidade, deve ser.

— Você não acredita em nada.

— Acredito. Acredito, por exemplo, que nesta encarnação você é só filha de santa. Portuguesa, no caso.

— Quê?

— Esquece.

— Você tá gozando da minha cara.

— Tô não, meu bem. Olha, você até pode ter sido santa *numa* encarnação. Mas e nas outras? Quem garante que você não foi também odalisca, patinadora olímpica, Cleópatra, stripper em Las Vegas?

— Que papo é esse, Liminha?
— Papo nenhum. Só estou querendo dizer que isso passa. Deixa comigo.

Liminha avaliou a repercussão do seu novo tom paternal-desencanado sobre a esposinha zero-quilômetro. Nenhuma visível. Ajeitou uns travesseiros e sentou-se do lado dela, as costas contra a cabeceira da vasta cama. Passou um braço pelo ombro da mulher. Depois ficou alisando aquela cabeça coberta de seda pura em longos fios que se abriam em manto sobre os ombros de creme de avelã. Liminha prosseguiu na linha pappy-legal:

— Negócio é relaxar, Mariana. Vai, vamo lá: dou-lhe uma... dou-lhe duas... relaxa!

Mariana riu e encostou a cabeça no ombro dele. Parecia de fato mais relaxada. A coisa caminhava, ele avaliou. Até que vislumbrou uma daquelas peitolas magníficas, que deveriam pertencer a ele, as duas, pelas leis ancestrais do matrimônio.

— Isso!... Relaxa, meu bem... vai relaxando...

Deixou a mão que afagava a cabeça da amada deslizar suavemente pelo ombro dela, por trás, depois pelo braço, até tocar num peito com a ponta dos dedos. Biquinho duro, constatou. Estreitando mais ainda Mariana junto a si, pinçou de leve o bico, torcendo-o de leve pra direita, pra esquerda, buscando uma sintonia fina. Até sentir a mão de Mariana convidando a sua a se retirar, sem muita sutileza.

— Pô, Mariana. Faça-me o favor. Sou seu marido, lembra?
— Tenho medo do sexo, Liminha.
— O sexo é bonzinho, Mariana. Não morde, não. Só o que ele quer é ficar seu amigo. Além disso, eu trouxe gel lubrificante, de modo que...
— É mais forte que eu, amor.
— Eu tenho a manha, benzinho.
— Hoje não, Liminha.

— Por que "hoje não", caralho?

Ela puxou o lençol até o pescoço, soltando a habitual bufada de protesto.

— Desculpe — ele tentou corrigir. — O que eu quis dizer é: por que não, meu anjo?

— Porque não! Paciência. É o que você vai ter que ter comigo.

Paciência, paciência. Não combinava com pau duro, ele pensou.

— Deixa eu pôr nessas coxinhas, deixa? — ele começou.

Não deixou.

— Pega aqui, pega.

Não pegou. E emburrou legal. Liminha soltou todo o ar dos pulmões num suspiro saturado de palavrões não ditos e desabou de costas ao lado dela, dando-se por derrotado. Tentou uma última cartada:

— Vamos dormir encaixadinhos, então. Na moral. Tipo priminhos brincando de mamãe e papai. Na camaradagem. Sem sacanagem.

Ela nem respondeu. Esticou um braço, apanhou a calcinha do chão, vestiu o item debaixo dos lençóis, se levantou, o elástico frouxo da peça mal se segurando em seus quadris, o que lhe deixava meia bunda à mostra. E que bunda, observou o Liminha, que bunda. Achou aquilo doidamente sensual. E foi teso de desejo que assistiu à esposa deslizar para dentro do pijama de cetim púrpura, calça e casaquinho, presente da mãe. Liminha não se segurou:

— Você tá parecendo um bispo, com essa cor.

Ele riu, ela não. Liminha continuou na mesma toada:

— Gente! Agora entendi a cagada que eu fiz: levei o padre pra cama e deixei a noiva no altar!

Ela não conseguiu segurar uma risada. Depois, bocejou e

se espreguiçou longamente, sentada na beira da cama, tronco ereto. Puta gata, pensava o Liminha. Magina quando isso perder as inibições.

A puta gata se aninhou debaixo do lençol e do edredom, encolhendo-se em posição fetal, de costas pra ele. Já de olhos fechados, pediu:

— Liminha, antes de apagar a luz, liga pra recepção e pede pra abaixar o ar, amor? Tá uma geladeira esse quarto.

Estava mesmo. Gelado. O quarto, o corpo de sua mulher, o mundo lá fora onde tudo se comprava e tudo se vendia na megavelocidade dos gigabites, o universo indiferente — tudo congelado. O rapaz da recepção, com sua voz de plástico polido, estranhou a reclamação. Garantiu que o Napoléon I mantinha um eficiente controle computadorizado da temperatura ambiente, mas prometeu verificar. O Liminha agradeceu e desligou, pensando se eles não teriam resfriado de propósito o quarto nupcial, prevendo uma noite de amor incendiário, capaz de fazer o hotel inteiro se consumir em labaredas.

— Napoleão calculou mal outra vez — disse o Liminha, macambúzio.

Ela se voltou e viu a cara de bunda do maridão. Tirou um braço de dentro das cobertas e fez um rápido carinho naquela face escanhoada.

— Fica assim não, Liminha. O amor não é só sexo.

— Sim, como já disse uma famosa vedete do baixo rebolado: "Amar não é só colocar lá dentro".

Mariana nem procurou entender o que lhe parecia mais uma das piadelhas etílicas dele. Virou de novo pro outro lado, liberou um longo suspiro, fechou os olhos e já estava dormindo profundamente antes que o Liminha pudesse murmurar para si e para os travesseiros fofos do Napoléon: porra...

7.

Noite inaugural, e nada se inaugurava. Beleza, amargou o Liminha. Quem é essa mulher? — ele inquiria o destino. O que ele tinha feito para merecer uma noite de núpcias daquela? Sexo e sono perdidos, ele se distraía num solilóquio enevoado de cansaço, álcool e frustração. Veio-lhe uma imagem poética, dessas que lhe acudiam de repente, inspiradas quem sabe pela leitura daqueles livros de poesia que a Isa, da BigNet, costumava emprestar-lhe sem que ele pedisse: "Ficou intato o laço de fita".

Tivesse uma caneta ou um computador à mão, escreveria aquilo, pra não esquecer. Ficou intato o laço de fita. Ou intacto? Eis uma dúvida. Daria um belo último verso de soneto, em todo caso. Será que alguém ainda sabia fazer sonetos? Poderia encomendar o seu para algum poeta estabelecido na praça. Quanto um cara desses cobraria por um soneto? A essa altura já deviam estar atendendo pela internet. Faltavam só os treze versos anteriores, tarefa maneira quando se tinha um fecho de ouro daqueles. "Ficou intacto o laço de fita", ele se repetia, até lhe ocorrer que "Intacto ficou o laço de fita" soava ainda melhor.

Muito da gostosona, aquela Isa, aliás. Era subordinada do Rubens, que coordenava a área de design da BigNet . Adorava poesia e vivia dando pra outros caras, apesar de casada, ou por isso mesmo. O Liminha era um que se apresentava regularmente para a tarefa. O Rubens, outro. E ele desconfiava que o próprio Netto, manda-chuva da BigNet, também.

Ficou intacto o laço de fita... intacto ficou o laço de fita... Liminha se pôs a pensar se poesia não era simplesmente algo que te acomete quando você não consegue comer alguém.

Até tentaria dormir, o Liminha, não fosse aquele priapismo farmacêutico a incomodá-lo. Pensou, porra, vou ter que dar um jeito nesse treco. Não dava pra dormir assim.

E carregou sua ereção até o banheiro. Fechou a porta, sentou na borda gorda do bidê, começou: pra cima, pra baixo, de leve, a velha rotina. Pensou em Mariana, pensou na Isa, na Virgínia, mentalizou cus, vaginas, peitos e bocas. Mentalizou fodas e surubas variadas. Não adiantou. Não chegava nem perto da afliçãozinha inicial do orgasmo. Resolveu ensaboar o negócio. Ficou longos minutos ensaboando. O perfume do sabonete não ajudava. Deviam fazer um sabonete com uma suave fragância sexual, para facilitar as masturbações em geral, pensou ele, com seu tino mercadológico. Vai daí, enfiou um dedo da mão esquerda no próprio cu, cheirou, recheirou. Não ajudou muito. O gozo estava longe, talvez noutro país.

Continuou mais um pouco e parou. Abriu uma fresta da porta. Um feixe de luz invadiu o quarto e foi bater na cama. Mariana era só uma cordilheira repousando na paisagem. Liminha apurou os ouvidos. Não se ouvia nada, nem um ligeiro ressonar. Só o zumbido constante do prédio, como um papel de parede sonoro, e, mais ao longe, abafados, os rangidos da noite urbana. O hotel e a cidade estavam vivos. Mas ele não tinha tanta certeza quanto a Mariana. Talvez estivesse desligada, sua robótica beldade. Fechou de novo a porta e ficou contemplando aquele pau ensaboado em sua mão. Aquilo tinha sido programado para foder, enfiar, meter, chacoalhar, ser chupado, até explodir numa erupção de esperma e felicidade masculina. Era o célebre *phallus* aquilo. Um triste *phallus* ensaboado, incapaz de trazer-lhe qualquer felicidade naquela hora.

A certa altura achou que ouvira Mariana soluçando baixinho lá no quarto. Estaria chorando, a miserável, arrependida da frieza com que acolhera o próprio marido na noite de núpcias? Sim, ela devia estar aos prantos, corroída de remorso e medo de que ele pedisse a anulação do casamento na manhã seguinte, alegando falta de cooperação sexual da cônjuge. Se ele entrasse agora no quarto, aquelas lágrimas rolariam sobre o seu pau, e daí, quem sabe? Tão doce hipótese não se sustentou por muito tempo, porém. Ele acabou percebendo que aqueles soluços nada mais eram que os borborigmos discretos do encanamento, água, espuma, fezes em trânsito por detrás das paredes, tetos e assoalhos. Alguma celebridade dando a descarga ou tomando banho, nada mais. Conseguiu broxar finalmente.

De volta ao quarto, depois de lavar o pinto no bidê, pensou em traçar a noivinha amortalhada no pijama e no sono. Com jeitinho, em quatro ou cinco estocadas resolvia a parada, antes que ela acordasse e desse pela coisa. Uma boa ejaculação precoce viria a calhar então. Mariana acordaria mulher feita — a sua mulher perfeita. E, vendo-se enfim deflorada, com o marido entalado na vagina, quem sabe não aproveitava pra gozar duma vez? Melhor que dez anos de terapia de vidas passadas, presentes ou futuras.

Mas não fez nada disso. Enfiou-se de mansinho na cama, onde ficou de barriga pra cima, olhando o nada e ruminando: Ficou intato o laço de fita...

8.

Não sonhou com nada de que se lembrasse de manhã, o Liminha. Mariana não estava mais na cama. O pau dele estava duro de novo, por sua própria conta e risco. Talvez ele tivesse sonhado, afinal, com algum tipo de sacanagem. Na cabeça, latejava-lhe uma incipiente dor de cabeça lateral, como se os resíduos tóxicos do álcool e da frustração sexual tivessem ido parar todos num só hemisfério cerebral.

Onde estava mesmo? Ah, sim, a noite de núpcias. Lembrou do padre mencionando o crescei e multiplicai-vos, da festa, do piripaque da sogra, do hotel chique onde estava agora, o... Alexandre, o Grande? Júlio César? Não, não... era o... — Liminha se esforçou, até que: — ... Napoleão! Sim, Napoléon I e a esquecível primeira noite com sua Josefina, se é que tudo não tinha passado de um pesadelo etílico.

Conferiu ao seu lado as marcas da presença recente de outro corpo na cama. Viu na dobra do lençol o N cercado por dois ramos de louro, tudo bordado em amarelo-ouro. Nenhuma mancha vermelha no campo do amor. Na Sicília ele teria caído em desonra numa hora daquelas, pensou. Não teria como abrir a janela e oferecer aos olhos da aldeia o estandarte de sangue que comprovaria sua macheza e a posse definitiva da fêmea.

Vestiu, então, o robe, arrumando uma postura inclinada de mordomo de vampiro para disfarçar a inabalável ereção matinal, turbinada pelo efeito prolongado do remédio. Na saleta, encontrou a top-consorte passando geléia num croissant, sentada à mesinha de tampo redondo que se transformara em palco de um vasto café-da-manhã cinco estrelas. Num pratinho à frente da amada havia restos de ovos mexidos. Um vasinho metálico longo e delgado abrigava duas rosas, uma branca, outra vermelha. Devia ser alguma alusão ao rompimento do hímen, calculou Liminha. Cortesia do pacote nupcial. Em volta, frutas, sucos, brioches, croissants, biscoitinhos, geléias, frios, bules, o diabo. Liminha sentiu fome. Tomou, de pé mesmo, um copo de suco de laranja numa só talagada e sem desfazer a inclinação da espinha, o que lhe exigiu um certo esforço. Vendo-o daquele jeito, Mariana perguntou, sem grande interesse:

— Deu mau jeito na espinha, amor?

Ele pensou em abrir o roupão de repente e exibir seu desejo em ângulo agudo. Mas achou que não seria um bom recomeço. Disse apenas:

— Essa porra desse colchão mole pra caralho. Fode com a espinha da gente.

E sentou-se ao lado dela, arrependido dos palavrões com que inaugurava a primeira manhã do casamento. Não era muito *cool* da parte dele. Mas Mariana não só não ligou pra nada disso como ainda lhe concedeu aquele sorriso encantador de recepcionista de feira de utilidades domésticas, enquanto destroçava delicadamente um pedaço de croissant com sua dentição de outdoor. Ele trouxe a cara de porre amanhecido para perto do rostinho de Afrodite surfista da esposinha e lhe desferiu uma casta beijoca na face. Ela interrompeu o sorriso para deglutir a massa fina, dando em seguida uns toquinhos nos lábios com o guardanapo de linho. Liminha percebeu como Mariana se punha mais fina que o habitual naquele ambiente, como se toda a corte de Versalhes a observasse.

— Tá um absurdo de bom esse croissant — ela informou.
— Prova.

Mariana arrancou mais um naco do pãozinho, passando antes uma camada de geléia nele, e depositou a iguaria na boca do maridinho.

— Hummm... — ele fez, de olhos fechados, pousando a mão na coxa da esposa, oculta pela seda do pijama eclesiástico.
— Um tesão.

Ela ficou sem saber se ele se referia ao pãozinho de massa folhada ou à sua coxa, mas, por via das dúvidas, deu uma breve sugada no café com leite para empurrar goela abaixo o que restava de croissant mastigado em sua boca. Liminha deu-lhe uma leve mordida de lábios no lóbulo da orelha, praticamente chupando a pérola solitária do brinco. Ela apanhou de novo o guardanapo e enxugou o molhadinho na orelha e na jóia. Atacou em seguida um pãozinho de queijo. E disse, misturando palavras à massinha pegajosa que tinha na boca:

— Esse pão de queijo também tá um pecado. Ave! Já vi que vou engordar nessa lua-de-mel.

— É... ainda não inventaram lua-de-mel dietética.

Ela deu uma risadinha de cortesia. Liminha jogou um pãozinho de queijo pra dentro da boca azinhavrenta de ressaca. Serviu-se de mais suco de laranja para deglutir duas aspirinas de umas cartelinhas que tinham vindo junto com o café-da-manhã.

— Previdentes, esses caras — comentou, pensando que o gerente podia ter mandado também uma britadeira pra ajudá-lo a arrombar duma vez aquela virgindade empedernida.

Riu da merda que tinha acabado de vir-lhe à cabeça.

— Tá rindo do quê, seu bobo? — ela perguntou, servindo-se de mais uma garfada dos ovos mexidos que se aninhavam, ainda quentes, debaixo de uma campânula prateada.

Liminha não achou o que dizer. Parou de rir, deixando-se despudoradamente admirar o quanto aquela mulher era ainda mais linda de manhã, sem a cortina da maquiagem, com suavíssimas olheiras a sitiar aqueles olhos verdes de capa de revista. Era questão de tempo, ele combinou com o destino. Hora dessas, a neura dela se distraía e ele crau! — pulverizava aquele cabaço. A partir daí, tudo só ia melhorar a cada minuto, tinha certeza. Era esperar para ver. E foder. Sim, foder, com aquele pau dele que não dava mostra de arrefecer dentro do roupão, obrigando-o a um novo estágio no banheiro para tentar uma rápida ordenha seminal. Daquele jeito não conseguiria nem mijar.

Porta trancada, dessa vez sentou na borda da banheira. Pegou o negócio e começou. No canto inferior do espelho da pia podia ver refletido o topo da sua cabeça. Reparou mais uma vez na insidiosa tonsura que já vinha se abrindo e ampliando no topo do cocuruto. Foi o suficiente para esvaziar de novo o seu tesão, romântico, químico ou urinário que fosse. Afinal, constatava, não tinha sido necessário mentalizar a careca de nenhum professor de matemática do ginásio, como o tal ejaculador precoce da crônica do Mário Prata. A dele mesmo, anunciada pela tonsura, dera pro gasto.

De volta à saleta, tornou a deparar com Mariana mastigando qualquer coisa à mesa, enquanto folheava o jornal. Foi espiar o dia útil pela janela. Era uma cidade bem grande, aquela em que moravam. Pensou em quantas bucetas não estariam sendo alegremente penetradas naquele exato momento, em plena luz do dia, donas abrindo as pernas generosas aos seus machos intumescidos...

— Coitado do papa... — Mariana exalou atrás dele. Liminha se voltou:

— Morreu?

— Não. Mas tá tão velho e detonado que não consegue mais beijar o chão do aeroporto.

— Padre é tudo tarado mesmo. Esse João Paulo II tem tesão em aeroporto. Pode?

— Se a mamãe te ouve dizendo isso...

Ah, replicou mentalmente o Liminha, se a tua mãe não fosse aquela catedral obtusa de gordura e carolice você não seria a neurótica que é e estaria sentindo agora uma Foz do Iguaçu de porra apaixonada escorrendo por essas pernas magníficas, depois de uma noite de sexo insano, minha flor...

O que lhe restava era contemplar Mariana. Tão linda, tão limpinha. E pra quê? Pra quem? Quem sabe o papa e seu báculo de castão encaracolado não davam um jeito naquilo. Podiam ir ao Vaticano e pedir uma audiência na alcova papal. Ele ficaria do lado de fora rezando o terço bizantino com um grupo de cardeais enquanto o papa papava Mariana. Não ficaria enciumado. Pelo contrário, faria até um bom donativo à Santa Madre Igreja. Viu quando Mariana destrocou as pernas cruzadas

na cadeira e levantou uma nádega para puxar a calcinha do rego. Abancou-se outra vez ao lado dela. Deu o bote:
— E atrás?
— Quê? — ela disse, distraída, olhar fixo numa foto enorme do Roberto Carlos no jornal. Era um tijolão publicitário anunciando um show do ídolo numa grande casa noturna.
— Nada — ele respondeu. E acrescentou: — Nada, nada.
— Se a gente não fosse pra Foz eu bem que levava minha mãe pra ver o Roberto, viu. Ela ia a-mar.
— Jura? — disse o Liminha, com uma entonação muito próxima de um foda-se a sua mãe, cacete. Mas corrigiu, tentando demonstrar interesse pelos gostos artísticos da sogra: — Ela é fãzoca do Roberto, é?
— Minha mãe? Pra ela é Deus no céu, o papa em Roma e o Roberto Carlos no Brasil.
Liminha ficou achando que, pensando bem, o Roberto Carlos era ainda mais indicado do que o papa para desbravar aquela virgindade trançada de interdições que a sua mulher tinha entre as pernas. Bastava-lhe um dó de peito — ou de pinto, riu-se.
— Você acordou mesmo rindo à toa hoje!
— Emoção do primeiro dia do resto da nossa longa vida de casados.
E emendou a música do Roberto:
— Jeeesus Cristo... Jeeesus Cristo... Jeeesus Cristo eu estou aqui...
Mariana deu um meio sorriso e virou a página do jornal.

9.

Em Foz do Iguaçu, Liminha constatou que não dava pra ouvir droga de catarata nenhuma do quarto do hotel. Só o ronco do tráfego incessante de caminhões, ônibus e carros numa avenida que emendava com uma estrada que ia dar no Paraguai. Contrabandistas, traficantes, pistoleiros, terroristas, putas, políticos corruptos, tiras sujos, escravas sexuais, sacoleiros, toda a cambada de fronteira se agitando lá fora, pensava o Liminha, enquanto Mariana dormia fundo ao seu lado, lambuzada de repelente. Bela e virgem, como sempre.

No avião, de volta pra casa, vendo a cara passada do Liminha, ela concedeu:

— Querendo, pode contar o que quiser pros seus amigos, Liminha. Eu confirmo.

— Contar o quê? Que eu passei uma semana batendo punheta em banheiro de hotel, matando pernilongo no quarto, passeando numas cataratas idiotas que só me davam vontade de mijar, perdendo trezentos dólares na roleta viciada dum cassino paraguaio de quinta?

Ela insistiu:

— Conta que a gente transou, Liminha. Que foi tudo bem, tudo legal, e pronto. Não precisa entrar em detalhes.

— Entrar em que detalhes? Nenhum detalhe se abriu pra eu entrar nele. Não vou inventar o que não aconteceu, vou? Não foi você mesma que me fez jurar de joelhos que eu não faria mais isso?

Mariana cruzou os braços, voltou a cara pra janela e liberou sua bufada modelo curto, denotando um grau médio de irritação. Ficou um tempo olhando o carpete de nuvens debaixo do avião. Daí, voltou à carga:

— Liminha, não complica, tá? Só não quero que pensem que eu sou uma neurótica qualquer.

— Você não é uma neurótica qualquer — atacou o Liminha. — Você é a neurótica mais linda deste mundo.

Ela gostou de ouvir aquilo. Sua alma se alimentava basicamente de elogios. Deu um beijo nele, seu clássico selinho desidratado. E o MD-11 seguiu pairando sobre as nuvens, indiferente às biografias sexuais dos passageiros.

Em terra, mais tarde, Liminha murmurou pro Rubens, quando o amigo veio sondá-lo sobre a primeira noite com Mariana:

— Normal, normal.

E encerrou o assunto. O Rubens logo viu que ali tinha. Magina, comer uma mulher como a Mariana e não abrir os detalhes faunescos pro melhor amigo no embalo das brejas e uísques da happy hour? Aquele não era o Liminha que ele conhecia. Alguma coisa estava errada. Talvez muito errada.

O Liminha percebeu que o Rubens percebera que — etc. Mas ninguém tinha nada a ver com a vida dele. Além do mais, a virgindade de Mariana tinha lá suas vantagens, ele tentava acreditar. Não precisava, por exemplo, ter ciúmes retroativos de ninguém. Era essa a grande, a única, a questionável vantagem que ele vislumbrava na virgindade da esposinha. Amigos dele tinham se casado com mulheres bem rodadas sexualmente. Ele mesmo rodara com várias delas. Era esquisito ir à festa de um amigo ou conhecido e cumprimentar a patroa do cara lembrando que a moça tinha pelinhos loiros em volta do cu ou um bico de seio eternamente voltado para dentro, por exemplo.

Isso não aconteceria jamais com Mariana. Nenhum homem vivo ou morto tinha visto o cuzinho da patroa do Liminha, ou os bicos róseos de seus peitos, ou muito menos esguichado seu esperma dentro dela — sobretudo isso é que não. Ninguém. Nem ele. A menina soubera se guardar todinha para o grande amor da sua vida. A desgraça é que ainda estava se guardando. Vai ver, esse era o grande problema: ele não era o grande amor da vida de Mariana. A hipótese lhe causava calafrios na alma.

Por isso, descartou-a imediatamente. Não, o problema estava naquele buraco trancado lá embaixo. Esse era o problema.

Sem sexo, o casamento, como antes o namoro, estagnava num bem-estar insosso, entre o carpete novinho em folha e os móveis cheios de atitude comprados em três prestações, sem juros. O próximo passo seria "estar instalando um home theater na sala", como planejava a senhora do lar.

Liminha se virava como podia. Além das inevitáveis punhetas, apelava pelo menos uma vez por mês a um puteirinho discreto em Santo Amaro, cheio de Pamelas e Sharons e Jenniffers. E tinha também a coleguinha Isa, com quem Liminha costumava se engajar num bate-bola rápido de motel, na hora do almoço e em algumas raras e bem planejadas happy hours que se estendiam noite adentro.

Casada com um corno qualquer, dois filhos, mais velha que ele uns sete anos, a Isa era "bonitona", adjetivo que ela abominava, mas que lhe cabia à perfeição. Fogosa, olhos e peitos grandes, bunda também. Celulite um pouquinho além da conta, mas, não sendo mulher da gente, tudo bem, o Liminha achava. Dava pra encarar de vez em quando. Apesar de portar aquele carnão todo, a Isa acreditava no espírito e em educá-lo com poesia. E gostava de relações anais. Punha-se voluntariamente em posição de muçulmano em prece, relaxava o ânus, gritava palavrões cabulosos, mordia o travesseiro, se esbaldava. Cada vez que a Isa aparecia com um livro novo de poesia para emprestar a ele, Neruda, Drummond, Fernando Pessoa, Liminha já sacava: cu à vista.

A Isa, além da quase obrigatória enrabada com K-Y, gostava também que ele enfiasse o pau entre seus nutridos melões de vaca parida, sentado em cima do tórax dela, com o saco raspando em sua barriga. O Liminha quase sempre cumpria esse ritual nos encontros com a colega, apesar de não ter particular apreço por aqueles peitaços um tanto molengas e fartos demais pro seu gosto loliteiro, as aréolas enormes e escuras e os mamilos salientes como bicos de mamadeira. Não eram peitos de soneto, ele achava. Nada a ver com as framboesas que despontavam dos seios oníricos da Mariana.

Outra coisa que ele estranhava no corpo da Isa é que o sexo dela cheirava fortemente a sexo puro. Bucetão, como o desabrido Liminha a definia para os mais chegados. Nada a ver com os néctares de toucador que emanavam do sexo desativado de Mariana, isósceles inacessível. Até o cuzinho da esposa cheirava a sabonete fino, como ele constatara certa tarde abafada, num chalé de praia, enquanto, pelada e de bruços, a esposa se entregava a uma soneca depois do almoço, sob as pás do ventilador de teto.

O fato é que, sempre que ele trepava com outra mulher, fosse a Isa ou alguma Jenniffer do puteiro, sua mente treinada transfigurava imediatamente as formas e os odores da dita-cuja nos itens correspondentes do corpo da esposinha perfeita. Assim, todas recebiam do Liminha a porra dedicada a Mariana. Às vezes, em pleno gozo, ele deixava escapar nos ouvidos da parceira eventual:

— Mari...

10.

E as noites brancas foram se empilhando sobre a cama conjugal. Semanas, meses. Sempre e cada vez mais, nada acontecia. O Liminha começava a se afligir de verdade, vendo a arapuca em que se metera. Casara-se com uma barata morta. A Miss Universo das baratas mortas. Mas era olhar Mariana por mais de dez segundos para esquecer tudo o que não fosse o esplendor das formas de Mariana. Mariana penteando o cabelo.

Mariana amarrando o tênis pra ir à academia. Mariana cortando um filé no restaurante com o dedo mínimo levantado. O mundo parava para ver Mariana desfilar. Ela era um arquétipo grego com pernas de bailarina russa. E era só dele. Até aquele hímen intato lhe pertencia. Logo aquela tola membrana seria atacada por seu míssil intersexual, e aí estaria definitivamente aberto o caminho das Índias para um só navegador: ele, Liminha.

Mas quando? Qualquer hora dessas, ele se dizia. E como? É o que lhe faltava descobrir. Não ia ser fácil. Mal entrava na cama, a Mariana já se inanimava toda, defunta encerrada numa tumba virtual. O Liminha se armava de fé e delicadeza, se insinuava, iniciava um esboço de carinho no rosto admirável da musa, num ombro, num flanco de quadril. Nada explicitamente sexual. Mas ela só fazia se enfurnar cada vez mais pra dentro dos confins de si mesma, se é que cabia alguém lá dentro.

— Não, Liminha, hoje não, por favor — ela rogava, com uma espécie de voz digitalizada que disparava nessas ocasiões.

Uma noite o Liminha chegou bêbado em casa, anunciando que ia trepar com sua mulher de qualquer maneira e não tinha conversa. Ela que fosse se preparando. Não trepou, claro, mas escalou a serra. De tamanco. Veio com ameaças de divórcio e outras providências cabíveis. Mariana se sentiu acuada, o que o Liminha não deixou de perceber e explorar.

O barraco só se encerrou quando ele arrancou dela um acordo: uma vez por semana, Mariana se poria nua para ele, com o abajur ligado. O.k., mas com uma lâmpada leitosa de no máximo quarenta watts, ela exigiu. E o masturbaria até a solução final, deixando-se ver nos ângulos e posições que ele comandasse, valendo até o auxílio sacana de um espelho, que ele rapidamente se encarregou de instalar numa porta estratégica do armário embutido, diante da cama.

Ela, de seu lado, conseguiu impor uma condição: se ele não

quisesse usar camisinha — ele obviamente não queria —, ela usaria um par de luvas cirúrgicas para cumprir a tarefa masturbatória. Era tão inacreditável a exigência que ele achou melhor nem discutir. Que tipo de doença ela imaginava pegar, tocando-lhe uma simples punhetinha? Melhor não perguntar, decidiu.

Ela passou então a lhe bater a bronha hebdomadária com aquela pálida mão de látex, em movimentos que ora lembravam um tremor de Parkinson, ora um lento e desinteressado sobe-e-desce de elevador de repartição. Ele gemia, ela calava. Ele enfiava o olhar e as mãos em cada rincão do corpo dela, com especial predileção pelo complexo anal-genital. Aí, ele gozava. Mariana retirava então a luva galada, virando-a rapidamente do avesso com todo o cuidado, para não se sujar nem deixar respingar "a meleca", como ela chamava o sêmen do marido. Depositava depois a luva num saquinho de supermercado, sempre à mão ao lado da cama, e seguia para o banheiro, onde descartava os espermatozóides ainda pululantes, envoltos em látex e plástico, dentro do lixinho da privada. Aí lavava bem as mãos, "por via das dúvidas", conforme explicou da primeira vez. E vinha pra cama dormir, com um beijinho de boa-noite na bochecha do maridão, sempre a mesma bochecha, a esquerda. Assim era o amor.

Azar no amor, sorte no trabalho, diz o anexim criado por um idiota que não sabia o que era viver com Mariana e ao mesmo tempo tirar o sustento da internet depois do estouro da bolha de euforia e altos investimentos nos anos noventa — é o que achava o Liminha. A crise parecia ter vindo para ficar no setor. Aumento orbital nos custos financeiros, queda abissal no faturamento, concorrência predatória e em crescimento exponencial, qualquer hacker de merda de posse de um Mac turbinado se arvorando em empresa digital. A BigNet, que em 1999 tinha mais de cento e cinqüenta funcionários registrados, virava-se agora com menos de trinta — e continuava enxugando o quadro. Liminha apostava em seus projetos para caçar dinheiro. Tinha o de inclusão digital, pra criançada de baixa renda, com financiamento a ser captado junto a empresas, via renúncia fiscal. Sua outra manobra era a tal regionalização da internet. Tudo muito bonito e promissor no papel e nas preleções que fazia aos investidores potenciais. Na prática, nem um tostão pingava no cofrinho da BigNet, nem no seu bolso.

Chegou um dia lá, mandaram a Isa embora, sem mais. Simplesmente pagaram o aviso prévio e tchau, bela. *Downsizing*, explicaram, em inglês, já que *encolhimento* soaria muito cruel. A firma tinha que ficar menor para se tornar mais eficiente em tempos de crise, que no Brasil são todos os tempos, com ligeiras gradações. Além do que, algum filho-da-puta tinha inventado um programa de computador que fazia sozinho boa parte do trabalho da Isa. Só não fazia os programinhas do almoço, suspirou o Liminha. Aquilo ia lhe fazer falta, suspeitava. Os dois ficaram de se ver, claro, sempre que batesse a vontade. Mas, vendo-a afastar-se pelo corredor da BigNet depois das despedidas, ele teve a sensação de que aquela bunda estava criando asas e voaria para bem longe. Novos leitores de poesia, recém-catequizados pela Isa em seu novo emprego, quando arrumasse um, é que iriam se refestelar ali. Era a regra do jogo, ele tentava se conformar, mexendo distraído no próprio pau por cima da calça.

Nenhuma crise porém o afetava tanto quanto a que vivia no seu casamento assexuado. Apesar de sentir o olho da rua piscando pra ele, Liminha estava relaxando a guarda dentro da empresa. Preocupado com o amigo, o Rubens passou a lhe dar uns toques mais incisivos, sobretudo depois daquela reunião com o pessoal de marketing de uma poderosa rede de supermercados, quando o outro falou repetidas vezes em "penetração digital" e "inclusão peniana", para desconcerto dos presentes, que não tinham como decifrar a origem do ato falho.

— Tá feia a coisa, cara. Tu vai acabar abatido em pleno vôo, feito um pato silvestre — advertia o Rubens. — Se liga, *man*.

Sim, ele tinha noção de que urgia se ligar e se armar contra a feia coisa que rondava a internet. Mas seus neurônios todos, pobres funâmbulos subjugados, só se ocupavam de fato com o projeto de quebrar o encanto nefasto que manietava sua esposa e chegar ao nirvana do sexo com ela. Meu Deus do céu, ele chegou a se perguntar, nos seus intermináveis solilóquios noturnos, na cama, ao lado da bela e intocada adormecida, será que a tal santa italiana não estaria de fato possuindo o corpo da mulher, invejosa de sua beleza?

Outra hipótese voltou à tona na cabeça do Liminha. Talvez Mariana não o desejasse. Mas por que cargas-d'água teria se casado com ele, então, se não o amava de corpo e alma? Fosse pela grana, ascensão social, essas merdas novelescas, ela teria feito melhor negócio ficando com o boyzinho da transportadora e seu Mitsubishi do ano. Poderia conseguir melhor que isso, até. Fazendeiros, industriais, banqueiros com seus carrões, jatinhos, iates, o que quisesse e pedisse, e não só num, mas em vários casamentos sucessivos, durante o período ativo de sua estonteante beleza. Podia até se dar ao luxo de escolher ricaços de pau pequeno para seu maior conforto e segurança, se o problema era esse. Ou mesmo broxas de carteirinha, pra resolver de vez a questão.

O negócio era ficar frio, aconselhava a si mesmo, fraternal. Calma, Liminha, sobretudo calma, dizia-se, apertando uma mão na outra. Mas não conseguia barrar o aluvião de hipóteses sombrias que lhe vinha à cabeça. Seu pau, por exemplo. Não era nenhuma monstruosidade de vídeo pornô. Nunca tivera reclamações nessa área. Só uma garota, um dia, exclamara ao ver a coisa diante do nariz: "Nossa, que pau mais rombudo!". E deu conta do rombudinho numa boa.

Não, a questão não era de pesos e medidas, mas de atitudes. Será que ele ia, como se diz, com muita sede ao pote? Ia, não ia? Ele nada sacava de marketing amoroso, eis a verdade. E olha que marketing era com ele mesmo. Podia, numa sentada, armar um esquema matador de publicidade e vendas de sandálias de plástico para a região compreendida entre Ourinhos e Botucatu, mas não conseguia pensar numa estratégia viável para se fazer desejado por Mariana.

Ou, por outra: tinha pensado em todos os truques e táticas, nenhum porém que não se esfarinhasse diante da esfíngica vagina da mulher. De todo modo, reconhecia, a marcação cerrada que não conseguia se impedir de exercer sobre Mariana não ajudava muito a liberar a libidinho acuada de sua parceira. Tentou se pôr no lugar dela. Tremendo estresse o convívio com alguém que tentava lhe empurrar sexo goela abaixo o tempo todo, sobretudo se você é uma pobre e indefesa neurótica anônima, como Mariana. Já não lhe bastava aquela mãe sufocante introjetada em sua cabeça como um alien moralista? O fato é que ele ainda tinha muito a aprender sobre o amor, como procurava se consolar nos momentos em que não bradava simplesmente aos sete céus e outros tantos infernos:

— Que merda!

Vai daí, imerso em considerações dessa ordem e de outras também, o Liminha passou a fermentar uma nova tática. O.k., *man*, vamo lá, *once again*, ele se estimulava, em portuinglês, a sua língua profissional. Se nada fizesse, nada aconteceria — isso era praticamente certo, já que a neura de Mariana não era do tipo que iria se dissolver apenas com uma brisa de primavera incidindo sobre ela no ângulo certo. Nem seria razoável esperar que a terapia com a freirinha psicóloga do Sedes, que ela começara havia alguns meses, fosse resultar em algo melhor que um lugar garantido no céu, na ala das virgens puras e bestas. E conformadas.

Liminha passou, então, a domar na fina marra seu garanhão impaciente, e até mesmo a fabricar uma cortês indiferença no trato com Mariana. Dava-lhe beijinhos sociais até dentro de casa. No rosto, na testa. Lábio no lábio, às vezes, o maldito selinho, mas sem tentar a língua. *Cool.* Resolveu mudar o visual também, a começar pelo cabelo, num salão japonês modernérrimo dos Jardins, com uma cabeleireira de piercing no nariz e seres mitológicos tatuados nos braços que antes lhe fez massagem nos ombros e pescoço e lhe serviu um chazinho com gosto de capim seco. Foi ao shopping mais caro da cidade, comprou no cartão umas becas novas, grifes da hora, cores ácidas, modelos instigantes, revolução total. E começou a puxar ferro numa academia no shopping ao lado do escritório. Seus bíceps cresceram rápido. A barriguinha alcoólica ia demorar mais para partir, mas estava com os dias contados, garantiu-lhe o personal trainer. E o bronzeamento artificial rapidamente conferiu-lhe um ar saudável de surfista urbano inserido nas ondas mais atuais.

— Porra, Liminha. Cê tá disputando vaga num *reality show* ou o quê? — sarreou o Rubens, quando o pilhou envergando uma calça pula-brejo que deixava à mostra uma faixa peluda de canela por cima do cano da meia, fazendo conjunto com uma camiseta listrada de marujo gay.

— Exato — respondeu Liminha. — Show de realidade. Isso aí, mano. Tô virando outra pessoa, em busca de outra realidade.

Que papo era aquele? O Rubens não entendeu xongas. Será que o amigão tinha embirutado de repente? Era possível uma coisa dessas? Vai saber. O casamento pode ser enlouquecedor para certos homens, ele sempre ouvira falar. Ou teria o Liminha enviadado?! Será? Acontece nas melhores famílias, mas não parecia o caso. De novo, vai saber, especulou o Rubens. Liminha não lhe dava maiores notícias. Nem menores. Andava aéreo, alheio. Estava mesmo virando outra pessoa. Ele só não percebia bem que pessoa era essa. E a quem era dedicada essa transformação?

Pra Mariana, deduzia o Rubens, sem grande esforço mental. Pra quem mais?

Sim, Mariana, que até achou o novo Liminha um renovado gato e tudo, apesar de algum exagero estilístico. Agora, desencantar que era bom, não desencantou. Só propôs:

— Aproveitando que você deu essa repaginada na sua pessoa, que tal se a gente fosse pra Nova York agora em julho? Vi uns pacotes super em conta no jornal.

Não foram para Nova York. Foram pra Buenos Aires. Bem mais em conta. Três dias. Uns tangos. Um frio danado, por causa das massas polares. *Parrilladas. Vino. Dulce de leche.* Os homens olhavam muito pra Mariana, como em toda parte, não poucos na mais acintosa paquera. Los paqueras argentinos no entanto não imaginavam o iceberg que estavam pleiteando, divertia-se em pensar o Liminha. Do extremo sul da Patagônia aos confins da Antártida, nenhum homem encontraria tamanha frialdade. Tinha que ser um santo como ele, se autogabava o Liminha. São Liminha da Pica Triste, batizou-se, triste.

Voltaram sem nenhuma impressão muito específica de Buenos Aires. Mariana só reparou que os prédios eram muito velhos e as mulheres mais caretas e metidas a chique. "E tem muito mais homem de gravata na rua e nos lugares do que aqui", observou, arguta. Já o Liminha voltou achando que sabia falar espanhol sem a menor dificuldade, pelo menos com garçons e motoristas de táxi.

Pelo sí, pelo no, ele continuou praticando aquela distância

olímpica em relação a Mariana. Assim que pisava em casa, virava o belo indiferente. Ficou bom nisso. Mariana chegava a esquecer que ele estava por perto, a ponto de liberar certa noite uma bufa particularmente sulfídrica e sonora ao lado do maridão na cama.

— Cê tava aí?!... Ai, Liminha, desculpa... — disse ela, abaixando o jornal, sem graça, quando ele começou a se abanar com a *Veja*.

Na verdade, Mariana nunca tinha dormido tão bem naquela cama desde que o marido dera de bancar o tô-nem-aí. Não a procurava mais nem para as famigeradas punhetinhas semanais, que lhe cansavam o braço e a paciência. Um alívio tremendo. Começava até a gostar mais do marido por isso. Nas noites especialmente quentes, quando Mariana dormia sem camiseta, o Liminha secava o tanque de tanta punheta que batia, voyeurizando e fantasiando uma cortesã lasciva das *Mil e uma noites* que se descolava fantasmática daquele espantoso corpo inerte para ir ter com ele.

A certa altura, Liminha viu que não chegaria a parte alguma com aquela fleugma fake de lorde broxa. Estava até lhe fazendo mal à saúde aquilo, umas tonturas, uma depressão de fundo, constante, incômoda como dor de cabeça de ressaca.

Um dia, caçando mosca em frente ao computador na BigNet, teve um insight fulminante: o que estava matando o tesão de Mariana era a rotina. O.k., aparentemente não fazia muito sentido isso, visto que desde o primeiro dia de namoro, à margem de todas as rotinas, a Mariana já se mostrava gélida como um frango no freezer. Que se dane, pensou. A hipótese da rotina era boa. Por que não? Vai ver ela esperava na sala vip do seu íntimo que o casamento fosse algo bem mais emocionante.

O negócio era sair dos trilhos definitivamente, ia concluindo Liminha. Só que não era assim tão fácil provocar o descarrilamento do trem-bala do dia-a-dia. E se ele propusesse uma incursão ao Santo Daime, no meio da floresta amazônica? Ou um passeio pelo inferno das drogas pesadas? Ele conhecia gente que cheirava pó e tomava ecstasy. Ali mesmo na BigNet tinha vários. Era de se pensar. Pesariam muito no orçamento as tais das drogas pesadas?, indagava-se o Liminha, coçando a calculadora mental. Seriam capazes de fazer mal à saúde de Mariana a ponto de corromper aquelas formas celestiais? Ele calculava que a esposa podia abdicar de cerca de trinta e três por cento de sua gostosidade sem deixar de parecer ainda deslumbrantemente bela. Quem sabe uma certa decadência física até a humanizasse um pouco. Palidez, olheiras, voz rouca, uma panca de putinha junky iam lhe cair muito bem, ainda mais agora que ele cortava cabelo com a japonesa. Foi se excitando só de pensar nisso.

Um dia se abriu de chofre pro Rubens, no boteco da Vila Olímpia onde mamavam suas happy hours:

— Quer saber, véio? Minha vida sexual com Mariana simplesmente não existe.

— Eu já desconfiava — disse o Rubens num tom que se pretendia fraterno, liberando a veia confessional do amigo.

Liminha deu a ficha completa. Contou cada uma das não-trepadas que dera com Mariana até aquele momento, a fase das punhetas conjugais (só omitiu as luvas cirúrgicas; não teve coragem), o voyeurismo com os espelhos, a nudez adormecida da mulher nas noites tórridas de verão, tudo, tudo. Rubens foi ficando de pau duro com aqueles relatos, mas disfarçou bem. O amigo obrigou-o a jurar pelos próprios testículos que jamais daria a alguém, muito menos a Mariana, bandeira de conhecer tristes segredos de sua alcova. Pra todos os efeitos, o Liminha comia a patroa direitinho, na moral, sem excessos nem esquisitices.

O Rubens jurou e sugeriu:

— Tem que repensar o problema, cara. Reformatar o sistema inteiro, tá ligado?

— Já repensei, reformatei, replanejei, rebostejei até esfolar os miolos. Se você tiver alguma idéia brilhante, tô pagando em euros.

— Por que é que você não manda cortar o pau numa clínica e não guarda o negócio numa câmara criogênica, por exemplo? Pra deixar de pensar no assunto enquanto estiver casado com a Mariana. Se um dia você se separar e casar com outra mulher, é só mandar reimplantar. E, se isso acontecer daqui a dez anos, digamos, você terá a vantagem de dispor de um membro dez anos mais jovem.

— Vá se foder, Rubinho. Eu, aqui, vivendo uma tragédia pessoal, e você aí tirando com a minha cara? É a minha felicidade que tá em jogo aqui. Tô desesperado. Não parece, mas tô. Só não arranco os cabelos porque já não tenho muitos pra esbanjar.

— E vai viver duas tragédias, se continuar moscando desse jeito no trabalho. Não é hora de perder o emprego na BigNet, Liminha. Se é que aquela merda não vai falir de qualquer jeito amanhã mesmo.

— Foda-se a BigNet.

— Porra, Liminha.

Pois é, porra, Liminha. O amigo se deprimia em alta velocidade na sua frente. Rubens mudou de tom e de assunto:

— O.k., Limeira, então vamos pegar o sexo, tá? Veja só...

— Eu já pego o sexo, Rubão. Todo santo dia. O meu pobre e abandonado sexo. Bato mais punheta que todos os adolescentes, presidiários e padres do mundo juntos.

— Não, não, tô falando sério agora, Liminha. Sexo pra gente, que somos uns canalhas assumidos e consumados, sempre foi aquela coisa de enfia, tira, chupa, é chupado, enfia mais um pouco, goza, e ponto final. Fala a verdade. A gente achava que se apaixonar por uma mulher era coisa de viado, de cara fraco. É ou não é?

— Mas eu estou apaixonado, cacete! E estou começando a me sentir um cara fraco...

— A sua paixão é a sua força, meu amigo. Pra chegar aonde você almeja, tem que passar primeiro pelo coração das mulheres.

— Eu não sou cardiologista, Rubão.

— O negócio, véio, é injetar emoção na parada, tá ligado? Adrenalina. Nada a ver com rapel em cachoeira, *paraglider*, motocross, essas merdas. Tô falando de emoção primitiva, cara, emoção paleolítica, em estado bruto.

— Estado bruto... — repetiu o Liminha, como se alguma indefinida revelação acenassse de muito longe para ele.

11.

Pouco tempo depois, voltando de madrugada da festa de trinta anos do Rubens, o Liminha desviou de repente do caminho de casa e foi dar com a Mariana num motel da Marginal Tietê, o Charade II. Parados na pequena fila de carros do check in, ela estrilou:

— Só pra gastar dinheiro, Liminha. Não vejo a menor graça em motel.

— Quem sabe se...

— Esquece, Liminha. Já faço psicoterapia, não faço?

— Com aquela freira indicada por um padre amigo da sua mãe? Faça-me o favor, Mariana.

— Ela é psicóloga formada.

— Você ajoelha durante as sessões? Reza um tercinho? Ave neurose cheia de graça...

— Pó pará — ela cortou. — Não tô a fim de ouvir besteirol de bêbado a uma hora dessas da madrugada.

— Não tô bêbado. Bebi pra caralho, mas não tô bêbado. Tô só com tesão. Quer ver?

— Quero dormir, Liminha. Em casa. Na minha cama. E você tá pra lá de bêbado, sim senhor. Se acender um fósoforo aqui, explode o carro.

— Não tô bêbado, Mariana. Você acha que eu tô bêbado? Não tô bêbado. Bêbado? Eu? Tô só querendo fugir um pouco da rotina, porra. Hoje é sexta, caralho. Fim de semana, puta merda.

— Não precisa partir pra ignorância.

Ele silenciou, amassando o volante com as duas mãos. Na BMW preta à sua frente uma ruiva de cabelos frisadinhos era beijada na boca por um sujeito de cabeça raspada parecido com o Ronaldo. A cabelama da mulher encobria o beijo em si, mas não a volúpia dos beijadores. Vai ver era mesmo o Ronaldo refrescando o saco com alguma maria-chuteira de ocasião, palpitou o Liminha pra si mesmo, sem botar muita fé no palpite. Pelo retrovisor, numa dessas peruetes modernetes dois palmos mais altas que um carro normal, ele avistou uma loira gorducha, muito branca, de batom vermelho-hemorrágico nos lábios, conversando animadamente com o sujeito grisalho e muito estranho ao volante, a ostentar uma espécie de busto por debaixo da camiseta cavada. Aos risos e gargalhadas, as duas figuras repartiam o gargalo de uma long neck.

Liminha reparou melhor e viu que o cavalheiro do casal era na verdade uma espécie de mulher. Um casal de sapas em busca de um ninho de amor. Ele apostaria seu Audi A-4 como a loira gorducha, a entidade mais feminina da dupla, era a legítima esposa de algum panaca que estava agora num bar com sua patota de *macho men* dedicando-se a encher a cara, contar piadas sujas e narrar detalhes sórdidos de suas aventuras sexuais uns aos outros.

Mariana começava a se irritar seriamente:

— Quero sair já daqui, Liminha. Já!

— Agora, só voando — ele disse, de olho no retrovisor. — Olha a fila aí atrás. Todo mundo querendo trepar com todo mundo. O sexo tá solto no ar.

— Vai começar, Liminha?

Mas, diante do súbito e denso silêncio do marido, baixou a bola, assumindo um tom quase didático:

— Olha, meu bem, lembra da nossa noite de núpcias no Napoléon?

— Inesquecível — ele respondeu, esguichando ironia por entre os dentes. — Croissants e punhetas no banheiro.

— E lá em Foz do Iguaçu, no Cascata's Inn, lembra?

— Aquele safári insetológico? Nunca matei tanto pernilongo na vida.

— E em Presidente Epitácio, no casamento da sua prima, naquele Repouso do Boiadeiro, tá lembrado?

— Parecia um curral, aquilo. Tinha um par de cornos de touro na parede, em cima da cama. Muito sugestivo.

— E aquele hotel em Buenos Aires, meu Deus, o... o... como era mesmo o nome dele? Península Hernández, não era isso? Nunca vou esquecer, você trêbado, de madrugada, batendo a porta do quarto, gritando que ia pegar a primeira piranha que te aparecesse pela frente.

— O ministério da saúde adverte: frustração sexual pode levar um homem à loucura. Diz logo o que você tá querendo dizer, Mariana.

— Que não adianta hotel, motel, drive-in, banco de trás do

carro em noite de lua cheia, nada disso. O buraco é mais embaixo, Liminha.

— Não senhora. O buraco tá no lugar certo. O problema é que ele tá interditado.

Mariana cruzou os braços. Ele cedeu:

— Desculpe.

— Quero ir já pra casa.

— Amanhã. Agora já estamos aqui. O que é que eu vou dizer pra moça do guichê? Ela vai achar que eu sou um puta dum babaca incompetente que conseguiu perder a mina na fila do motel.

— Que se dane o que ela achar.

— Pô, Mariana, um motelzinho, que é que tem? Vi na *Playboy* que esse aqui tem quarto com cama redonda, supernostálgico. Olha ali na placa: piscina exclusiva com teto móvel, sauna seca e molhada, tevê com dez canais eróticos, café-da-manhã no quarto... e dezoito centímetros de prazer à sua disposição!

Ela só deu sua bufada enfezada. Ele esfriou:

— Não esquenta, Mariana. Não tô contando com nada. Só me deu na telha de dormir num motel. Só isso.

— Não conte mesmo com nada. É jogar dinheiro fora. A gente não tá podendo, Liminha. Você não ganha uma comissão decente há quanto tempo, me diz?

Foda-se, Liminha replicou mentalmente. Economizariam depois em cinepizzas, presentes, viagens, importados no supermercado e o que mais pudesse ser economizado.

No quarto, foi logo se pondo em pêlo, lançando as roupas aos quatro cantos e balangando orgulhoso o pinto jonjo pra lá e pra cá, como um primata num ritual de acasalamento. Depois, abriu a porta-parede de vidro e pulou na piscina.

Maquinal, fatigada, Mariana tirou a calça preta e a elegante blusa vermelha de seda. Dobrou tudo sobre uma cadeira. Estava sem nada da cintura pra cima. Só de calcinha, tremia de frio, abraçando os peitos, sem conseguir esconder todo o poder de atração daqueles bulbos mágicos, como os classificava o Liminha. Não quis nem pensar em entrar na piscina com o marido, que emergia de um mergulho.

— Tá quentinha — o Liminha informou. — Delícia.

— Deve tá cheia de espermatozóide essa água.

— Olha um aqui nadando borboleta! — o Liminha apontou.

Ela não achou graça.

— Vem, Mariana!

— Sai desse esgoto, Liminha. Não dorme comigo sem tomar antes uma ducha — ela proclamou da borda e sem largar os peitos, como se os protegesse mais da gula ocular daquele tubarão na piscina do que da friagem.

Maluca, histérica, narcisista, o Liminha retrucou consigo mesmo, quando ela lhe deu as costas e voltou pro quarto. Deixou o corpo enjeitado boiar na piscina. Lá em cima, o teto móvel, fechado para as eventuais estrelas da madrugada, era mais uma das abundantes metáforas da sua vidinha erótica com aquela miss marmórea. Confinamento, obstáculo, ausência de horizontes.

Se enxugando no quarto, notou como a quadradice dela não se ajeitava na cama redonda. Sobravam pernas e braços pra fora. Ela resmungava que o lençol era muito fino e que estava com frio e que não queria nenhum daqueles cobertores cheios de ácaros e meleca ressecada e que estaria muito melhor, e de graça, no conforto do quarto deles. Se tinha cabimento gastar dinheiro com motel em São Paulo.

Foi quando ele se lembrou das lésbicas na fila do motel.

— Caralho — ele chegou a dizer em voz baixa, num tom

de quem chegava a uma acachapante conclusão. E resumiu para si: seria sua feminíssima consorte uma lésbica enrustida?!

O Liminha tremeu de repente, espantado com o fato de jamais ter pensado nisso. Devia ser algum desses malditos mecanismos mentais de negação do óbvio doloroso. Era isso! Ele tinha se casado com uma sapatona enrustida!

Mas a hipótese não resistiu nem trinta segundos na sua cabeça. Primeiro que ele nunca a pilhara de olho em mulher nenhuma. Não era de ter muitas amigas, nem de procurar muito as poucas que tinha. Também não era muito íntima de nenhuma delas, nem da Andréia, sua melhor amiga oficial, dos tempos de escola. Só era chegada na mãe, claro, mas aquilo não era bem mulher. Na verdade, nada sexual combinava com a Mariana: homo, hétero, trans, bi, o que fosse.

Sempre em intenso diálogo consigo mesmo, Liminha meteu-se na cama redonda, já de remoto na mão. Ligou a tevê num canal pornô. Um negão em pé se esforçava para enrabar uma loirinha ajoelhada numa poltrona. Enquanto fodia a fulana, aplicava-lhe uns tapas na bunda com sua manopla tamanho NBA. O negro e lustroso cacete do ator deslizava pra dentro e pra fora entre as duas esferas brancas da bunda branca da moça, sem camisinha.

Ali, sem ter mais no que pensar, veio-lhe à tela da memória o replay daquele dia num motel em que, mal começava a operação de empalar a Isa, já encontrou a ponta de um troço no meio do caminho. Um troço duro, plenamente confeccionado e pronto para sair. Aí, ele fez o que sua psicofisiologia mandou fazer: broxou legal, para grande decepção da moça. Curioso é que ela mesma parecia não se dar conta do que estava acontecendo. Liminha não tinha como explicar: "Olha, desculpe, mas tinha um cocozinho duro no seu reto, amor".

Disse apenas que era dessas coisas que acontecem, todo homem broxa, tinha se distraído, nada grave. Depois de um cigarro partilhado na cama já estava de novo de pau duro, entrando dessa vez pelas vias oficiais, onde nunca havia obstáculo algum nem era necessária lubrificação extra. A Isa era um oásis úmido em sua vida saariana. Aquele motel estava lhe dando uma saudade dos diabos dela.

A voz de Mariana a seu lado veio cortar seus devaneios:

— Tira isso, Liminha! Que horror!

A esposinha virou de costas pra ele e cobriu a cabeça com o lençol, em protesto. Liminha sorriu, imaginando a reação da sua diva se soubesse o que lhe ia pela cabeça naquela hora. Depois, parou de sorrir. E sentiu tesão pela perdida amante, que devia estar agora dormindo ao lado do maridão corno e barrigudo na cama, depois de ser varada de dia num motel, do meio-dia e meia às duas e quinze, por algum de seus romeus de plantão.

Liminha ainda sintonizou uma suruba multirracial e transexual em volta de uma piscina ao ar livre com palmeiras ao fundo. Na seqüência dos canais, veio uma chupeta que uma oriental executava num halterofilista parecido com o Stallone dentro de um elevador, e um sessenta e nove de lésbicas em cima da mesa de uma cozinha (a suposta patroa branca com a presumível empregada negra). Só aí desligou a tevê. Ao ouvir cessarem os gemidos televisivos, Mariana tirou a cabeça pra fora do lençol, virou-se de costas na cama e contemplou o teto.

— Droga — ela disse. — Perdi o sono. E esse espelho ridículo no teto tá me dando enjôo. E eu tô com frio.

Liminha foi buscar e estendeu para ela sua camisa de seda, que amanhã estaria inteiramente amarfanhada. Ela apanhou o pano amarelo com losangos bordô, farejando-o como um perdigueiro.

— Bem fedidinha essa sua camisa, hein? Nossa Senhora. Cheirando a mendigo bêbado.

E ficou decidindo se ia ou não ia vestir aquilo. Disse, irritada:

— Apaga essa luz, fazendo o favor?

Ele girou o botão do dimmer no painel de controles da cabeceira, deixando o quarto mais penumbroso ainda. A piscina iluminada, visível pela porta de vidro, projetava sombras ondulantes no teto, feito ectoplasmas de antigos amantes felizes que tinham mandado ver naquela suíte em outras eras, devaneava o Liminha. Daí ligou o som, bem baixinho. Uma cantora sussurrando em inglês. *The name of love is you and me... you and...*

— Desliga isso, Liminha, que eu preciso dormir.

O Liminha olhava fixo pra tevê desligada. Mariana achou estranha aquela cara dele.

— Amor?

Silêncio. Até que veio a réplica:

— Amor o caralho.

Mariana ia retrucar, mas se conteve diante da calma fria com que o marido dissera aquilo. Ele continuou em silêncio, de olhar fixo à sua frente.

— Liminha?! Que foi, meu bem?

Ele não dizia nada. Ela resolveu dar de ombros. O Liminha devia estar bêbado ainda. Era isso. Ela finalmente se animou a vestir a camisa do marido, com um beiço de asco. Já ia enfiando um braço na manga quando ele arrancou a camisa de suas mãos, brutal, lançando-a contra a porta de vidro. Ato contínuo, montou a cavalo nela, sentando sobre sua barriga, como costumava fazer com a Isa antes ao fornicar-lhe os peitões. Mariana tentou empurrá-lo com os dois braços rígidos. Mas ele facilmente manietou aqueles galhos finos e elegantes, imobilizando-os acima da cabeça da dona. E caiu de língua naqueles peitos indefesos, trabalhando bicos, aréolas e os entornos bojudos com uma língua quente e afoita, sem economizar saliva.

— Pára, Liminha! Que nojo! Pára, senão eu grito!

Nisso, o braço direito dela conseguiu escapar da garra do Liminha, conduzindo um tremendo tabefe na cara dele, estalado. Ela nunca estapeara a cara de ninguém, homem ou mulher, adulto ou criança. Deu com gosto na do marido.

Fez-se um vácuo de horror no quarto. Com a mão esquerda acariciando a face ofendida, o Liminha fixava nela uns olhos esgazeados de louco teatral. Permaneceu montado na mulher, manietando-lhe o outro braço.

— Desculpe, amor — ela começou, medrosa. — Saiu...

Liminha soltou o braço dela e se empertigou em sua montaria. Tudo parecia serenar. Até que ele virou, por sua vez, um pleno tapão na cara da esposinha. O troco. Saíra com mais força do que pretendia. Mariana ficou paralisada, aninhando a face atacada na palma da mão e olhando num estupor para o marido. Duas cachoeiras de lágrimas se formaram naquele rosto que ele tanto venerava. Um filete de sangue lhe escorreu pelo canto da boca.

Mutuamente estapeados, os dois continuaram a se encarar na cama redonda, ele ainda por cima dela. Os ódios em trânsito naquele duplo olhar eram tantos e tão virulentos de parte a parte, que foram aos poucos se anulando, por alguma lei arcana da química emocional. Ele via com espanto que sua mulher, ainda sentindo forte ardência na cara, mergulhava aos poucos na indiferença habitual.

Mas ele era ele, pensou o Liminha. O cara. E sujeitou de novo os braços de Mariana, caindo sobre sua boca de língua em riste. Ela não ofereceu resistência, deixando o marido mascar seus lábios, sorver seu sangue e revolver a língua assanhada dentro da sua boca. Sentiu intensa ânsia de vômito, que não melhorou quando ele se pôs a lamber sua orelha esquerda, depositando lá dentro uma camada visguenta de cuspe.

Liminha sussurrou:

— Quero foder, Mariana. Agora.

Daí, empertigou de novo o tronco sobre a sela hipotética e exibiu seu pau duro. Puxou a pele do prepúcio para deixar a cabeça arroxeada bem visível. Aquele era o lindo pau dele. Aquele era ele. E disse, possuído de uma alegria selvagem, brandindo o membro na cara dela:

— Isso aqui sou eu, Mariana. *Eu*, tá me ouvindo? E *eu* vou entrar agora em *você*!

Para grande surpresa do Liminha, ela disse apenas:

— Tira a minha calcinha. Sem brutalidade, faz favor.

Foi o que ele fez prontamente, puxando a calcinha branca, de algodão, sem brutalidade mas sem muita delicadeza, em três repuxões, pelos quadris, coxas, canelas e pés abaixo, jogando o paninho pra trás. A hora do macho. Ela abriu as pernas por conta própria. Virou a cara de lado, pousando o olhar na luz da cabeceira, como se deitada na mesa do ginecologista. Com aquela face violácea do tapa voltada para cima, tinha um ar de santa no martírio. Liminha se lembrou do tal terapeuta de vidas passadas. O cara tinha razão. Uma santa mesmo. Santa Mariana da Buça Embuçada. Uma santa gostosa pra caralho, completou sua mente alterada. Lá estava, enfim a seu dispor, o sexo da mulher mais linda do mundo.

Liminha não perdeu tempo. Escorregou um dedo por ali, o médio, fazendo-o rastejar sorrateiro por entre a relva de pentelhos aparados, de cima para baixo. Chegou nos grandes lábios, abriu-os como se abre a pálpebra de um desfalecido para verificar se está vivo ou morto. Não tinha ilusões. Esperava encontrar a secura das outras poucas vezes em que lograra roçar a região.

Eis que — inacreditável! — o dedo resvalou em terreno úmido, escorregadio, lubrificado, permitindo-lhe adentrar sem esforço as pétalas internas daquela flor esquiva. Quando viu, estava com o dedo médio enterrado lá dentro, no canal molhado e receptivo, realizando finalmente, por outra via, seu acalentado projeto de inclusão digital.

— Molhadinha!... — ele sussurrou.

Era esse, afinal, o segredo de Mariana? A cadela precisava apanhar na cara pra sentir tesão? Teria ele se casado com uma santa masoquista? Sim! — o Liminha exultava. O que Mariana queria, lá nos confins confusos da cabecinha dela, era um estuprador eficiente pra avivar aquela brasa dormida. Era a fantasia da coitadinha, fazer o quê. Uma fantasia que ele enfim tornava real. Ninguém pode pedir para ser estuprada. Isso tem que acontecer naturalmente. Um dos canais eróticos do motel devia trazer naquele exato instante mulheres apanhando na cara e sendo comidas à força por gangues de machos caralhudos durante estupros cênicos.

Degradação, eis o remédio para a frigidez de Mariana, concluiu um perplexo Liminha. Por ele, estava tudo bem, decidiu, tirando com lentidão e suavidade o dedo lá de dentro. Planejava aplicar mais uns tabefes na carinha linda da mulher antes de atolar a piroca naquela xota aquosa de tesão. Mas, antes, cheirou o dedo. Sorriu de satisfação: era cheiro biológico, de buceta real, buceta-buceta, bucetão, como a da Isa. Mais inebriante até.

Mariana voltou o rosto para ele, mas não parecia pedir porradas adicionais. Como que adivinhando as elucubrações do marido, esclareceu, no seu habitual tom monocórdico:

— É corrimento, Liminha. Me vem sempre antes da menstruação.

— Corrimento? — balbuciou o Liminha.

Ela fez que sim com a cabeça. Corrimento, ele repetiu na cabeça. Seu pinto desintumesceu um bocado. Depois, mais um pouco. Logo estava mole. Corrimento, o Liminha se repetia. Esfregou o dedo penetra no lençol. Ela reagiu, ofendida:

— Qual é o problema, Liminha? Um minuto atrás o senhor queria me estuprar. Agora tá com nojo de corrimento, é? Faça-me o favor.

Era verdade. Ele estava com nojo, e não queria mais estapear ninguém. Mariana se levantou para apanhar a calcinha do chão, junto à divisória de vidro. Daí, foi até o frigobar, pegou gelo, enrolou numa toalha de rosto e voltou a se enfiar entre os lençóis. Virou de lado mais uma vez, de costas para o marido, com a trouxa de gelo pensando a face estapeada. Fechou os olhos ostensivamente, como quem fecha a alma.

O Liminha também se pôs de pé, fazendo o mesmo percurso até o frigobar, de onde fisgou uma long neck. Quase rompeu a pele dos dedos para girar a tampinha, deu um longo primeiro gole. Foi olhar a piscina, uma água-viva fosforescente brilhando no quintal da suíte. Sentiu um pouco de tontura. Pensou em dar outro mergulho pra se recompor. Respirou bem fundo. Podia sentir as vibrações e até os cheiros das dezenas de fodas em curso à sua volta naquele piçódromo de aluguel. Imaginou as lésbicas da entrada se afundando uma na xota molhada da outra, num sessenta e nove glorioso, como o do vídeo que acabara de assistir. Contemplou Mariana sob os lençóis, de costas pra ele, o rosto ideal semi-oculto pelo saco de toalha úmido. Deu-se conta de que tinha acabado de dar na cara da Beleza. Um gorila surtado é o que ele era. Mas não estava arrependido. Não estava nada. Sentia-se num vazio total de idéias e sentimentos.

Voltou pra cama redonda, ao lado da mulher. Ligou a tevê de novo, sem som. Dois negões comiam agora aquela mesma loirinha do início, um pela xota, deitado debaixo dela, o outro por trás, o mesmo que já a enrabara antes e conhecia o caminho. Liminha ficou calculando se os caras não ficavam sentindo os caralhos um do outro lá por dentro das entranhas da loirinha. Devia ser esquisito aquilo.

Ficou mamando na long neck e assistindo à sacanagem muda na telinha. Já ia mudar de canal quando veio um terceiro elemento, um mulato magro com cara de presidiário a oferecer a pica ereta à loira para a devida sucção. Liminha farejou de novo o dedo que tocara Mariana. Ainda estava lá a memória do cheiro de corrimento pré-menstrual. Entesou novamente. Então largou a cerveja no chão e, com a mão gelada de segurar a garrafa, agasalhou o pau duro e se pôs a socar um lento punhetaço. Não chacoalhou nem dez vezes. Um gozo curto e grosso, voador. Nem viu onde pousou sua porra, pois ao abrir os olhos depois da gozada observou que o mulato boqueteado na tela tinha tirado o caralho escuro da boca da loira para esporrar grosso na cara dela, em close. Na seqüência, os outros dois machos também puxaram em conjunto suas sondas sexuais dos respectivos buracos que exploravam e ejacularam abundantemente sobre o corpo da mulher, que foi ficando todo salpicado de catarrões perolizados.

Pensou na Isa, no rabo oferecido da ex-colega, naqueles peitões pendendo de maduros. Lembrou de uma pequena tatuagem que ela trazia na altura do cóccix, um botão de rosa vermelha com o cabinho verde apontado para baixo, para seu rego, um verdadeiro convite à sodomia.

Mariana dormia fundo, agora. Liminha tirou o pacote de toalha com gelo da cara dela, com muito jeito para não acordá-la. Enxugou o molhado da face estapeada com uma ponta de lençol, bem de leve também. E depositou um beijo levíssimo ali, na pele fria e magoada.

Depois, pegou de novo o controle e deu uma zapeada pelos canais eróticos. Sintonizou um contorcionista ocupado em chupar o próprio pau, comprido e fino. Seria algum truque de vídeo ou de cena? Não parecia. Era mesmo um contorcionista boqueteando-se a si mesmo. O Liminha olhou aquilo e deixou escapar uma risada. O riso descambou pra gargalhada. Quase caiu da cama redonda de tanto rir, amordaçando a própria boca com a mão. Se tivesse aquela flexibilidade toda e um pau comprido daquele jeito, talvez não fosse má idéia aplicar-se um chupetão ali mesmo, por desfastio. Imaginou o escândalo se alastrando pela cara de Mariana ao acordar e flagrar o maridão num autoboquete ao seu lado, de cu virado pra lua, como o cidadão ali na tela.

Aí, deu um clique no remoto e desligou a tevê. Um gole descuidado na long neck fez um rio de cerveja lhe escorrer pelo queixo, pescoço e peito peludo. Mariana continuava dormindo fundo, nocauteada pela brutalidade da noite. Contemplou de novo sua legítima esposa. Não tinha jeito. Era beleza demais. Ele tinha se viciado de forma irrecuperável naquelas formas. Se aquilo trepasse com a mesma facilidade com que dormia... — pensou o Liminha. Ou, então — e espantou-se de cogitar isso —, se ele pudesse se contentar apenas com a posse visual daquela lindeza toda. Poderia aprender com um mestre de meditação a recondicionar seu cérebro, desfazendo a associação arquetípica entre estímulo visual e desejo sexual. Ou, talvez, fosse mesmo o caso de acatar aquela sugestão maluca do amigo Rubens e mandar arquivar seu pênis num depósito criogênico.

Deu, então, um noves-fora no pensamento e matou a breja da garrafinha, convocando e liberando um arroto de barítono, daqueles que Mariana odiava presenciar, seguido de um longo bocejo. Sentiu o sono rondando sua mente. Ouviu claramente um crescendo de gemidos femininos vindo de uma direção indefinida do motel. Um cara levava sua parceira ao orgasmo. Lembrou que tinha sido convocado para uma reunião com o presidente da BigNet na segunda bem cedo. Bilhete azul, talvez. Mas hoje ainda era sexta. Ou sábado? De qualquer modo, a segunda ainda estava longe. Com ou sem demissão, telefonaria pra Isa, iria buscá-la onde estivesse, e viria a este mesmo motel na hora do almoço enfiar seu pau entre aquelas mamas quentes e dentro daquela vagina úmida de tesão, e não de corrimento, e também daquele cu apertado mas sempre receptivo, e daquela boca faminta de beijos e porra fresca. Na segunda, na segunda, repetiu para si mesmo, antes que as pálpebras tombassem como portas basculantes sobre seus olhos encharcados de álcool e sono.

Carta nº 2

Ó Urraca, sefaradita bela em boa hora safa da anti-semita sanha dos reis carolas d'Aragão e Castela, que no saudoso condado portucalense abrigada, antes que daí também te expulsem, deves estar a suspirar p'la ausência dos meus beijinhos de meiapataca, dos meus carinhos e lambidas, e ainda, por que não?, dos meus chequinhos, pá, que também és filha de Deus e tens tuas contas a pagar. Apruveito um breve hiato nos trabalhos e folguedos de bordo pra deitar ao pergaminho umas quantas palavras secretas a ti, clandestina flor do meu coração errante. Já lá garranchei as maltraçadas uficiais àquele nosso bochornoso monarca, dando notícias da nova terra, e agora entrego-me ao desfrute de dedicar-te tinta e sodade, doce amada dos lábios distantes, antes de novamente enfrentar o oceano imenso que vimos de transpor, nós, a brava gente lusitana, capitaneadas p'lo bravo e fero Pedr'Álvares Cabrón, e o quão bravo e o quão fero e o quão cabrón hás de ver a seguir, com estes teus mesmos olhos qu'inda voltarei a beijar, praza a Diós, ó bruta flor do meu querer.

Se estás a ler isto, e espero de corpo e alma que estejas, é que meus nomeados portadores incumbiram-se bem da secreta missão de entregar-te em mãos esta *p'tite lettre*, a salvo dos olhares da corte, e, mais spicificamente, da megeríssima consorte que o azar me fez desposar, só pensando no baú dela, e no baú dela não havia nem um resto de morcela, o bom diabo que a carregue.

Enfim, e para pôr fim aos enfarantes intróitos, passo a darte notícias cá do Novo Mundo, de cuja terra faz um dia apenas que zarpámos, sem embargo de todo amoire e genitais sodades que acalento de ti, e também p'lo puro gosto de escreveire e fazer passar o raio do tempo, ó pá.

Pois. Largámos de Belém no dia nove de março do ano da graça de mil e quinhentos, após as flatulentas cerimônias de despedida no Paço Real, onde fomos buscar as bênçãos de dom Maneco I, o aerofágico rei Ventoso, que, como eu, é chegado numa boa e ardida espanholita malagueta. U bacalhau servido no bota-fora andava mais pro *faisandé*, razão p'la quale nos fizemos ao vasto maire a verter oceanos da mais vil das substâncias, aquela mesma que à gente do teatro estranhamente significa sorte. A marujada murmurava p'los cantos das naus que aquilo fora um vero bosta-fora, isso sim.

Assi pois que deixámos trás de nós as doze naus capitaneadas por Pedr'Álvares e seus miliquinhentos mareantes mareados, um rastro bem original, e tocámos a cumprir nossos fados pras bandas do sudoeste, bem ao largo das calmarias da Guiné, muito além do Bojador e pra lá de Deus-me-Livre, onde, pensávamos, viviam os potentados d'Oriente em montes de especiarias assentes.

O bom de partir, já dizia u pueta, é que se vê a nédia patroa, a finória prole, os rapinantes credores e a soez sogrinha a boa e segura distância, e ao despois, se são generosos os alísios e estão as velas pandas, já não se os vê mais, nem à madrasta pátria que nos pariu. Ai, que se me moía os bagos a cotidiana vidinha lisboeta, a entupir-me de sardinhas com binho berde seja ao pé do castelo de São Jorge, seja na Alfama ou na Mouraria, entre mapas com fantasiosas rotas para quiméricos eldorados, ou bem a expugnar os xibius e puítos arreganhados das baronesas, marquesinhas e respectivas camareiras e damas de companhia, em leda e bestial putaria.

Lá p'las tantas, pois, já havíamos duas semanas de singradura, pouco mais ou menos, quando passámos, aos vinte e dous de março, ao largo da ilha de São Nicolau, no arquipélago do Cabo Verde. Era noite, alumiada do plenilúnio que escancarava às vistas e à imaginação a imensidão do *mare nostrum*. A brisa ia doce, amenas e oscuras as águas ondulantes e grande o tédio a bordo quando ao nosso capitão-mor se lhe ocorreu mandar que amainassem as velas das treze naus e se deitasse âncora, pois fora tomado por repentinas ganas de mergulhar nuzinho da silva nos domínios de Netuno, mor de refrescaire as suas, digo, dele, afogueadas breubas.

E assi se fez, e, pois, Pedr'Álvares baixou ao mar numa sumária sunga fúcsia-choq, de fino crochê-gabeira, junto com sete mancebos degredados por crimes de coito contranatura com homens, mulheres e animais, p'lo que constava no B.O. da Santa Inquisição anexado à papelama de bordo. O capitão-mor havia feito deles todos seus pajens particulares, e até mesmo particularíssimos, e os trazia sempre ao pé de si, à mesa, no convés, no camarote, por toda parte. E muito folgaram todos sob a lua complacente e debaixo dos olhares da marujada basbaque por constatar *in loco* o que fazia o nosso doudo capitão-mor, e, sobretudo, o que se lhe era feito sob o luar.

Euzinho, cá de minha parte, passei a noite em meu catre solitário a pensar em ti, Urraca mia, e a me entreter com uma saca de farinha devidamente adaptada para a satisfação de certas necessidades idílicas deste navegante que vos fala. Quebrava um galho, pá. Tinha só o inconveniente de deixar o pirilau todo branco ao fim — o chamado *empanado de pila*, como glosava a marujada vil que também conhecia o velho truque da farinha.

Na manhã seguinte, já ia alto o sol d'África quando o capitão-mor ordenou que fizéssemos velas, e foi antão que demos p'la falta da nau do Vasco de Ataíde. S'esvanescera junto com as brumas da madrugada, o Vasquito. O mar, sem sinal de naufrágio, estivera calmo toda a noite, agitado apenas pelas folganças e lambanças do capitão-mor e seus desenvoltos acólitos. Ao Vasco, exprimentado em marinhagem e singraduras, não se lhe podia haver soçobrado a nau, foi a unânime conclusão.

— Mas que c'ralho! — bradou Pedr'Álvares, ao que seus mancebos s'entrolharam às risotas mofinas.

O capitão-mor mandou antão que batêssemos o mar em volta à procura de Vasco de Ataíde, e ao cabo de quase um dia inteiro demos com uma garrafa a boiaire e nela um bilhete: "Ó Pedrocas! Tocámos de frecha neste mar de longo p'la noite afora até os Unaited Steits, a ver se descobrimos a Disneylândia. Se nos guiar o bom vento e o nosso piloto não fumar toda a marijuana a bordo, trago-te um Míquei Mauz de p'lúcia pra fazer-te companhia na solidão dos oceanos. Beija-te as nadegotas o teu Vasquinho".

Pedr'Álvares ao ler aquilo decretou:

— À merda!

E de pronto aproámos a sudoeste só com as doze naus restantes, que o capitão chamava de "caralhelas", termo que logo transmudámos em "caravelas", mor de não pegaire mal para a brava gente lusitana, ó pá.

Foi antão que, numa terça-faira de oitavas de Páscoa, topámos com os primeiros sinais de terra, depois de muito navigaire coas velas e os sacos enfunados. Vimos latinhas de cerveja vazias, camisolas-de-vênus usadas, um pandeiro, uma bola murcha, uma cesta básica vazia, baganas, bitucas e janjões de boa monta a boiaire no mar. Além dos albatrozes que nos cagavam na moringa, dando-nos as alvíssaras. O capitão-mor mandou reunir os capitães das outras naus e, junto com eles, andou a consultar mapas, astrolábios, sextantes, o guia Michelin e o scambau a quatro, antes de concluir, em sua alambicada voz de soprano frescobalda:

— Macacos me fodam se não estámos próximos d'alguma republiqueta de banana deitada eternamente em berço esplêndido na América do Sul!

E não é que estávamos mesmo, pá? Logo houvemos vista de um morro de terra a que o capitão-mor queria apodar de Pico da Chapeleta. Entre o tanto, fizemo-lo ver, nós os versados e letrados a bordo, que, talvez, quiçá, porventura, *who knows*, Monte Pascoal calhara melhor, por ser tempo de Páscoa, e nosso líder máximo, sem se opor, acedeu. Avançámos antão p'la distância de três mil cusparadas e vimos que havia muita terra a circundaire o morro, razão p'la quale nosso etnofilólogo de bordo, o bom Levistrassius, de gaulesa origem, sugeriu Terra de Santa Cruz, e assim ficou. O capitão-mor mandou antão fundear as naus a umas seis léguas da costa e a meia légua da foz de um rio. E enviou em terra a Nicolau Coelho num batel junto com meia dúzia de marujos armados, a ver se havia gente nascida de mulher ou de proveta no lugar, e que raio de cara e crenças tinham.

Nicolau Coelho foi, mas não desembarcou. Voltou e contou que, a menos de uma braça da praia, já lhe acudiram uns homens e umas mulheres pardos em tíbias canoas de casca d'árvore, todos nus como anjos do paraíso, os machos coas vergonhas num baloiço sem-vergonha ao vento, as fêmeas coas as intimidades saradas e frescas como nunca se viu aí no reino, onde predomina a pentelheira hirsuta e abafada em mil saias das cachopas. Ganiam todos estranhas falas em arrevesado idioma do qual não puderam ter senso os nossos. Entre o tanto, os nossos anotaram sonoridades tais como: "Me arruma um pau, moço?" e "Petequinha da boa é dez pau, mano!" e "Deixa cinco pau aí pa nóis olhá o barco, dotô?" e ainda "Boquetinho é trinta pau, bem".

O capitão-mor, que ouvia, Nicolau Coelho, que relatava, e eu, que cá escrevo e lá estava, boiávamos no mar e no entendimento do que diabos significava aquela babélica algaravia de tão despudorada gente. Até que nosso etnofilólogo de bordo, o mui versado e erudito Levistrassius, depois de consultar os bolorentos alfarrábios, astrolábios e palpitômetros de bordo, garantiu-nos que "pau" era como se chama o meio circulante local, informação que deixou Pedr'Álvares no maior alvoroço, soltando uis e ais a dar com... *well*... pau.

Vai daí, o capitão-mor mandou que Nicolau Coelho reunisse um lote de guizos, apitinhos e joguinhos eletrônicos, mais um punhado d'apóstrofos de bronze para adornar a língua, e tornasse à praia com esses presentes e mais homens, dentr'eles este escriba apaixonado que vos ama e fala. E disse que devíamos desta feita pisar terra firme, nosso Nicolau primeiro, pois era o mais graduado da equipagem. E assim fez o capitão. Para seu infortúnio, todavia, a primeira coisa em que Nicolau Coelho pisou em terra firme, terra não era, nem firme, embora tivesse aproximadamente a mesma cor. Raspando as botas num calhau enterrado na areia, bradou o bravo navegante:

— Mas, que país de merda é esse?

Pois.

Logo acudiu uma chusma daqueles peladões enfeitados com penas e pinturas coloridas que a tudo cobriam, menos às suas tão inocentemente exibidas vergonhas. E dentr'eles andavam três ou quatro raparigas bem moças e bem louçãs e mui gentis com cabelos mui compridos e pretos p'las espáduas e suas vergonhas tão altas e tão cerradinhas e tão limpas das cabeleiras, que de as nós muito olharmos não tinham vergonha, e ficámos cos madeiros hirtos, e elas molhadinhas da breca. Era de ver, pá.

O Levistrassius, que novamente acompanhava Nicolau Coelho, observaria mais tarde ao capitão-mor sobre aquela gente, que o terem as pudendas partes tão arejadamente assumidas em público era inequívoco sinal de que careciam todos d'incoinsciente, p'lo menos na sinistra versão concebida p'los sábios de Viena em estreita colaboração com seus tremendos charutones. E por não terem incoinsciente, não careciam de supr'ego, da mesma forma que desdenhavam das camisas mouriscas que nosoutros europeus de civilizada cepa usámos, mor de ocultar nossos dotes e demais pelancas. Levistrassius haveria de concluíre, do alto de seu espírito atilado e enfadonho:

— Talvez os gajos cá da nova terra sejam até mesmo f'lizes, sem embargo de nunca sabermos ao certo o que é a f'licidade.

Eis que um daqueles bárbaros pueris se destacou todo forte e lustroso de seu emplumado grupo e foi ter com Nicolau Coelho, alimentando algum indecifrável propósito que a nosoutros fez recuar um passo e levar as mãos aos punhos das espadas e os dedos ao gatilho dos bacamartes. Mas o gentio só fazia bater as costas da mão dele no próprio papo, debaixo das queixolas, no que, ao cabo de um tempo, acabou sendo imitado por Nicolau Coelho, que assi seguia as regras reinóis de respeitar os costumes das gentes novas descobertas, pra só depois, na primeira oportunidade, deitar-lhes bordoadas à larga até entenderam quem é que manda agora nesta porra, ó pá.

E assi ficaram Nicolau Coelho e o bugre a bater papo na santa paz, até que o peladão, por gestos mui insistentes e precisos, deu a entender que estava a cobiçar o vetusto Seiko cebolão *water and shock proof* modelo 71 no pulso do capitão, que antão, a modo de regalo, tirou o dito Seiko, que vivia mesmo atrasado, e deu-o ao selvagem. E foi assim que os nativos da terra vieram a conhecer o tempo — o tempo atrasado. O silvícola aquele, por sua vez, de tão alegre e regalado, agarrou a mão de Nicolau Coelho, beijando-a com devoção, o que fez dele o primeiro natural da terra a ganhar algo de mão beijada, hábito que em menos duma semana tornou-se mui difuso por estas plagas, como haveríamos de constatar.

Pois.

À guisa de retribuição, por aquele e outros brindes que lhes demos, a ele e a todos os de sua raça, ordenou o chefete tribal que uma plêiade de gentis donzelas cercasse o capitão Nicolau, entre as quais suas filhas e sobrinhas, como despois viemos a sabeire, e de igual maneira a nós outros, os demais portugueses de Portugal, desde os altos próceres de bordo à tosca marujada. Antão, lançaram-se as ditas cachopas despentelhadas sobre nosoutros, e mui ledas e buliçosas se mostraram elas, a gritar lá na língua arrevesada do povo daquela terra: "Mânei! Mânei! Mânei!". E também: "Dá dindim, benhê! Dindim! Dindim!".

Ato contínuo, as gráceis criaturas, em tão rápidas quão destras manobras, nos aliviaram alegremente de quanto ouro e prata carregávamos, incluindo cheques e cartões de crédito da banca real. Ora, pois, com aquele sol trupical a nos escaldar as moringas e aquelas raparigas caudalosas a nos envolver na oleosidade de seus corpos prefumados, e àquela distância das ordenações reinóis e seus repressivos guardiães, simplesmente demos um sonoro foda-se universal e passámos a afogar nas glabras vergonhas delas os nossos rijos madeiros de base guedelhuda, em tudo diferentes dos cacetes dos moços delas, menos no terem também inteiro o bico-de-chaleira, como nosoutros, salvo os cristãos-novos, como o Levistrassius, e suas velhas pilas descapadas.

Ó, Urraca, delícia minha, não te vás pelar de ciúmes por estar eu cá a dar obsceno pero sincero relato dos meus júbilos viris. Hás de ter também os teus, em feminil versão, longe de mim, nos mais sórdidos pardieiros que usas freqüentar nessa Lisboa prostituída onde estás e donde vim eu. Escusado é negar-mo, minha peralta. Mas pouco se me dá. Não há cornos em alto-mar.

Pois.

Antão dizia eu que antes de alguém ter tempo de dizer *chupa!* já saltávamos aos cangotes daquelas fêmeas naturaes, feito javalis resfolegantes de animalesco e represado d'sejo, e elas viram o que era bom pa tosse, pá. E às que por qualquer razão já não queriam mais ter seus urifícios freqüentados brutalmente pela nossa brava gente, dávamos-lhe uns cascudos, mor d'elas calarem as matracas, e nelas mandávamos grosso fumo, pá, refodidas vezes, e era pimba na pombinha e peroba na peladinha!

Aquilo era um vidão, pá.

Nicolau Coelho, depois de sodomizar à fina força uma indiazinha que debulhava-se aos prantos, bem se vendo que ela jamais exp'rimentara a chamada "variante árabe", bradou cheio dum lusitano orgulho:

— Aqui d'el-Rei!

Ao que Levistrassius, a seu lado, de geolhos, a succionar comedidamente a pila hirta dum rupestre mancebo de trezanos (se tanto), lembrou-nos a todos:

— Não existe p'cado do lado de baixo do Equador, já disse o santo papa!

Entre o tanto, vendo Nicolau Coelho que a cachopinha enrabadita não parava de chorar, toda dorida lhe deixara a peida à pobre, o capitão cuidou d'emendaire:

— Vale tudo!

E aplaudimos todos essa alegre palavra d'ordem do capitão, um mui adequado moto, por sinal, para um futuro brasão destes alegres trópicos tribais. E rimos e folgámos a mais não poder naquela terra selvagem, menos a violada indiola que ainda se debulhava numa arenga lacrimosa lá na língua gutural dela.

E púrque ninguém já agüentava aquele chororô mofino, retirei eu a estrovenga donde estava a enterrá-la, que era na vergonha saradinha doutra cachopa de fresca idade, e dei-o à chorona a modo de *sorvette-picolette* pra com ele ocupar a boca. E antão acabou chorare, e ao fim e ao cabo ficou tudo lindo, pá, como diriam os novos baianos daquela aprazível baía.

E rejubilámo-nos todos em satisfeita boçalidade.

Claro está que na carta uficial a el-Rei não entrei em maiores detalhes sobre tais e quais prevaricações, mor de não lhe enfunar de tesão as calçolas diante da Corte ao ler o meu despacho em voz alta aos reais conselheiros, como é seu hábito. Mas posso t'assegurar qu'houve farto escambo de fluidos amorosos entre a nossa brava gente e os naturaes da terra p'los nove dias que por cá andou a brava gente nossa, tendo por testemunhas tão-somente o onipresente sol, os coqueiros tão fagueiros, que surpreendentemente dão coco, como redundou em belos versos um bardo local, e os vendedores d'água do dito coco, e ainda as araras, papagaios, maritacas e os altos boeings d'aviação falida a cruzaire os altos aires, sobranceiros e a tudo alheios.

Mal sabe o nosso dom Maneco o quanto, entre perigos e guerras esforçados, por bem e também por mal, inoculámos fundo naqueles tenros ventres das nativas o nosso augusto DNA, ao som de um ensurdecedor batuque que o nosso diligente etnofilólogo viria a classificar como *sambatimbaladaxé-o-yeah*, gênero ao que parece muito em voga na franja litorânea da selva. Levistrassius, exibindo sua infinita sapiência em línguas, boquetes e babados gerais, distinguiu também o nome que aquela gente primitiva dava aos estonteantes rituais de coletivo acasalamento a que tão gozosamente nos entregávamos: *suruba*.

Destarte, finda a suruba, tornámos de volta às naus, que jaziam em águas mansas, trazendo conosco uma seleção d'aborígines d'ambos os sexos, mor de exibi-los ao capitão-mor. Pedr'Álvares, secundado por Sancho de Tovar, Simão de Miranda e o mesmo Nicolau Coelho, ao deparar com os gentios machos e suas avantajadas e sadias vergonhas livres de pejos, peias, pundonores e cuecas, levou os anelados dedos às coradas faces, exclamando, na língua de Racine e Madame Bardot:

— *Parbleu! Celui-là n'est pas un pays sérieux. C'est un pays merveilleux!*

Antão Pedr'Álvares puxou do bolsinho do calção uma trena e pôs-se desavergonhadamente a esticaire e medire as vergonhas dos nativos, valendo-se dum sistema métrico do qual eu nunca dantes ouvira falaire e cuido ser invenção dele.

— Três línguas! — exclamava o capitão com a voz embargada de júbilo. — Três línguas e meia!! Cinco línguas!!! C'ralhos me fodam, qu'isto cá é a terra dos cacetudos!

E era tanto e tamanho o deslumbre do capitão-mor, que seus efebos de programa, nenhum deles com dote superior a duas línguas e meia, das médias, varados de humilhação e despeito, de mãozinhas dadas pularam no mar, sendo de imediato devorados por um cardume de vorazes robalos.

Vai daí que Sancho de Tovar veio com uma galinha reinol para mostrar aos índios e distraí-los dos avanços do capitão-mor, e os índios quase haviam medo dela. Mas logo um deles, o de beiço alargado por um pires de madeira e com um raibã *made in China* na cara, atreveu-se a pegar a galinha no colo, pondo-se a afagá-la e acarinhá-la e a despertá-la para o sexo e para o amor, que logo se consumou entr'ele e a penosa em trepidante zoofilia, aos cacarejos da dita galinácea. Ao despois, ficaram se rindo um pro outro, de olhos fechados, o bugre e a galinha, para grande ciúme de Sancho de Tovar, legítimo dono e senhor da dita penosa, a qual trazia em alta estima por ser tal ave sua íntima companheira nas infindáveis travessias deste mar de longo.

Pior ficou ainda Sancho de Tovar quando se verificou que a galinha não estava se rindo coisa nenhuma, estando era morta, vítima do esforço amatório a que fora submetida. Macunaíma — esse era o nome do dito bugre estuprador de galinhas, pelo que decifrou Levistrassius — só não levou um tiro d'arcabuz no meio das fuças púrque o capitão-mor não deixou, antes mandando trazer bacia d'água e sabão pra o mancebo indígena limpaire a pila ainda túrgida e toda malhada de titica.

Outro nativo, e mais outro, e outro ainda, de ânimos visivelmente empinados, demandaram por gestos ao capitão-mor que lhes cedesse outras galináceas, mor de amá-las ao modo daquel'outro felizardo companheiro deles. Mas Pedr'Álvares, temendo p'la saúde de suas canjas futuras, só lhes concedeu exemplares do *Catecismo segundo dom Carlos Zéfiro*, pois que éramos também, os lusos navegantes, apóstolos da verdadeira e solitária fé.

Sucedeu antão que a obra pia de dom Carlos Zéfiro fez com que aqueles destemidos guerreiros se entregassem a intenso e desregrado comércio manual com suas vergonhas enfezadas, logo vindo os ditos "onaníndios", como os apodou Levistrassius, a envernizar o assoalho com a geléia real lá deles, para absoluto delírio do capitão-mor, que só faltou cair de quatro para lambê-la do chão. Em verdade, é o que já se metia a fazer Pedr'Álvares quando o erguemos com energia, argumentando que tal afã não havia de pegaire muito bem pra História do épico ciclo dos descobrimentos nem pra crónica pré-colonial do gaio país que estávamos a descobrire, fosse qual fosse, pá.

Na subseqüente seqüência dos fatos, deitaram-se os nativos sobre uma alcatifa, suas cabeças de lisas madeixas apoiadas sobre coxins, e o capitão-mor com eles, ao que demos todos às de vila-diogo, sendo que o último a saíre, o próprio Diogo, apagou a luz cuspindo na vela.

Aproveitando o retiro sexual do capitão-mor, mandámos o cozinheiro assaire a falecida penosa com batatas coradas e a comemos com o bom binho da terrinha. As cachopas índias que havíamos trazido de terra, desdenhadas p'lo capitão-mor, comeram conosco e ao despois comêmo-las nós, e as ditas muito folgavam de ser por nós comidas, acolhendo-nos a um, a dois e até a três de cada vez, numa suprema suruba, como eles lá dizem e praticam à larga e à grande.

Ó Urraca minha, se lá estiveras muito folgaras também, disso tenho a plena certeza, e não havias de deixar passar em brancas nuvens nenhum daqueles macaquitos de vergonhas ao léu, beiços, orelhas e nariz furados e decorados com madeiras, penas e pedras, e corpo nu todo repintado de lúdicos grafismos. Inda mais tu, tão chegada nesses anarquistas niilistas crivados de piercings que encontras p'los nait-clãbs decadentistas dessa prostituída Lisboa que habitas, arrastando-os a todos pra tua enxerga depravada, ora se o não sei. Sei-o, e enteso só em sabê-lo.

E por lá ficámos, dia após dia, na terra que apodámos de Porto Seguro, pois que nos dava ancoragem limpa e segura, águas tépidas, frutos mil, abundantes viandas de variegada caça e muita carne humana de todo tipo pra nela nos atolarmos biblicamente de corpo e alma até o p'scoço. Bão demais da conta, pá. Té bateu-me uns medos irracionais de ser expulso abruptamente do Paraíso, por força de nossos muitos pecados, os anteriores à nossa chegada ao Novo Mundo, digo, que os do lado de cá o papa já os liberara numa boa, conforme bem nos lembrara o Levistrassius.

A coisa era séria, de fazer-me tremer feito caniço na tempestade. Uma noite, lá tava eu aninhado com duas bugrinhas muito das ajeitadinhas, a Tetetê e a Tatatá, uma virtuose do *bundalelê*, a outra uma craque do *bundalalá*, como chamam os naturaes da terra àquelas práticas heterodoxas lá deles. Fazíamos bravamente ranger as madeiras do meu catre quando, gozo gozado e sede saciada, caí no repoisante sono do guerreiro ao hipnótico som de um naipe de pernilongos, sempre ao doce baloiço do mar. E sonhei. No sonho estava em Calecute, nas Índias Orientais, pr'onde haveríamos justamente de em breve zarpar.

E o sonho era assi: vinha eu c'uma tropa de burros carregados de especiarias por um caminho alto que despenhava-se até um rio que corria p'los baixios do terreno. Minha missão era atravessar o rio com a rica carga toda. Ao aprochegarmo-nos da barranca avistei uma placa que dizia "Calecute, 12 de dezembro de 1500", e já logo escorregávamos todos na lama lisa da barranca até dar cos burros n'água lá embaixo.

Em seguida saltaram uns feros mouros de trás dum matagal, e um deles me decepou a cabeça num exato golpe d'alfanje. O mouro erguia minha cabeça p'los cabelos e a minha cabeça decepada dizia:

— Navegar não é preciso.

Despertei pálido d'espanto desse horrendo pesadelo e, pra não perdeire a viagem, forniquei de novo Tatatá olhando pros peitinhos adurmecidos de Tetetê — se não foi o contrário, tão idênticas e desfrutáveis me pareciam essas duas flores da mata. Ó Deus, como pode ser ameno este ufício de marear se, ao invés de dar cos burros n'água, dá-se com terras tão macias e bonançosas!

Deu-se que o dia seguinte era o domingo de Pascoela, e o capitão-mor, coaquela cara de bacante amanhecido dele, determinou d'irmos todos ouvir missa em terra, mor de demandar aos céus graças p'las bênçãos que estávamos a recebeire dos céus naquele terreal Paraíso.

E assi se fez. Frei Anrique mandou cortar madeira pra confeccionaire o altar e o santo lenho. Nicolau Coelho mandou reunir a bugrada. Victor Meireles, o retratista uficial da esquadra, arrumou a cena, mor de retratá-la em sua paleta-ruleiflex de sete cores. E Pedr'Álvares, tomado em brios, depois de temporariamente saciado p'los perobões locais, por quem se tomara de absoluto encanto, ordenou que cessasse por completo aquela desbragada epidemia de conúbios *inter paribus, contraparibus* e *paríparibus*, e deu-se início enfim à missa inaugural.

Ni que o frei Anrique entoava o *dominus vobiscum*, a bugrada replicava "U-tererê!", que deve ser o nome do deus lá deles, ou nhaca qu'o valha, pá. Ao despois, nu sermão que proferiu, apostrofou nosso bom capelão a humana devassidão que nasce da fraqueza da carne, e, sem embargo das isenções papais, mandou que cada qual pedisse perdão a Deus p'los seus muitos e deleitosos pecadilhos, passados, presentes e futuros, posto que ainda haveríamos de cometeire mais um bom punhado deles naquelas e noutras plagas a que viéssemos dar com nossas intrépidas naus. O mesmo frei Anrique também tinha lá um bocado do que se arrependeire, pois toda a esquadra o viu a se embrenhaire mato adentro cumas bugras de fermosa catadura, mor de ensinar-lhes a ajoelhaire e rezaire, pá.

Todos devidamente perdoados, caímos de novo no luso abuso, em terra e a bordo, a bombordo, a estibordo, na proa e, pra quem preferisse a modalidade, na popa, ó, pá. Em troca dum velho elepê do Francisco Petrônio e dum velho tamagochi sem bateria que trouxera duma antiga viagem a Cipango, alcancei as definitivas graças daquelas duas filhas da terra de que lhe falei, Tatatá e Tetetê, que estavam sempre ao pé de mim, dispostas a satisfazer-me os caprichos todos.

Nesta abençoada terra de Santa Cruz, entre o tanto, não pudemos saber que haja ouro, prata, ou dólares entuchados nos colchões. Em compensação também não encontrámos sombra de lei nem grei, dando tudo a forte impressão de se regrar p'lo saudável vale-tudo da época dos toscos bravos de Viriato, que imperavam nas montanhas ao norte do Condado Portucalense, nossos honoráveis antepassados.

Pois.

O que de facto descobrimos foi o poder desabutinante da diamba-do-Pernambuco, do revigorante licor de jurubeba e da manguaça branca, o que, tudo somado, nos elevou a sublimes altitudes, rebaixando-nos por outro lado o supr'ego a níveis infinitesimais.

Ah, que terra boa, minha Urraca.

Já logo nos primeiros dias mandáramos os índios pegar água, apanhar frutas, pescar e caçar, cortar lenha e arar a terra pra nela plantar umas mudinhas de cana-d'açúcar que andávamos a disseminar por onde passávamos, mor de adoçar os campos do Senhor e engordar as burras d'el-Rey. Aos bugres que de bom grado acatavam nossos comandos, concedíamos que se ajoelhassem ao nosso lado na missa matinal e conosco entoassem loas a Jesus e à excelentíssima Nossa Senhora mãe dele, numa ilusória comunhão espiritual com os novos senhores.

Também os deixávamos dançar suas danças de batuque e remelexo, mor de se desenjoarem um bocadito ao despois do expediente no eito. Aos que tentavam tirar o corpo fora ou faziam-no mole e desossado, deitávamo-lhes cacetadas a rodo e os metíamos a ferros pra deixarem de ser botocudos e cedo aprenderem a lição da enxada, do genuflexório, do xaxado e da enxovia, oxente.

Antão foi chegado o dia de partir pra Calecute, ao despois de termos afogado à larga o lêdo ganso na boa lambança por nove dias e nove noites, pois que não há bem que sempre dure, embora haja males que só pioram a cada dia, pois essa é a sina humana, valei-nos o bom Deus. O capitão-mor determinou que dous degredados ficassem na terra nova, como é de praxe. Esses é que hão de se dar bem, os mandriões, se não os churrasquearem antes os selvagens, mor de retribuírem as porradas que andaram a tomaire de nosoutros, sem contar as doencinhas reinóis que nos fazem cuspir fogo p'la pila e, ao cabo, endoidar, sem contar as febres e demais catarreiras que soem nos afligir.

Pedr'Álvares mandou toda a armada levantar ferro e fazer-se às velas, depois de se haver provido dum magote de naturaes da terra escolhidos a dedo e a beiço e cujos ferros se encarregará ele mesmo de levantar por certo. Mais de um capitão de nau também providenciou o embarque das aborígenes por quem se afeiçoara até a raiz dos pentelhos — os deles, que elas não os têm, como já sabes. Ao Gaspar de Lemos pediu também o capitão-mor que se destaque da armada, tão logo nos façamos ao mar, e toque de frecha ao reino com as novas sobre as inéditas paragens que ora se incorporam ao glorioso império português. Segue com o Gaspar, junto com a carta que escrevi ao nosso dom Manuelito, esta segunda e secreta missiva que vou terminando de compor só para os teus olhos, ó minha saudosa e abstrusa musa.

Só peço ao bom Deus que o valeroso Gaspar de Lemos não me vá trocar as bolas e dar a el-Rey o qu'é d'Urraca, e a Urraca o qu'é d'el-Rey, o que redundaria numa régia cagada passível de cadafalso, tanto a mim quanto a ti, meu colibri.

Tatatá e Tetetê, minhas langorosas e intercambiáveis tetéias nativas, também devem seguir comigo para o que der e vier e pintar e bordar a bordo. Já até entendem um pouco do que lhes digo e redigo, minhas apimentadas bugrinhas. São ladinas como tu, essas duas morenas tintas de urucum que nos deixam as línguas e as pilas roxas de tanto as lambermos e chuparmos e vararmos.

Já lhes ensinei a dizer "Sim sinhoire" em nosso florido idioma do Lácio, e elas agora passam o dia inteiro a atender às minhas vontades repetindo sem cessaire "Sissinhô, sissinhô, sissinhô". Hão de valer-me umas boas patacas quando as vender lá na feitoria de Calecute, nome que cada vez mais, não sei por quê, anda a causar-me os mais agourentos calafrios, desd'aquele estranho sonho que lhe contei.

Inda há pouco, aliasmente falando, Tatatá e Tetetê fizeram-me conhecer um ancião desnudo e rijo, antigo de uma centena d'anos quiçá, que é o bastante bisavô lá delas e uma mistura de curandeiro com sacerdote-mor da malta indígena, cargo esse que leva o nome de Pajé. Pois o tal do senhoire Pajé, acocorado qual fosse defecaire, raspando o velho mangalho desnudo no chão, lançou um punhado de búzios pequeninos à terra, prestando desmesurada atenção ao modo com que se dispunham. Tatatá tratou de explicar-me que o bisavô tentava ler o meu futuro nos búzios, ou p'lo menos foi o que cheguei a percebeire.

Depois de muito matutaire, o senhor Pajé engrolou umas tantas cacarejadas na língua arrevesada lá dele, que tiveram o efeito de deixar minhas duas cunhatãs num estado de grande consternação, a desbordarem-se em lágrimas e lamúrias e a socarem-se as próprias cabeças com os punhos fechados e a agarrar-me como se quisessem livrar-me, e a elas também, dum não sei qual destino malsão. Mas, do muito que gesticularam e disseram, não logrei alcançar nem patas nem vinas, nem muito menos patavinas, nem me ocorreu ir pedir auxílio ao nosso Levistrassius.

Agora, é fé em Deus e pé nas tábuas e velas das caralhelas, digo caravelas.

Espanca-te de beijos e abraços o teu sempre entesado e saudoso

P.V.C.

Bijoux

——Mensagem original——
De: Eduardo Borges [mailto: duborges@hotmail.com]
Enviada em: terça-feira, 13 de julho de 2002 — 16h24
Para: Heloísa Garcia [helogarcia@uol.com.br]
Assunto: mulheres, jóias e o diabo a quatro

Alô-alô, Helô,

Cá estou eu, querida amiga, só e mal acompanhado nesta cabine da Info-Aide, no Charles de Gaulle, escrevendo pra você num computador alugado a cinco euros por hora, enquanto espero por um tal de Monsieur Lasaigne, o chefete francês da Varig local, que poderá ou não autorizar a revalidação do meu bilhete aéreo de volta ao Brasil. Apesar da fome de leão de circo mambembe, tenho que escolher: ou como uma porcaria qualquer ou coloco minhas porcarias íntimas neste e-mail pra você, mó de desabafar um pouco. São coisas que me fazem um furdunço federal na cabeça, uma barulheira, não consigo pensar em mais nada. Preciso dividir isso com alguém — você, que é o meu alguém predileto.

E a fome? Se o messiê Lasanha for um tipo tão comestível quanto o nome que tem, pego ele, mato e como.

Você acredita, Helô, que a Carol me trocou por um inglês? Um tipinho raquítico, desses carequinhas de costeleta com roupinhas compradas no brechó dos Jetsons. E mais um zoológico de seres mitológicos tatuados na pele branca de lagartixa no formol. Diz que é músico. De uma banda eletrônica *house, techno, trance, drum'n'bass*, uma droga dessas. Deve ser um lixo total. Andy, o nome dele. Se isso é nome de homem. Alguém devia proibir os músicos de pular dos cedês e das rádios pra realidade. As mulheres são presas fáceis desses tipos, não entendo bem por quê. Você pode ter lido Shakespeare de cabo a rabo no original e conhecer a fundo a física quântica, mas chega um bostinha semi-anarfa desses, que gravou um cedê na garagem de casa, e pronto: leva a mina. Tá certo isso?

Conhecemos o Andy na casa da Annette, aqui em Paris. Era nossa segunda noite lá, desde que chegamos de Barcelona — onde, aliás, totalmente bêbada, ela tinha beijado a boca dum francês bem na minha fuça, num bar. Foi, por assim dizer, seu primeiro contato com a língua francesa, antes mesmo de chegarmos à França.

Pelo que eu entendi, o Andy era amigo do Marc, um dos namorados presumíveis dessa Annette que nos hospedava. Na noite anterior ela estava com outro cara. Referia-se a um e a outro como *mon copain*, meu companheiro. Todos cornos que nem eu, *mes semblables, mes frères*. Esse Marc era um sujeito alto e magro, fisgado por dois *piercings*, um no nariz, outro na sobrancelha. Vai ver os *piercings* funcionam como uma espécie de acupuntura emocional, prevenindo o sujeito contra sentimentos primários, como o ciúme.

Eu vi quando o Andy bateu o olho na Carol, e ela nele. Na minha frente. Punhal no coração, Helô, punhal no coração. No meu, claro. A Carol falava com o tal do Andy naquele inglês absurdo que ela aprendeu num colégio estadual da Zona Leste e num curso intensivo pela internet um mês antes da nossa viagem. O pior é que ela é inteligente, a cafona. Já conseguia entender as letras da Britney Spears, uma façanha cultural pra ela. *Oops!... I did it again/ I played with your heart, got lost in the game.* "Opa!... lá vou eu de novo. Brinquei com o seu coração, rodei na parada." Ela adorava essa música. Mas quem rodou fui eu.

E o Andy achando uma graça infinita no inglês rastaqüera dela. Se a parede falasse e tivesse aqueles peitinhos da Carol, aquela boca naturalmente vermelha e carnuda, aqueles olhos jaboticabais, aquele narizinho arrebitado e arrogante, aquela covinha no queixo, ele acharia o mesmo da parede. Andyyy. *Shit!*

Em Lisboa, antes de Barcelona, a dona Carol já tinha achado todos os portugueses lindos de morrer. Disse que nem pareciam portugueses — pensando, óbvio, nos portugas das padocas paulistanas, os únicos que ela conhecia até então. E se maravilhou ao perceber que falava uma língua européia, afinal de contas. Parecia a filha do burguês fidalgo, do Molière, aquele que se deslumbrou ao saber que falava "em prosa" sem a menor dificuldade.

Essa Carol é o fim da picada, viu? Sei que topou viajar comigo pela viagem apenas. Dei-lhe a passagem de presente, e até anteontem segurei todas as despesas dela, hospedagem, rango, transporte, espetáculos, tudo. O que um cara não faz por uma mulher jovem, linda e descolada, de brilho ambicioso nos olhos, que goza ou finge que goza nos seus braços? Sabia, Helô, que dos verdes vales dos vinte e um aninhos dela, bem rodados por sinal, a desgramada chamava a mim, que ainda não passei dos vinte e oito, de velho?! Só porque eu li mais de dois livros na vida. Ler envelhece, ela acha. E ainda diz que quer ser roteirista de tevê. Você acredita? De sitcom. Ela tem a mais absoluta certeza de que toda a cultura moderna está nas telas luminosas da tevê, dos monitores de computador e dos cinemas, mais ou menos nessa ordem. Pra Carol, a juventude é algo de muito precioso para se gastar manipulando objetos tão distantes da vida quanto livros. Ela me dizia, cheia de orgulho brucutu:

— Quem precisa de livros? Eu simplesmente olho e vejo as coisas, meu. As coisas. Como elas são.

Dá pra acreditar?

Um detalhe: essa Annette que eu falei aí em cima é a irmã do Jean Lauzun, aquele francês amigo meu que mora aí no Brasil, lembra dele? O Jean é quem deu o toque pra Annette segurar a nossa onda aqui nesta Paris hiperburguesa. Senão íamos ter de dormir debaixo das pontes com *les misérables*. (Teria sido melhor; não encontraríamos nenhum techno-Andy pela frente.)

A horas tantas saímos todos, Annette, Marc, Carol, eu e o Andy, para jantar num japonês ali perto. O inglês e a Carol pareciam ter decretado minha definitiva inexistência. Tentei pegar a perna dela por baixo da mesa, mas senti uma esquivança que buzinava com todas as letras: Cai fora, mané!

O que fiz eu? Tomei um porre veloz de saquê com cerveja e desandei a falar que o Mick Jagger tinha dito numa entrevista que não era difícil convencer um inglês a se vestir de mulher. Que a Inglaterra tinha massacrado estupidamente os jovens, inexperientes e desequipados soldados argentinos nas Malvinas em 1982. Que não dava pra agüentar um povo que levava a sério aquela rainha com cara de suflê amanhecido em pleno século vinte e um. *Y otras cositas más.*

A Carol pediu uma, duas, três vezes pra eu parar de beber e de bancar o imbecil na frente das pessoas. O Andy (não me conformo com esse nome disney-gay dele) perguntou à Carol:

— Who's this guy?

De repente, me arranquei dali sem dizer A nem B pra ninguém. Simplesmente peguei e fui-me embora. Minha vontade era encher todo mundo de porrada na rua, os franceses, os não-franceses, os cachorros, os *flics*, os outdoors. Sobretudo os outdoors. Quando você tá por baixo, aquele otimismo energético de outdoor, aqueles corpos lindos, aqueles dentes perfeitos dos sorrisos, aquilo tudo te deixa ainda mais atolado na lama.

Depois de arrastar meu ódio por uns cinco quarteirões, lembrei que a Carol não tinha dinheiro para pagar a parte dela na conta. Alguém na mesa teria de fazer isso por ela — a Annette, nossa anfitriã, com certeza. Mas podia ser que o Andy mesmo resolvesse a parada, calculando ser ressarcido logo mais em moeda sexual corrente, a verdadeira *currency* global, a única que pode ser cunhada nos trópicos.

Por que Deus foi pôr ingleses no mundo, Helô? E músicos!

Depois de não sei quantas horas patrulhando as ruas de Paris feito cachorro louco, e pelo menos uma enfiado em trens e túneis do metrô, consegui voltar para o apê da Annette. Ela tinha me dado uma cópia da chave. Ninguém na sala. O quarto da anfitriã, fechado. Ouvi murmúrios. A Carol e o inglês?! Grudei a orelha na porta: reconheci a casquinada de tabagista da Annette. Pela voz, grave e sussurrada, tinha um homem com ela. O Marc, provavelmente. Se já não fosse um terceiro mané.

E a Carol? Na sala, onde a Annette nos instalara, não estava. Nem na cozinha. Nem no banheiro. Não tinha mais lugar nenhum ali onde ela pudesse estar. Não tinha voltado pra casa, a velhaca.

Liguei a televisão, desliguei a televisão, tornei a ligar a televisão. Tomei uma cerveja, duas cervejas. Não tomei a terceira cerveja porque não tinha mais cerveja na geladeira. Tinha uísque, mas eu não gosto de uísque. Tinha também um relógio de parede que foi marcando: uma, duas, quatro da madruga. No quarto da Annette, silêncio. Acabei com um maço de Gitanes que encontrei pela metade, eu que nem fumo. O tabaco forte me fez finalmente vomitar um pouco às seis da manhã. Talvez aquele sushi francês estivesse um pouco passado também. Nenhuma Carol à vista. Apaguei no sofá, de cara prum sitcom americano na tevê, com aquelas risadas idiotas zombando de mim, o corno-que-espera.

Acordei péssimo. Talvez ainda pior que isso. Deprê total. O quarto da Annette continuava fechado. Silêncio no apê, silêncio na rua. Lembrei que era domingo. Dane-se o domingo. Danem-se todos os domingos da eternidade. Às onze, toca o telefone. Atendi, num impulso. Era a Carol, declarando que não era da minha conta onde ela tinha dormido ou deixado de dormir, e que eu tinha agido como um babaca consumado lá no japa, e que era melhor cada um seguir separado dali por diante, e que eu não estava respeitando o espaço dela, e que ela não conseguia mais relaxar e se divertir ao meu lado, e "Vamos dar um tempo, falô, Edu?".

Desligou.

Eu não conseguia respirar. Devo ter batido algum recorde mundial de apnéia. Morri de não morrer, como no poema. Sofri. Era tudo o que eu conseguia fazer: sofrer. Odeio sofrer. Você sabe que não fui feito pra isso. Sofrendo ou não, eu tinha que sair daquele apartamento antes que a Annette acordasse. Não queria papo com ninguém. Liguei pra Varig tentando antecipar meu vôo, marcado para dali a quinze dias. Queria dar o fora da Europa imediatamente. Foi um custo convencer a francesa que me atendeu. Minha passagem, como a da Carol, tinha data de volta fechada, por isso era mais barata, acessível às minhas economias de um ano inteiro de labuta-que-pariu. Não podia voltar antes, nem depois. Inventei pra funcionária, no meu francês escolar (ela trabalhava na Varig mas não falava português), que minha irmã (que eu não tenho) tinha morrido e que minha mãe (que já morreu) tinha tido um enfarto agudo e estava no hospital e que, portanto, eu precisava, por força de todas as leis humanas, voltar com urgência urgentíssima ao Brasil. E não tinha mais *argent* nenhum para pagar a diferença entre a minha passagem promocional e uma normal. (Até que tinha algum, pras duas últimas semanas da viagem com a Carol. Mas a Varig não precisava saber disso.)

Bufando seu mau humor parisiense, madame me deixou esperando uma boa meia hora na linha até voltar com a notícia de que arranjara um lugar para mim no vôo 258, saindo naquela tarde, às 18h45, do Charles de Gaulle, e que isso tinha sido uma exceção excepcionalíssima, e que eu chegasse três horas antes do embarque para confirmar a reserva no balcão da companhia.

Caí fora sem deixar nem um bilhetinho pra Annette. Feio. Não sou de fazer uma indelicadeza dessas, você sabe. Mas fiz. Pode saber que ela vai ligar para o Jean em São Paulo comentando a minha grosseria estereotipicamente latino-americana, fugindo daquele jeito da casa que me abrigou, sem um mísero *au revoir*, sem um escasso *merci beaucoup*. Foda-se.

Metrô, trem, aeroporto. Às duas da tarde eu estava no balcão da Varig fazendo o check in e despachando meu *bag*. Depois, fui levar minha depressão terminal para passear pelos amplos terminais do aeroporto. Enfiei-me numa interminável esteira rolante com pistas de ida e volta. Duas mulheres que vinham na direção oposta me dilataram um pouco mais as pupilas moribundas: uma morena, quase mulata, espetacular, e uma loira, também espetacular. Pareciam estar juntas. E se você fosse homem, doce Helô, eu também te confidenciaria: grandes peitos, grandes peitos...

A loira espetacular empurrava o carrinho. A morena espetacular seguia atrás dela. Trocaram palavras antes de passar por mim, revelando que estavam mesmo juntas. Iam com certeza ao encontro de seus fogosos amantes ou, talvez, fossem elas próprias as fogosas amantes uma da outra. Que me importava que fossem ou não fossem isso ou aquilo? Minhas fogosas amantes é que jamais seriam, disso eu podia ter folgada certeza.

Depois das duas beldades veio aquele torso de africana alta, cabeça e corpo enrolados em panos estampados de signos coloridos, vestal de alguma divindade solar, deslocando-se até mim por mágica flutuação. Como todos os que iam no sentido oposto da passarela, ela só existia para o meu olhar da cintura para cima, a partir do corrimão rolante. Quando chegou mais perto, vi que trazia um menininho pela mão. A mulher tinha um rosto forte, de zigomas salientes riscados de cicatrizes simétricas, rituais pelo jeito. Tive ganas de exibir-lhe os talhos sangrentos do meu coração traído. A força daquela mulher poderia me salvar, pensei, quando ela já estava bem perto de mim. Toda a África profunda seguia ali com ela, pra Mauritânia, pro Zimbábue, pro Sudão, onde era esperada pelo marido e pelas cinco ou seis outras esposas dele, mais uma carrada de filhos, numa tenda no deserto, numa palhoça na savana.

Nem me olhou, a negra altiva, quando passou por mim. Por ela eu enfrentaria rebeldes no Congo, endemias no Chade, fome na Costa do Marfim, desidratação no Saara, leões na Nigéria, gorilas em Ruanda. Daria tudo pela posse daquele totem feminino. Criaria aquele garotinho como se fosse filho meu. Provavelmente teria que matar o marido dela antes. Assumiria as mulheres e os negócios do cara: especiarias, pedras preciosas, haxixe, armas. Escravos, talvez. Todo dia, de manhã, de dezoito a vinte crianças formariam fila para beijar minha mão. E que a Carol fosse pro inferno com o inglesinho de merda dela.

Passaram também por mim, no vaivém da passarela rolante, duas freiras com verdadeiras máquinas de voar desenhadas por Da Vinci na cabeça. Um bom pé-de-vento alçaria as duas pelos ares do mundo. Seriam canonizadas no ato. Mas por enquanto, deslizando ali na passarela como bustos fugidos do pedestal, as freirinhas pareciam satisfeitas cá na Terra mesmo, debaixo de seus chapéus aerocanônicos. Tinham se casado com Deus. Uma bem jovem e magérrima, a outra bem velha e gordota. Deus podia ficar sossegado; nenhum mortal se animaria a disputá-las com Ele.

Foi então, ao sair da passarela rolante, que eu vi, no chão: a carteira. De couro bege, retangular, com cantoneiras douradas, tamanho grande. Não dessas de homem, de botar no bolso de trás da calça. Parecia de mulher, de carregar na bolsa. Passava meio despercebida no chão de pastilhas brancas. Na verdade as cantoneiras douradas eram o que mais se destacava nelas. Olhei em volta e conferi: ninguém mais tinha visto a carteira. Ou, se viu, não tomou providência. Me abaixei, como quem vai amarrar o sapato, apanhei a carteira e a entuchei na cintura, sob a fralda do camisão que estava para fora da calça. Segui calmamente rumo a um minicafé com mesinhas, mais à frente. Sentei para uma Coca, um café e um instante de reflexão, diante da carteira, que depositei sobre a mesa. Era do tipo que se abre em livro. Tinha uma grife, Gucci, e um zíper interno.

Calculei que o meu gesto de apanhar a carteira do chão devia ter sido registrado por pelo menos uma dezena de câmeras do circuito interno do aeroporto. Eu talvez já estivesse sendo procurado pela segurança naquele exato instante. Pelo sim, pelo não, pedi a Coca e o café à garçonete e me pus a contemplar o objeto à minha frente. Se viessem me procurar, eu diria que estava apenas tomando fôlego para seguir em frente e entregar a carteira nos Achados & Perdidos, se chegasse a descobrir como se diz isso em francês.

Antes que me encontrassem, se é que encontrariam, abri a carteira. Doze mil quinhentos e setenta e cinco euros. Um euro está valendo, hoje, bem mais que um dólar. Bela grana. Um salário de executivo europeu. Ou de três executivos brasileiros. Ou de cinco executivos paraguaios. Umas oito vezes a merreca do meu salarinho lá na Editora dos Tribunais. Bela grana.

Devolver?

Pensei nisso. Mas pensei também, naturalmente, em não devolver. Não tinha nenhum documento, nenhuma identificação dentro. Só a grife e a grana. Dinheiro no chão não é de ninguém. Assim como Deus deu, Deus tirou da pessoa a quem pertencera. É a vida. Assim como a Carol tinha sido minha, era agora de um inglês branquelo metido a músico modernete. Um perde, outro acha. É a lei canina do universo cão.

Eu tinha, de meus, uns mil e quinhentos euros, quantia com a qual pretendia segurar as pontas da viagem até o fim das minhas férias, junto com a Carol, conforme nossos planos originais. Ela que esfaqueasse agora o inglesinho dela. Andy. Ele ia ver o que é bom pra tosse. E pro bolso. (Pro resto já devia estar vendo e sentindo e se esbaldando havia muitas horas, o *motherfucker*.)

Eu estava mais ou menos rico, agora. Podia desistir daquela volta antecipada ao Brasil e comprar uma passagem para, digamos, a Itália. Roma, Veneza. Eu não conhecia a Itália. Compraria roupas novas, ficaria bonito. Não era impossível também que arranjasse uma italianinha *molto carina* para me distrair das minhas aflições córneas. Apressei-me a enfiar a carteira de volta na cintura. Achado não é roubado, na porta do mercado.

Paguei a conta de oito euros e uns quebrados do café e da Coca com uma nota de vinte. Deixei o troco de caixinha. A garçonete franco-árabe ficou desnorteada com aquela gorjeta de mais de cem por cento. Me olhou com vago rancor, como se eu lhe tivesse cuspido alguma ofensa na cara. Vai entender essas estranjas.

Fui até o balcão da Varig pensando em anular a minha antecipação de vôo e comprar passagem no primeiro avião para a Itália. Se perguntassem o que tinha acontecido com toda aquela minha urgência de voltar ao Brasil, eu explicaria que minha falecida irmã ressuscitara milagrosamente e minha enfartada mãe acabara de sair do hospital saltitando de saúde. Coisas que só acontecem no ambiente mágico-realista do Terceiro Mundo, *n'est-ce pas?*

No balcão de reservas e venda de passagens da Varig, me vi cara a cara com a moça do balcão. Calhou de ser uma loirinha um tanto franzina de cabelo preso em coque, claramente francesa, dona do chamado rosto regular: nem bonita, nem feia, nem jovem, nem coroa, nem alegre, nem triste.

— *Oui, monsieur?* — ela me disse, quando chegou a minha vez, e num tom tão simpático-risonho-e-franco que eu desabei. Ela e seus olhos claros e diretos tresandavam honestidade e solidariedade, para além da mera cortesia profissional. Era a própria integridade humana de uniforme. Se ela tivesse dito aquele "*Oui, monsieur?*" no irritadiço padrão "*ne-me-touche-pas*" de praticamente todas as colegas dela em toda a França e províncias de ultramar, a uma hora destas eu já estaria na Itália torrando em *chiantis* e cantadas aleatórias toda a grana daquele carteirão.

Fato é que desisti de anular minha volta ao Brasil. A perspectiva de ir à Itália com o dinheiro alheio também parou de me acenar no espírito. E mais: o rico volume que eu trazia enfiado na cintura, na altura da minha mais ou menos discreta pança, começou a me provocar um desconforto que não era apenas epidérmico. Sim, aquele dinheiro era de alguém, talvez de uma pessoa íntegra como aquela atendente no balcão. Alguém que o havia ganhado honestamente e que pretendia despendê-lo com igual honestidade. Talvez um aidético, ou a mãe de um aidético, que dele dependia para financiar o tratamento do filho. Sabe-se lá.

Sorri para a atendente e respondi que estava em dúvida sobre o meu destino. Ela apenas retrucou com outro sorriso, esse um tanto enigmático, me pareceu. E encerrou nossa conversa com um novo *"Oui, monsieur"*.

Saí dali ruminando os subtons filosóficos que eu julgara captar naquele último sorriso dela. Como se a moça tivesse querido de fato me dizer: *"Oui, monsieur*, enquanto os homens têm dúvidas sobre seu destino, o destino jamais tem dúvidas sobre eles".

Ou estaria eu viajando antes mesmo de embarcar?

E o pior — muito pior — é que a minha cabeça passou a ser invadida por fantasias narcísicas, de um sentimentalismo pegajoso, nas quais eu figurava como campeão da honestidade universal, ao me decidir pela devolução da carteira a seu dono ou dona, num gesto tão simples quanto solene. Já via a pessoa boquiaberta na minha frente, esmagada sob o peso da minha monumental honestidade. Esguichando lágrimas pelos olhos incrédulos, o tipo ou tipa cairia aos meus pés, tremendo de gratidão por aquele cucaracho de alma nobre — eu.

Eu? Sim, eu. Corno assumido, modesto funcionário de uma editoreta de rábulas, com vaguíssimas aspirações poéticas (fiz um soneto que mandei para um concurso da Academia Paulista de Letras, sem nenhum sucesso que me tivessem comunicado), mas honesto. Como meu pai me ensinou. Como minha mãe me ensinou. Como a Bíblia me ensinou. Não roubarás. Não pegarás do chão carteiras Gucci recheadas de papel-moeda de Primeiro Mundo em aeroportos europeus para te locupletares em Itálias folgazãs a fim de esquecer brasucas *maledettas* que te fizeram sofrer. Não, filho meu; entregarás imediatamente o achado às autoridades competentes para eventual restituição a quem de direito, e teu nome será registrado *per saecula saeculorum* nos anais da virtude e do bom caráter. Acredite ou não, esses eram os comandos que o núcleo ético da minha consciência enviava aos centros decisórios do meu ser.

E o meu ser não tardou a procurar o Centre d'Accueil, Secteur d'Objets Trouvés, para onde, segundo me informou um gendarme, eram enviados todos os objetos e valores encontrados nas dependências do Charles de Gaulle. Confesso que não fui disposto a entregar o ouro ao primeiro burocrata que encontrasse pela frente. Fui sondar. Olhar o lugar. Ver que cara tinham as pessoas.

Uma primeira pessoa, uma mulher, no tal centro de recepção, me indicou a outra pessoa, em outra sala. Nessa outra sala, o setor propriamente dito dos achados e perdidos, topei com uma cena que mudaria radicalmente meu destino imediato. Lá estavam a morena e a loira espetaculares que eu tinha visto havia pouco na passarela rolante! A morena, eu notava agora, de short com bolsinhos laterais, pernas expressivas de tenista, calçando sandálias com plataforma de teatro grego que a faziam excepcionalmente alta. A loira também era uma fêmea espetacular, de minissaia e pernas longas, esguias, top model total. Estavam aos prantos, as duas. Atormentadas, descabeladas, tentavam agarrar o funcionário, elas do lado de fora, ele do lado de dentro do balcão, refugiando-se atrás de um computador.

O sujeito explicava, num francês burocrático e fácil de entender, que nenhum tipo de carteira, pasta ou pochete havia sido entregue ali nas últimas vinte e quatro horas, muito menos na última hora, e muitíssimo menos contendo o valor que elas declaravam ter perdido: doze mil quinhentos e setenta e cinco euros.

— *Je suis désolé* — disse ele, tentando encerrar o assunto. Mas elas pouco se lixavam pro fato de que ele e o Estado francês e a União Européia pudessem ou não estar desolados. Queriam o dinheiro delas, o mesmo que estava agora pressionando as minhas banhotas abdominais.

A do short, a morena, não queria se render. Repetia que ao menos uma das milhares de câmeras do aeroporto devia ter registrado a perda da carteira e, sobretudo, o momento em que fora achada. O funcionário espalmou as mãos à frente delas e empurrou o ar, determinando que se afastassem do balcão. Elas cederam. Pelo menos pararam de ameaçar o cara fisicamente. Arretadas, aquelas francesas. O funcionário soltou a típica bufada gaulesa e repetiu, "pela última vez", que as duas deviam encaminhar um pedido formal a não sei que autoridade policial que, por sua vez, enviaria à Justiça um pedido de requisição das fitas gravadas naquele período, e que, se o pedido fosse aprovado, em vinte e quatro horas as fitas seriam analisadas pelo departamento competente.

De nada adiantou a morena e a loira replicarem em uníssono, e quase com as mesmas palavras, que em vinte e quatro horas o dinheiro delas já teria voado para longe. Para a Itália, primeiro, e, se sobrasse algum, para o Brasil, depois, completei eu em silêncio.

As duas se abraçaram chorando, sem arredar pé dali. Eram lindas, Helô, lindas. Um tanto vulgaretes, mas na medida, sacumé? Gostosas, como se dizia antigamente. Aí o funcionário se virou para mim: "*Je vous écoute, monsieur?*". Eu não sabia o que dizer. Ele logo começou a se impacientar. Na França é assim: você demora mais de meio segundo para responder o que te perguntam e os caras já começam a bufar. As duas beldades também voltaram para mim suas caras de madalenas demolidas.

Dei baixa na primeira pataquada que me veio à cabeça, no meu francesinho até que razoável pra quem largou a Aliança Francesa no terceiro semestre do curso básico:

— Perdi um guarda-chuva amarelo.

O funcionário olhou para mim, para a passagem que despontava do bolso do meu camisão, e se perguntou, com certeza se perguntou, que diabo fazia um aeroviajante num aeroporto internacional com um guarda-chuva, amarelo ou de qualquer outra cor, e com aquele solzão lá fora. Mas cutucou lá as teclas do computador dele. Segundos depois, soltou:

— *Pas de parapluie jaune pour l'instant, monsieur.*

Assim é a vida: nada de guarda-chuva amarelo no momento. As duas lindas foram se movendo devagar para fora da sala, empurrando juntas o carrinho delas com duas malas grandes e uma mochilinha felpuda cor-de-rosa. Imaginei que a carteira com o dinheiro tivesse, de algum jeito, caído dessa mochilinha, já que nem na minissaia de uma, nem nos bolsos do shortinho & camiseta de manga cavada da outra parecia haver espaço para um carteirão recheado daquele tamanho. Elas se enlaçavam mutuamente pela cintura, solidárias na dor.

Segui atrás delas, depois de depositar um *merci* no balcão do funcionário. Retardei o passo, contemplando aqueles dois pares de pernas francesas, morenas e brancas, à escolha do freguês. Não pude deixar de reparar também nos dois bumbuns sustentados pelas pernas. Daquele ponto de vista pareceram-me nada menos que gloriosos. A do short demonstrava usar uma calcinha asa-delta, mínima; a da minissaia, até onde o pano vaporoso do vestido deixava entrever, dispensava calcinhas ou calçolas. Já reparei que certas mulheres se sentem desconfortáveis de calcinha, especialmente no verão, o que não deixa de ser interessante.

Quando já tínhamos saído do Centre d'Accueil, ganhando outra vez o amplo espaço de circulação do aeroporto, cheguei nelas:

— *Pardon*...

Me olharam duro, como a interditar qualquer tentativa de paquera. Viviam um dos piores momentos de suas vidas recentes, coitadinhas. Não queriam papo com a humanidade larápia que lhes surrupiara a carteira. Lasquei um novo *pardon* e disse que tinha achado algo que podia interessar às duas. Os lábios superiores e inferiores de cada uma delas se desgrudaram, abrindo-se em pré-estupefação. Fiz menção de puxar a carteira da cintura. As duas recuaram instintivamente, como se eu fosse sacar um trabuco.

O espanto delas quando viram a Gucci não terá sido menor do que se estivessem diante da pedra filosofal. Na mesma hora, arrancaram a carteira da minha mão, num bote simultâneo. Quase arrebentaram o zíper antes de abri-lo e verificar que as notas, uma a uma, estavam todas lá, onde as haviam colocado.

Daí se lançaram sobre mim cheias de braços e coxas e soluços e beijos molhados de gratidão.

— *Oh, monsieur, monsieur! Merci! Merci! Merci! Oh, merci, merci, merci!*

Cada *merci* daqueles estava me saindo uns mil euros, mais ou menos. Mas que frescas eram elas, Helô, e que suaves e cheirosas. Fiquei molhado de lágrimas e saliva de Primeiro Mundo, legítimas. Deixei aquele bálsamo entrar no meu peito ferido. Senti uns furos de alívio na crosta espessa da depressão. As pessoas paravam para olhar a cena, coisa rara em se tratando de passantes franceses, que não param nem para ver o velho governo cair nem o novo subir.

Tive um princípio de ereção. Estava vivo novamente.

Chamavam-se, disseram, Yvonne e Yasmine — com ípsilon (*i grec*, em francês), como as duas se apressaram a ressaltar. Quando dei por mim, estava com elas no bar mais chique do aeroporto, o Dedalus, tomando champanhe para comemorar — elas, o retorno de *l'argent perdu*; eu, aquela dádiva terapêutica em forma de mulher — duas mulheres! — que o destino pusera em meu caminho, em lugar das pedras e espinhos habituais. Prozac nenhum faria melhor.

As duas eram do sul, de Marselha, e era para lá que estavam voltando com o dinheiro amealhado no varejo de jóias — *des bijoux* — em Paris. Dinheiro que nem era delas, disseram. Yasmine resmungou que por causa daquela trapalhada com a carteira tinham perdido o vôo. Yvonne retrucou que isso não era nada, comparado com a fubecada que elas levariam do patrão em Marselha, se não tivessem achado a carteira. Yasmine fez que ia emburrar. Pelo que entendi, era de Yvonne a responsabilidade pela guarda da carteira — e por sua perda.

Eram representantes comerciais de um joalheiro de Marselha, me explicou Yvonne, e vendiam as jóias para as lojas parisienses. Perguntei se elas ficavam viajando com os *bijoux* de lá pra cá, se isso não era perigoso. Yvonne riu muito dessa pergunta. Respondeu que ela, em particular, viajava sempre com *"mon bijou"*. Yasmine acabou soltando o riso também. Elas riam com um inexplicável acento de deboche que foi me deixando seriamente excitado. Talvez não fosse deboche, considerei. Elas só deviam estar intoxicadas de alívio e gratidão por mim e pelo *bon Dieu* que atendera a suas súplicas e fechara os ouvidos às suas múltiplas blasfêmias.

Yasmine resolveu ficar simpática de repente e disse que o patrão afinal de contas iria entender o atraso delas. *Merde, alors!*, ela exclamou. Estavam felizes. Graças a mim. Ao grande *moi-même*.

Lá pelo fim da segunda garrafa de champanhe eu já tinha contado a elas as minhas desditas amorosas em terras parisienses com a bela e infiel brasileira que acabara de me trocar por um inglês. As duas bufaram imediatamente seu desprezo pelos ingleses — *Des salauds! Des cochons!* —, o que muito me agradou. Eu brindava: *Mort aux anglais! Vive la France!* Elas riam e brindavam e bebiam e me acariciavam, dizendo que eu era *très chouette* (muito fofinho; desculpe a imodéstia, Helô, mas foi o que elas disseram...), muito mais do que qualquer inglês sobre a face da Terra. *Well*, de pura felicidade pedimos a terceira garrafa de champanhe.

Foi quando Yvonne, a loira, me cravou o olho em cima e sugeriu que eu desmarcasse a minha passagem e a remarcasse para o dia seguinte, hoje. O Brasil podia esperar, *non*? Lá nisso ela tinha razão: o Brasil não ia a parte alguma. Podia, sim senhora, esperar. Yasmine quase cuspiu seu cigarro da boca: "*Mais, non, Yvonne!*". E ficou ali soprando impaciência e fumaça pelo nariz.

Pedi a conta, encomendando outra champa para viagem. Isso dava um número de garrafas que eu não era mais capaz de contar. Yvonne insistiu um pouco em pagar, mas foi fuzilada pelo olhar de Yasmine. Pintou um certo clima entre as *girls*, uma querendo, a outra não querendo muito passar a noite comigo. Em todo caso, o otário aqui logo puxou e abriu a carteira, resolvendo a parada. O olhar de Yasmine mudou de rumo e mergulhou ávido dentro da minha carteira ao ver as notas novinhas acomodadas lá dentro.

Daí, esquecido de passagens, horários e aviões, fui parar no quarto do Novotel, ao lado do aeroporto, um cubículo com cama de casal, tevê e banheiro minúsculo. Da janela, nada mais que um postigo com vidro basculante, via-se um trecho de pista do aeroporto ao longe. Um jato levantava vôo. Num breve lapso de lucidez perguntei-me se não seria o avião que deveria me levar ao Brasil e no qual tanta lábia investira para garantir um assento. A morena Yasmine bufava seu tédio a cada dois minutos mais ou menos. Acendeu mais um Benson & Hedges, olhando descomovida para mim e Yvonne, que nos beijávamos com volúpia de bêbados apaixonados.

Yvonne me empurrou para a cama e começou a me despir, do tênis ao jeans e ao camisão. Me deixou só de cueca. Depois se trancou no banheiro com Yasmine. Nem sei como as duas couberam lá dentro. Podia ouvir estilhaços de bate-boca: ... *merde!... je m'en fous!... au diable avec ce type-là!...*

A voz dos estilhaços era sempre a de Yasmine. A cama ao menos era macia. Demais, até, pois me bateu um enjôo marítimo de tanto me remexer nela. Fechei os olhos, piorou. Abri os olhos, foi passando, aos poucos. Ou, pelo menos, me acostumei com o enjôo.

Apanhei a garrafa de champanhe que havíamos trazido dentro de uma sacola plástica. Desnudei a rolha, liberei o arame e me preparei para detoná-la no momento em que as duas emergissem do banheiro. A porta se abriu. A morena Yasmine saiu na frente, de seios nus (!) e calcinha asa-delta vermelha (!!). Deixei a rolha espoucar. A rolha ricocheteou no teto baixo e voltou com tudo pra cima do cocuruto dela. Yasmine soltou um berro imediato. E ficou alisando o lugar do impacto, puta da vida:

— *C'est pas possible, ça! C'est pas possible, ce mec-là!*

(*Mec* é "cara", como você sabe, Helô. Ou não sabe?)

Yvonne, que vinha atrás, nuinha da silva (!!!), e tinha tomado bem mais champanhe do que a outra, se escangalhava de rir. Yasmine, mão na cabeça, não se conformava:

— Esse cara é maluco! *Complètement fou!*

Sim, *fou*, respondi, soltando minha própria gargalhada trêbada. Edu, *le fou*.

Na cama, os três. Yasmine ao meu lado esquerdo, isolada, cigarro na boca, remoto na mão, caçando algo pra ver na *teloche*, que é como eles apelidam a tevê por aqui. Apesar da fumaça que me dava engulhos, eu tinha de reconhecer que ela ficava bem fumando aquele Benson & Hedges longo encaixado entre seus dedos igualmente longos e finos e bem tratados. Charmosa pra dedéu, a morenaça, em meio ao fumacê do tabaco. Vai ter seu cancerzinho pouco antes ou pouco depois dos cinqüenta anos, mas até lá a medicina, muito mais avançada do que hoje, haverá de lhe garantir uma folgada sobrevida.

Sentada na cama, peladinha, como já disse, Yvonne abriu a mochila cor-de-rosa, puxou o zíper do compartimento interno e tirou de lá um envelope de camisinha. Explicou, sorrindo: "Uma mulher tem que estar prevenida hoje em dia, não é, *mon chou*?". *Mon chou*. Que delícia! Estiquei um olho e vi que o compartimento da mochila estava abarrotado de envelopes de camisinha. Muito prevenida, sem dúvida. Notei que sob as camisinhas havia um objeto: uma sevilhana, me pareceu — aquele tipo de canivete com lâmina ejetável. Duplamente prevenida, a *girl*. Tá certo, pensei; afinal, elas tinham que zelar pelos tais *bijoux*.

Não vi como nem quando a camisinha foi parar no seu devido e enrijecido lugar. Eu apoiava cabeça e costas num travesseiro encostado na cabeceira estofada da cama. Yvonne veio por cima de mim. Logo eu estava dentro dela. Tudo acontecia à minha revelia. (Quase ia escrevendo à minha *arrelia*, o que, talvez, fosse até mais preciso.) Inclinando um pouco a cabeça para o lado, vi Brigitte Bardot na *teloche*, atrás da Yvonne, num chassis preso ao teto. Cenas de um filme antigo, colorido: La Bardot, nua, numa banheira, com o Michel Piccoli vestido e de chapéu, sentado na borda fumando um charuto. Não posso jurar, mas acho que era um filme do Godard. O som estava muito alto. Yvonne, em plena cavalgada, teve de pedir umas três vezes, antes que Yasmine condescendesse em abaixá-lo um pouco. Uma escrotinha, aquela Yasmine. Ingrata, sobretudo. Mas era olhar pra ela e perdoá-la instantaneamente. Linda, com suas longas e fortes e petulantes pernas mestiças. Linda, linda.

Eu na cama com duas francesas — três, incluindo a Bardot. Essa eu vou contar até pro meu pai. O velho Borges vai se orgulhar do filhão aqui. Três francesas, na França! Ele que nunca foi nem ao Rio de Janeiro, coitado.

Para sorte sua, Helô, a partir desse ponto não lembro de mais nada. Devo ter praticado mais um pouco o mesmo que a humanidade vem praticando há milhões de anos para se reproduzir, e um abraço. Apaguei legal.

Acordei no dia seguinte tinindo de dor de cabeça. Juro que perguntei a mim mesmo: onde estou?

Olhando em volta, constatei várias coisas:

1. Os dois is gregos não estavam mais lá. Nem suas roupas, bagagem, nada. Yvonne e Yasmine, como tudo o que é sólido, tinham se desmanchado no ar.

2. Vi sinais de que uma ceia farta e cara para duas pessoas havia sido deglutida ali, com bandejas, pratos, restos de comida, talheres, taças e uma garrafa de vinho vazia (um Bordeaux que não tinha aparência de ser lá muito barato, ainda mais pedido num quarto de hotel francês), além do champanhe que havíamos trazido, igualmente extinto.

3. Tinha um bilhete grudado com chiclete no espelho do banheiro, escrito numa letra cursiva feminina, regular e bem desenhada. O bilhete dizia:

"*Bonjour, mon chou!* Tivemos que sair mais cedo. Adorei a nossa noite. *Merveilleuse!* Perdoe o mau humor da Yasmine. Ela é assim mesmo. Como não podemos tocar naquele dinheiro que você achou e tão honestamente nos devolveu, já que ele pertence ao joalheiro lá de Marselha, tomamos a liberdade de tirar umas notinhas da sua carteira para financiar nossa volta ao aeroporto e outras pequenas despesas. Nunca esquecerei seu gesto. Você é um nobre de alma.
Bon voyage!

              Yvonne"

  Minha carteira estava em cima de um anteparo preso à parede. Nela só havia uma única e solitária nota de cinqüenta euros. Era tudo o que restava dos mil e quinhentos que eu tinha antes da carteira Gucci, das francesas e dos champanhes. Aquela tinha sido uma das trepadinhas em trânsito mais caras da história da aviação comercial.

  Aí, gelei. Como pagar a conta do hotel, a ceia, o vinho, as gorjetas? Ferrô geral. Tremi. (Tremi mesmo, sabe? Uma tremenda tremedeira.) Quando finalmente arranjei coragem para descer até o saguão do hotel, deixando pedaços de cérebro ainda encharcados de álcool pelo caminho, fui informado de que a conta estava paga, refeições e gorjetas inclusas. Alívio. Profundo. Aquele gesto devia ter partido da Yvonne, com toda a certeza. Pela Yasmine eu estaria agora algemado, no fundo de um navio-presídio, a caminho de alguma colônia penal francesa nos tristes trópicos.

  Gelei de novo. E agora? Como voltar ao Brasil, já que eu tinha perdido o vôo antecipado de ontem, uma *exception très exceptionelle*, como redundara a funcionária da Varig? Sem falar no meu *bag*, que regressara sozinho à pátria no vôo 258.

Ó vida.

Peguei um ônibus de translado no hotel e me abalei para o aeroporto, depois de ingerir um coquetel de Bufferins capaz de extirpar as dores todas da vasta humanidade sofredora. Cortesia do hotel. No caminho, fabriquei a história que iria contar na Varig. Ia dizer o seguinte: enquanto esperava pelo embarque, ontem, fui abordado por duas mulheres de beleza estonteante. Depois de me seduzir, elas colocaram alguma substância estupefaciente na minha bebida, paralisando assim meu livre-arbítrio e meu senso de realidade, expressões que eu ia ter que me virar para dizer em francês. Em seguida, as vigaristas me levaram para o hotel ao lado do aeroporto, onde capotei e fui depenado. Fim da história.

Bom, Helô, nem preciso te contar que tive de dar rabo-de-arraia, cuspir fogo e me virar do avesso na frente dos franceses da Varig — e da polícia, logo em seguida — pra fazê-los engolir a minha história. Na sala da Police des Frontières, que cuida das portas de entrada e saída do país, um policial à paisana, tipo fino e educado, colocou na minha frente um álbum com fotos de mulheres e pediu para eu ver se reconhecia alguma das pistoleiras que me haviam aplicado o velho golpe das belas viajantes disponíveis para uma aventura amorosa.

Fui folheando as páginas e passando a vista pelas fotos, em secreto contentamento, pois se os caras estavam usando esse procedimento comigo é porque haviam, a princípio, comprado a minha história. De jeito nenhum os tiras deviam saber que as minhas duas *copines* eram apenas honestas representantes comerciais de um joalheiro de Marselha, a quem eu, num rasgo de nobreza, devolvera o dinheiro que elas haviam perdido. E que o hotel e todo o resto rolara com a minha total cumplicidade.

Aí — tóóóóing! Lá estava a foto da Yasmine! "É ela!", apontei. "Uma delas! A morena!" O nome verdadeiro da Yasmine era Marie-Hermine Quinet, prostituta, ex-presidiária e punguista fichada. Páginas adiante topei com Yvonne: Louise Antoinette Leporace. Tinha os cabelos castanhos, na foto. Estava linda, mesmo com aquele número afixado no peito. Outra punguista, meretriz e ex-presidiária, segundo o texto sob a foto. E ainda sorria, toda coquete! Uma artista, sem dúvida.

Vendo que eu me detinha na foto de Yvonne, aliás, Antoinette, o oficial perguntou: "É a outra?". Hesitei um pouco, como se tentasse me certificar. Por fim, disse: "Não, não é". O homem falou que eu tivera sorte de não cair nas mãos daquela tipa particularmente, pois madame Leporace era uma das mais perigosas profissionais do ramo, tendo já esfaqueado mais de um de seus "clientes". Ouvindo isso, pensei se não devia delatar a bandoleira.

Desisti. Os caras que ela havia esfaqueado deviam ter feito por merecer. E "Yvonne", afinal de contas, pagara a nossa conta do Novotel, enfrentando as presumíveis resistências da implacável e voraz Yasmine-Hermine. Mesmo que fosse tudo o que diziam que ela era, eu lhe devia alguma coisa, afinal de contas. Tínhamos feito algo de muito parecido com amor. E ela fora muito mais decente comigo do que a Carol, que não tinha ficha em polícia nenhuma, mas era uma perfeita salafrária. Desarmada, a minha perdida Carol tinha me ferido muito mais do que a Yvonne, com sua sevilhana, aos seus desafortunados clientes.

Um garçom do Dedalus que me vira com as duas na noite anterior foi trazido por um inspetor para dar seu testemunho. O sujeito analisou minha cara, franziu a testa diante da foto da Yasmine e confirmou a minha história.

De posse do boletim de ocorrência expedido pela polícia, voltei à Varig. Agora só falta o tal do messiê Lasanha chegar e autorizar o meu embarque.

Voilà! Meu tempo de computador se esgotou. Me sinto bem melhor agora, se você quiser saber. Ô revuá, linda Helô! E desculpe o aluguel.

Beijocas (muitas)

Edu

P.S. O oficial soltou um risinho irônico ao comentar o fato de que as safadas haviam se apresentado como "comerciantes de jóias". E lembrou que *bijou* (jóia) é uma velha gíria para xoxota! Elas estavam dizendo a mais pura verdade: eram de fato comerciantes do ramo joalheiro, só que negociavam os próprios *bijoux* que traziam entre as coxas. Aquele dinheiro que eu achei era, com certeza, saldo desse comércio "bijuteiro", o mais velho do mundo, dizem. E mais: o refinado oficial me contou que Diderot escreveu uma noveleta chamada *Les bijoux indiscrets*, na qual as xoxotas das atrizes que representam para a corte de Luís XV começam a falar em cena aberta, à revelia de suas donas, contando à platéia quem, entre os nobres ali presentes, já as freqüentou ou vem freqüentando, para escândalo geral. E viva o sistema educacional francês, que produz policiais com tamanha erudição. Outra beijoca, amiga querida.

Festim

> *Decejo partir, fugir, fazer o golf, jogar peteca, me distrair, levar a breca!*
> Branca Clara, em Serafim Ponte Grande, de Oswald de Andrade

Excerto do primeiro volume da autobiografia in progress *com narrador explícito de Fátima Márcia da Bessa Rocha, intitulado* Folias póstumas: infância, comichão e rosetagem, *a sair mui em breve pela editora Tara no Prelo.*

"Meu atual marido, o terceiro, ginecologista de profissão, era o sujeito mais borocoxô que conheci e venho desconhecendo até hoje, profundamente, e olha que eu me dediquei d'alma e sexo ao bobalhão, dormindo no mesmo colchão sem jamais compartilhar a mesma opinião, na desdita do ditado. Que o diga quem nos conheceu, a mim e a ele, o bolha, o trolha, o solha velha que eu sonhava trampolim mas que deu em rodapé, me prendendo ao assoalho comezinho desta classe média sepulcral que me sufoca.

"Ô vida.

"Pra quem não sabe, conheci o Getúlio durante uma consulta. Ele enfiou uma lunetinha luminosa na minha vagina e disse assim: 'O seu canal está lindo, Fátima Márcia'. Repliquei na lata: 'O senhor também é um gato, doutor Getúlio'. Não era, mas eu disse que era porque eu estava com o aluguel vencido havia meses e a luz cortada. E foi assim que nos casamos, quinze dias depois, no Paraguai, pois Getúlio já era casado no Brasil.

"Pois o gato molenga diz que não vai na festa 'nem morta', que precisa ler um tratado sobre ovulação e auto-erotismo na pré-menopausa para uma palestra que vai dar num congresso ginecológico em Botucatu. O Getúlio é pau. Que, por sinal, não dá mais a graça de si, senão quando o escuto em micção no WC.

"Na cama, se a Getúlio ocorre desembainhar a durindana, não raro enfaro, pois mal me serve aquele farol apagado pro mister de inflar-me o balão do tesão. O porco do Getúlio gosta mesmo é de chupar e lamber minha genitália (a 'olaia', como ele poeticamente a chama), e também minha análía, até ficar com a língua cheia de arabescos pubianos e singelas badalhocas.

"*'Disgusting'*, como dizia David Niven.

"É por isso e mais aquilo que eu clamo e brado: 'Ó lençóis do meu útero! Ó garanhões dos meus peludos pampas! Ó pátria nua! Vinde a mim que ando tão farta de dedilhar sozinha esta harpa úmida até deixá-la em chamas gotejantes nas noites de luar, sempre a sonhar, a sonhar e a sonhar'.

"A questã é que ensejo sair desta vida mofina de esposa de médico de convênio. Quero bovarizar-me à grande! Hei de penetrar nas esferas superiores da pirâmide social, onde reinarei de Cleópatra sobre os campos férteis do Nilo. Tive aulas de boas maneiras universais e português barroco, sei pegar na prataria, escolher taças, vinhos, palavras, conheço a vida tão bem quanto ela me conhece. De quebra, fiz Alliance Française, aprendi a dizer *Oh-la-la, j'aime avoir mon cou baisé* e também *va te faire enculer, salaud*, além de *les artichauds sont cuits* e outros idiomatismos da hodierna Gália de Rimbaud e Johnny Hallyday. *Noir c'est noir...*"

E foi assim que Fátima Márcia da B. Rocha assacou pinhões em brasa contra seu jonjo cônjuge e abalou-se, de minissaia amarela, decote, bundão e jóias falsas, para o ansiado ágape ao qual o pamonha do Getúlio se furtava a acompanhá-la. Na sua idade, ela achava, ir sozinha a uma festa era o mesmo que anunciar com uma placa: "Enjeitada matando cachorro a grito". Mas nada a impediria de comparecer ao acontecimento social mais importante a que já fora convidada, uma celebração que sem dúvida repercutiria nos próximos dias em todas as colunas de fofocas do país.

No táxi, FM, como ela também gostava de ser chamada, foi idealizando lindos e mancebosos exemplares de *homo erectus* dispostos a adentrar com aguda sensibilidade sua fratura ontológica e encher de sentido seu ser-aí.

— Quero tanto discutir filosofia pura com um pensador palpável — suspirou Fátima Márcia de um hemisfério cerebral para o outro, enquanto a janela do táxi desperdiçava rios de paisagem noturna. — Quero botar meus pêlos todos ao relento! — Ébria de liberdade, cabelos ao vento, FM acrescentou, dessa vez altissonante:

— É hoje que eu marco um gol de placa! Saio dessa vida mofina e viro de novo menina! Olelê, olalá!

O chofer do táxi retrovisou os coxones bolináveis de *dame* Fátima Márcia e perguntou se ela gostava de futebol. Madame

FM da B Rocha expandiu as tetas e lascou seus mais caros adjetivos:

— Oh, sim, meu jovem, as viris virilhas futebolinas pelejando no gramado em pleno êxtase da raça suada a esfolar a pelota me enchem duma alegria feroz e *sauvage*! Positivamente, e parafraseando los ar-rentinos, *a mi me gusta muntcho el fúdbol*!

O chofer, que não compreendia muito bem el *ar-rentino*, declinou nova questã:

— E pra que time a madame torce?

— Vasco! Da Gama! O grande navegador lusitano, que da ocidental praia lusitana saiu a conquistar o mundo, mormente as longínquas plagas dos adoradores de Mafamede, arrostando a fúria dos mares! Thalassa! Thalassa!

— Perfeitamente, madame — comentou o chofer, só de olho nas pornopernas da freguesa e em seu tetudo decote, enquanto se marsupiava discretamente com a mão esquerda enfiada no bolso. Para isso foram feitos os carros hidramáticos, ora bolas do saco dele: pra lhe deixar sempre livre a mão boba.

Nisso, enquanto batia uma pra perua ali atrás, quase bate na perua da frente, uma kombi escolar. As grandes coincidências alimentam as grandes tramas do destino e da ficção popular, pode-se dizer, de passagem. Entrementes, o chofer do táxi ouviu claramente o homem da kombi mandá-lo para Katmandu, ou lugar bem próximo.

Chegaram à mansão do dr. Hércules Fanfullanni, nos altiplanos do Morumbi, a cavaleiro do Jóquei Clube e das marginais iluminadas do estercorário rio Pinheiros. Fátima Márcia mandou o taxista parar a duas quadras da festa e foi se esgueirando pelas sombras até o portão de entrada da bela mansão, que tinha, aliás, sua colunata branca inspirada diretamente em

...*E o vento levou*, filme da imorredoura predileção do dr. Hércules. Mercedes, Jaguares, BMWs e até ruborizadas Ferraris enfileiravam-se no *drive* esperando a hora de despejar seus dignatários e respectivas associadas na porta da mansão.

Fátima, num lance jamesbôndico, passou batido pelos seguranças do portão, abanando-se com seu convite e ostentando uma cara de quem acabara de ter um pequeno contratempo com o seu Porsche Carrera último tipo e só por isso se dispusera a tirar as pernas da garagem.

Subindo a pequena rampa que dava no pórtico do palacete, teve um segundo lance, este mais pra Agente 86: abriu a porta traseira de uma limusine negra no mesmo instante em que seus passageiros, marido e mulher, desciam pela outra porta, aberta por um recepcionista fardado. Antes que o recepcionista fechasse a porta, já estava Fátima Márcia pondo seu pernil pra fora:

— Esqueceste de mim, ó abstruso almocreve?

O recepcionista quase se prostrou de joelhos em escusas diante de *dame* FM, que, altiva e rebolante, saiu da limusine para a passarela vermelha que conduzia ao evento, entregando antes o RSVP a uma recepcionista muito mais bem-vestida do que ela própria, ao lado de um segurança montanhoso de jaquetão e raibã pretos, com uma cabeça radicalmente raspada e feições ossudas e angulares de letal poder de sedução. A vontade de Fátima Márcia era patolar ali mesmo o caveirão, mor de sentir o tamanho da encrenca.

— *Ffffffff* — inspirou entre dentes Fátima Márcia, demorando o olhar nos olhos dele, afundados em seu crânio, e saiu sentindo forte olor de colônia, uma fragância de ciprestes fanados típica de Thanatos For Men, da Dior, como ela prontamente identificou. Logo era acolhida no amplo saguão com dez metros de pé-direito e escadaria marmórea em espiral, apinhado de jóias, taças e rigores pretos, sob um alto e monumental lustre feerizando os prolegômenos da festa.

No majestoso salão contíguo, quatro ou cinco casais respingavam na pista dançante ao som das maracas e cantantes protocubanos ao vivo, tendo em volta cachos de convivas em pé ou acomodados em mesas, eles e elas em seus smokings e longos negros, uniformizando suas fortunas silenciosas. Bebia-se e salivava-se à volontê, entre uma champanhota e um patê, uma pluma e um paetê.

— Minha caríssima Fátima Márcia! — abordou-a um gordão de smoking reluzente a competir com o lustro da calva crivada de implantes, como uma horta de cabelos.

— Nem tão cara assim, doutor Hércules. Rá rá rá.

Era o anfitrião, que logo tratou de depositar beijinhos perfumados nas empoadas bochechas de Fátima Márcia.

— Rá rá. E o Getúlio? Não veio? — perguntou o biliardário dono do hospital onde seu marido ginecologizava, sem contar os oito planos de saúde que explorava e dos quais o pobre Getúlio era um reles médico conveniado, ganhando não mais que dois quibes e uma caracu por consulta, que se resumia a introduzir a tal lunetinha na paciente e dizer: "O seu canal está lindo, volte no ano que vem".

— Meu marido enxaquecou-se, doutor Hércules — respondeu Fátima Márcia. — Viemos somente eu, *me* e *myself*, se não ofende...

— Quem possui tais protúberos úberes jamais estará sozinha, minha cara — arriscou o doutor.

— Ó que galante, doutor!

Perfurando com o olhar o decote de FM, o dr. Hércules, num pretenso gesto paternal, logo beliscou e chacoalhou um zigoma de silicone dela, dizendo:

— Não me chame de doutor. Para você sou simplesmente Hércules.

— Simplesmente Hércules... — embeveceu-se FM. — Que lindo!...

O sorriso dele se espelhou no sorriso dela. Que lindo.

— Venha, minha cara, sinta-se em casa — continuou o dr. Hércules, ou simplesmente Hércules, embutindo agora um tom safadado na voz amena e firme de *big tycoon* relaxando em sociedade: — Sem aquele ginecologista de feira livre pra te controlar, você vai poder devorar todos os brigadeiros desta modesta festa, por assim dizer. Rá rá rá. Rá rá. Rá.

— Rá rá rá rá rá rá rá. Rá rá rá — ecoou o melhor que pôde FM, que não via brigadeiro algum em parte alguma.

Usando de suas faculdades dedutivas, Fátima Marta entendeu que *brigadeiros* era decerto um código para gônadas — as dele, é claro. Sutil. Subliminar. O doutor simplesmente Hércules, apesar da gordura, era um homem de charmosa lascívia. Ali vislumbrava FM a sua tão ansiada catapulta social. Já via a si mesma e ao dr. Hércules, unidos, caminhando por um sendeiro luxuoso de prazeres e belas surpresas nos rincões dez estrelas pelo mundo afora. Não ia sentir saudade do rotineiro *cunnilingus* marital, repensou. Língua, todo idiota tem. E Hércules, que não era nenhum idiota, só gordo, além de ser multimilionário tinha uma língua mui sedutora, achava Fátima Márcia. Isso se não fosse bi ou mesmo trilíngüe.

Entrementes, mudou de assunto, de modo a não demonstrar toda a sua rútila cupidez de emergente:

— E aquela senhora tua, a... desculpe-me, esqueci-lhe o nome.

— A Elizabêtha. Mandei-a à Patagônia que a pariu. Com passagem só de ida.

— Ela pelo menos terá a companhia dos elegantes pingüins

— comentou FM, revelando densa cultura geográfica. E disse ainda: — São tão elegantes os pingüins naquele traje a rigor que eles não tiram nem para se reproduzir, pelo que pude ler na *National Geographic* — sem, no entanto, revelar que achava o próprio dr. Hércules bastante parecido com um pingüim, naquele smoking abaulado de gordura.

— *Rigor mortis*, no caso dela — comentou o doutor, com um enigmático ar travesso que deixou sua interlocutora com um ponto de interrogação impresso na cara.

— Mas, meu caro doutor Hércules, esta não era justamente a festa de despedida da dona Elizabêtha?

— Justamente! *So long, bye-bye*. Rá rá rá!

Fátima Márcia notou subtons diabólicos na voz do anfitrião. Ele a convidou, então, de chofre, para uma escapulida até o quarto dele, com o intuito declarado de assistir um vídeo pornográfico de última geração: *The Funny Junkie Fucking Corpse Beasty Feast*. A meia-voz, depois de rebocar FM até um recanto a meia-luz, o obeso doutor explicitou que na dita película podiam-se degustar seis exumações e pelo menos cinco suicídios, além de uma sublime overdose de heroína, com posteriores e anteriores atos necrófilos com os correspondentes cadáveres.

— Você aprecia a necrofilia, Fátima Márcia? Minha área de especialização é a medicina forense, sabia? Sou médico-legal.

— Sim, acho muito legal a necrofilia forense — esmerou-se FM, tentando esquivar-se da propalada videossessão de funéreas orgias com que seu ascensional anfitrião lhe acenava. — Porém, contudo, urjo urinar-me agora, se não ofende. Estou de mijo até os brincos. Rá rá rá rá rá.

Os ovolhos de Hércules ficaram decididamente pochês de lubricidade à menção daquele líquido tão contíguo ao sexo.

— Mas, é claro, minha clara. Digo, minha *cara*. Rá rá rá. Desculpe, devo estar nervoso como um colegial diante de uma musa subitamente disponível. Rá rá rá. Os toaletes estão no piso superior. Meu distraído arquiteto achou de bom-tom obrigar meus convivas ao sacrifício de uma escada para atingir o alívio fisiológico. Rá rá rá. Tenha uma agradável e proveitosa micção, *my darling*. Rá rá rá.

— Grata, *my friend* — esmerilhou FM, que também fizera a Cultura Inglesa, sempre às expensas dos proventos que o modesto marido ginecologista angariava enfiando o dedo emborrachado nas vaginas populares de um dos convênios pertencentes ao portentoso dr. Hércules.

FM se bandeou na direção da escada, baloiçando as nádegas de vinte anos cada, mas ainda capazes de arrancar assovios de operários da construção civil e motoboys em geral, além de arrastar com elas os olhos do dr. Hércules, agora duas gemadas a babar-lhe das órbitas.

FM experimentou ardida sensação no âmago mais recôndito do seu vir-a-ser ao pernar os degraus até o piso superior, onde estavam os banheiros. A porta do feminino, demarcada com rosas negras, se achava trancada.

Eis que uma beldade anoréxica envolta num longo preto e ultradecotado, exibindo nos braços finos e brancos uma coleção de tatuagens tanatológicas, chegou-se à porta do lavabo e com três toques secos fez com que a porta logo se abrisse para depois fechar, bem na cara de Fátima Márcia, que também tentava entrar. Três chutes bem dados na porta e uma enérgica exortação — "Abre essa porra, porra!" — foram suficientes para convencer os do lado de dentro a abrir de novo aquela "porra".

FM penetrou a passo militar como que numa lata de extrato de tomate: o banheiro e tudo nele — azulejos, metais, louças, plásticos — era num *ton-sur-ton* rubro-trágico. Ali se deparou com uma assembléia funérea de ambos os sexos acocorada em volta da privada também vermelha, em cuja tampa fechada uma lâmina lambia certa areia branca formando dunas paralelas. Em seguida, tamanduás de nasobics extinguiram em turnos sôfregos as retilíneas dunas, recolhendo com a ponta úmida dos dedos o farelo branco residual, que em seguida esfregavam nas gengivas.

Devidamente cafungados, voltaram-lhe os urubulinos seus olhares brilhantes de soberba e cocaína — os rapazes em extravagantes *tuxedos* pretos, as *ladies* em seus pretinhos básicos, a exibir porções generosas de coxas e peitos.

Diante de tão afrontosa inquirição ocular, Fátima Márcia repoltreou-se no pináculo de si mesma e desabou:

— E digo mais: vou mijar no bidê!

Os tamanducorvos s'entreolharam, pálidos de estupor e alcalóides.

— Seus frutas, suas bolachas-palito — FM julgou conveniente acrescentar, enquanto hasteava a míni e arriava a calcinha preta. Daí, abundou-se nas bordas gordas do bidê, deixando-se esvair gostosamente em mijo.

Um sujeito lúgubre soltou um resmungo extracool:

— *Crazy* mama.

Outro, de smoking convencional e cabelos gomalinados à luxúria, perguntou-lhe, respeitoso:

— A senhora é dadaísta?

— Sou arrivista — redargüiu Fátima Márcia, pelo mero prazer de redargüir. — Segundo Balzac — acrescentou.

Agora que já demos uma pausa para que o leitor também possa tomar providências de ordem pessoal, que afinal leitor também é gente e merece certa consideração, urge resgatar nossa heroína do bidê onde havíamo-la deixado a urinar. E urinando ainda estava ao lado dos narizes que outra vez rondavam nova rodada de linhas brancas sobre a tampa da privada, quando a mansão tremeu pela primeira vez naquela noite. O susto sopitou-lhes alma e narinas a todos os circunstantes de tal circunstância.

— Terremoto! — alguém do sexo feminino lembrou-se de dizer, como se preciso fosse.

— *Cool* — disse outro alguém do sexo mais ou menos oposto.

Um dos tamandudarks rapidamente reordenou as dunas brancas que o terremoto espalhara sobre a superfície vermelho-perolizada da tampa, e logo um enxame de insetões negros com probóscides nasais do Tesouro Nacional tratou de extinguir as duninhas, sem se importar muito com o pequeno cataclismo que se abatera sobre aquele ponto do planeta. Teria sido mais forte, e feito vítimas em outros lugares?, indagou-se Fátima Márcia, ela também já pouco interessada na questão.

Enquanto lavavam o nariz na pia, retocavam a maquiagem, ajeitavam cabelos e roupas, viram todos Fátima Márcia ligar o bidê e tomar sua duchinha exclamando um trêfego "Ui!... Tá gelada".

— Você é uma cachorra muito vulgar — voltou-se para ela uma grã-fina anoréxica e trêmula. — E o pior é que o pó acabou.

— E você está tendo um pavoroso exantema súbito, *mon amour* — replicou FM.

— O que é exantema?! — apavorou-se a funesta beleza.

— Olhe a sua pele no espelho. Pode olhar, filha. É à prova de vampiros.

— Aaai! Por Andy Warhol, o que é isso?! — panicou a elegante ossatura, mirando-se no espelho enquadrado por uma moldura rococó dourada. Placas vermelhas estampavam sua tez de marquesa nórdica. — É a pe-peste! — ga-gargantou ela, em desespero.

— Vai por mim, minha filha. Sou mulher de médico. Isso aí nada mais é que uma eflorescência cutânea peculiar às febres eruptivas, provocada por esse pó malhado de quinta que vocês cafungaram. Estou sentindo daqui o fedor. Isso aí só presta pra matar rato ou barata.

— Nós somos ratos. Nós somos baratas — decretou uma bicha de smoking fru-fru, com paletó de lantejoulas negras e calça de gaze transparente, também preta, deixando ver suas gâmbias depiladas.

A terra teve mais um calafrio. Um *oohhh* coletivo retumbou no vermelho-inferno do lavabo cocaínico.

— Vamos morrer! — adiantou-se alguém.

— Eu também?! — desmilingüiu-se o das lantejoulas.

— Não se apoquente, meu pequeno príncipe — disse FM. — O doutor Hércules virá à meia-noite para expurgar o seu cadáver. Aproveite pra fazer um bidezinho rápido pra se pôr apresentável, meu filho.

— Mas, quem é essa coroa maluca?! — peitou o da gomalina, talvez o bofe do veadinho cintilante.

— Fátima Márcia da Bessa Rocha, futura dona desta maloca, se tudo correr bem — retrucou FM, despeitando o outro.

— Você tem pó? — avançou um abantesma masculino de idade indefinida e olheiras gulosas.

— Tenho algo *muuuito* melhor, meu amigo — disse FM, tirando da bolsa um frasco amarelo-transparente de farmácia de manipulação, sem rótulo, cheio de pílulas brancas, redondas e lisas. Depois de chacoalhar um chá-chá-chá com o frasco, vociferou, triunfante:

— *Special Me!*

— *Special Me?!* — ecoaram todos.

— Sim, crianças. Dopalen e Dolantina desidratados com tadalafila e cloridrato de cocaína, tudo pilado em almofariz de bronze por esta que vos fala. Vamo lá, putada! Todo mundo nu e de joelhos, com a lingüinha de fora! Pode engolir sem susto, que a cápsula é de gelatina e derrete no bucho — capitaneou FM, já dona de todos os corações, mentes e fossas nasais do pedaço.

Novo abalo fez cair o espelho da pia, onde deu a primeira espatifada, antes de tombar em cacos lúcidos pelo chão.

Novo excerto do primeiro volume da autobiografia de Fátima Márcia, o já mencionado Folias póstumas. *O interesse em reproduzir mais um excerto da referida obra reside não apenas no apelo sonoro da admirável palavra* excerto, *de pronúncia duvidosa para não poucos lusófonos, mas também, e quiçá sobretudo, pelo fato de que o referido excerto de autoria da própria Fátima Márcia contém a seqüência daquela cena épica no banheiro.*

"Funambulei-me toda com a rapeize de preto, lá no cagote vermelhão da mansão Fanfullanni. Pra começar, ficaram peladões como ordenei, e se ajoelharam, alguns sobre os cacos do espelho, esfrangalhando os joelhos, o sangue brotou bonito, quase negro sobre o rosa-escuro do piso de lajotões. Mas a Dolantina do *Special Me* impedia que sentissem dor. Em menos de cinco minutos já executávamos esplêndidos triângulos, quadrângulos e variegados poliedros sexuais, segundo Euclides, Arquimedes, Epicuro e outros orgiômetras da Antiguidade sapeca. Transacionamo-nos todos e todas pelo chão apunhalante de estilhaços que se injetavam nas bundas, cotovelos, costas, joelhos e plantas dos pés e das mãos. Logo estávamos tintos de sangue, como índios de uma tribo hematófaga num ritual de acasalamento suicida.

"Embalada pelo *Special Me*, eu sentia o sangue a latir-me nas têmporas. A jujuba de um dos meninos não levantava, apesar de toda a tadalafila que eu adicionara às pílulas. Devia ter posto o velho sildenafil em dose dupla. Foi uma pena. Não tinha mais que vinte e poucos aninhos, o galeto, e estava usando o smoking de um defunto bem maior que ele, o do pai talvez. Boqueteei-o, boqueteei-o, e ainda boqueteei-o, e picas, quer dizer, nada da pipoca estourar.

"— Sou um poeta decadentista tardio — ele me explicou.

"Em compensação, como eram macios os peitinhos e peitões das meninas! Havia uma boa meia dúzia deles à disposição. *Mère* da Silva, instrutora de moral religiosa no Sacré-Cœur de la Patrie, já havia advertido nos idos de minha buliçosa adolescência que o amor físico entre as mulheres era menos condenável que entre os demais sexos, '*parce qu'il n'y a pas de pénétration phallique*'. *Mère* da Silva cheirava a ceroulas crucificadas, razão pela qual nunca me tornei sua secretária cunilíngüe.

"Já o bofe da gomalina, invertendo minhas expectativas sobre aqueles divertidos invertidos, deixava-se enrabar gulosamente pela bichinha cintilante, que dispunha, diga-se em passando, de um monumental instrumento de intrusão anal.

"Um senhor em quem eu mal reparara até então, forte, alto, gentil, de longos, lisos e negros cabelos, a cara do Ferreira Gullar quando jovem, se ofereceu para copular comigo. Nunca tinha visto um homem tão teso e tão triste quanto aquele. Comeu-me muito bem, no entanto, eu de bunda esparramada na bancada da pia feito polenta quente e pernas abertas feito pernas abertas. Nem nos beijamos. Não gosto de beijar homem triste. Prefiro uma vodca estupidamente gelada.

"Voltando à festa, nua como meus atuais companheiros, já ao descer a escada em caracol, ainda intacta, de corrimão dourado e degraus de mármore negro-lápide, contabilizei os estragos causados pelos tremores de pouco antes. O lustre principal do amplo saguão viera abaixo sobre um grupo de elegantes, que jaziam estraçalhados debaixo de ferragens e pingentes de cristal. Os que não tinham tido ainda a graça do trespasse final urravam de dor e desespero.

"— *Ma che cazzo sucede qui?* — exclamei eu na língua de Dante, que me pareceu a mais adequada ao lugar-comum que me ocorreu ao presenciar a cena: um inferno dantesco.

"Ninguém pareceu me ouvir, que dirá responder. Estranhamente a festa continuava como se nada mais que uma brisa tivesse entrado pela janela. Os convivas ainda intactos ou com poucas escoriações perambulavam, palravam, regalavam-se com as finas bolhas de champanhe e superiores bolotas de caviar do estoque congelado do último czar, entre fraturas expostas, crânios esmigalhados, vísceras agonizantes e outras miudezas anatômicas, e até dançavam ao som da banda, que não parou.

"Meus pelados coleguinhas de banheiro, tintos de sangue e viajando supersonicamente de *Special Me*, tinham sumido pelos meandros da festa sem causar maior espécie naquela seleta sociedade que seguia risonha e franca, apesar das pequenas desventuras sofridas por alguns desafortunados convivas a cada abalinho sísmico daqueles.

"Aliás (sempre aliás), eu estava tendo ali uma preciosa lição sobre os *mores* vigentes no estrato social que eu almejava chamar de meu. Aquele *détachement* em relação ao lado excessivamente humano da vida, aquilo era a elegância solipsista da verdadeira modernidade. Não era de bom-tom atribuir importância a cataclismos e calamidades que pudessem ocorrer em torno de sua *flûte* fervilhante de Don Pérignon. Baudelaire, tenho certeza, faria o mesmo que essa gente. Eis algo que uma cabeça intranscendente como a de Getúlio jamais alcançaria.

"Exatamente naquele segundo, nem um milésimo a mais

ou a menos, uma certa mão gorda, forte e peluda, com grosso anel de ouro no anular, agarrou com dificuldade a pele escorregadia do meu braço lustroso de sangue. Sim, era o dr. Hércules, que não hesitou em me arrastar nua e sanguinolenta como um bife mal-passado para um salão onde, num pequeno palco, um grupo de milongueiros executava em arranjo piazzólico e indecente um velho tango, com o bandoneon e o violino num sugestivo diálogo copulativo que me deixou desgrenhadamente excitada.

"Eu me deixava levar pelos braços destros e pernas rítmicas do meu esférico amante, que, sob certos aspectos, me lembrava um gigantesco queijo Palmyra, enquanto sentia o esperma triste daquele Ferreira Gullar do banheiro escorrer-me lento pelo interior das coxas. Na dança que cansa eu voava côas breubas em chamas, formosas, de vivo, sangüíneo carmim; tangando eu corria, fugia, sangrava, contente, tranqüila, serena, pelada e biruta de mim.

"Assim foi que na dança que cansa grudei na pança do dr. Hércules, lambrecando de sangue o negro paletó do seu smoking e o branco já empapadinho de suor da camisa de alguma fina cambraia.

"A horas tontas, pude notar que, por baixo daquela esfera ventral, o dr. Hércules — ou simplesmente Hércules, como sempre me esquecia de dizer — escondia uma espontânea e palpável ereção. *Que el mundo fue y será una porquería, ya lo sé...*"

O dr. Hércules, agora pelado como um tomate em conserva, revelava-se um apetecível *latin lover* para FM, que rolava espontaneamente com ele pelo chão, entre bailantes pernas, até que, qual habilidosa peã de boiadeiro, ela se equilibrou a cavalo sobre o anfitrião, na posição em que Lilith, La Diablesse Lunaire, gostava de fornicar, segundo relatos junguianos. Logo Fátima Márcia constatava nos entremeios de si-ali que o órgão do ilustre patologista fazia jus, afinal, à legendária potência do semideus grego do qual seu dono tomara emprestado o nome. Programando-se para atingir o orgasmo durante os acordes finais da música, ela observou a passagem em cavalgada rumo ao saguão de um punhado de seguranças falando em seus walkie-talkies e puxando os berros, atraídos, dir-se-ia, pela polifonia de gritos e gemidos dos convidados agonizantes sob o lustre despencado.

Um dos seguranças, reparou FM, era o cara-de-osso do portão.

Mais algumas galantes chacoalhadas depois, a cargo do dr. Hércules, FM pôde ouvir claramente por sobre a massa sonora *del tango aquel* alguns tiros de grosso calibre.

O amoroso dr. Hércules puxou-a pelos bicos dos peitos para junto de si e lhe confidenciou aos berros no ouvido, sempre a empalar a vaginal presença de sua convivaldina FM:

— Não vos alarmeis, madame. São apenas tiros de misericórdia que meus seguranças estão disponibilizando aos moribundos do lustre. Cortesia da casa, compreende?

— Mas é claro, doutor Hércules. Eu não agüentava mais aquela gritaria infernal — esgoelou Fátima Márcia junto à touceira de pêlos grisalhos que despontava do ouvido de seu fornicante parceiro. — Se isso não é cortesia, não há cortesia na face da Terra.

— Você pegou o espírito da coisa! — exultou o dr. Hércules.

— E vós sois o amante das estrelas! Orgasmo-me sem parar desde que começamos este interlúdio randômico-portenho-fodal.

— Isso é só o começo, minha cara — garantiu o abastado médico, de boca colada na orelha de FM, enquanto o tango escalava para um clímax de turbulência passional.

Sim, só o começo, reiterou uma mistificada Fátima Marta, erguendo novamente o peitudo tronco sobre sua obesa montaria, que passou a tremelicar gelatinosa debaixo dela ao sabor de mais um abalo tectônico a retraumatizar a trama.

FM quase caiu de seu obeso cavalo, mas como a sela dispunha de um milagroso Santo Antônio, agüentou-se firme. Não demorou a notar alguns focos de incêndio pipocando ao redor. Curtos-circuitos estrelavam os ares do salão. Logo as labaredas devoravam cortinas, janelas, portas e obras de arte. Seria o Armagedon?, perguntou-se. E o que era mesmo o Armagedon?, reperguntou-se FM. Uma batalha bíblica? Uma nova loja de departamentos? Um tipo revolucionário de colchão anatômico?

Exatamente nesse ponto de tão elevada disquisição, adentra o ambiente uma mulher com cabelo e vestido em chamas, a ganir feito uma cadela escaldada. Mas já outra vez o gentil patologista puxava-a pelos bicos das mamas para gritar-lhe numa aurícula:

— Tá curtindo, bem?

— O quê? — distraiu-se FM. — Ah, sim, sim, doutor Hércules, mas que magnífico membro do corpo médico o senhor tem. Se tem! É trepologicamente emocionante estar aqui de visita e ser ao mesmo tempo visitada pelo meu anfitrião no mais íntimo e molhado de mim! Quero expressar de público meu júbilo uterino por tamanha honra e bestial prazer. Eparrê!

O dr. Hércules achou muita graça na piada, mas atalhou, dessa vez no outro ouvido de FM:

— Estava me referindo ao terremoto, lady Fátima. Trata-se de um *home earthquake system* de última geração. Extremamente realista, não acha? Cinco ponto cinco na escala Richter. O suficiente para garantir emoção e adrenalina. E sangue, é claro.

— O terremoto é artificial?! — embasbacou-se de verdade FM. Mas logo reinstalou-se para exclamar: — Mas isso é tetricamente fantástico, doutor Hércules, meu necromante amante!

Em retribuição ao seu entusiasmo parafílico, Fátima Márcia ganhou do cirurgião de cadáveres um beijo na boca saturado de lipídios e colesteróis ruins, além de um gostinho de fagulha apagada, ela achou.

— ¡Viva la muerte! — proclamou o intrépido trepador. — E da próxima vez que você me chamar de doutor eu corto as suas tetas. Rá rá rá.

— Gracinha — cuspiu FM na aurícula do seu *hombre*, assistindo ao mesmo tempo à entrada em cena de uma equipe de bombeiros pelas portas e vidraças estouradas. Em rápidas mangueiradas, os bravos homens do fogo extinguiram o fogaréu, deixando uma lama de cinzas na pista de dança, nem por isso menos disputada pelos bailarinos, que chapinhavam no rescaldo sem perder o passo. Pouco depois, dois bombeiros traziam numa padiola o corpo carbonizado e ainda fumegante da mulher flambada que FM vira pouco antes. Como ainda estertorasse em público, sem um pingo de finesse, um terceiro bombeiro fez o obséquio de rachar-lhe a testa com a machadinha de cabo vermelho.

Sim, Fátima Márcia começava de fato a captar as nuances mais sutis da liturgia social dos altos estratos da comunidade humana que elegera como hábitat permanente.

E *fué entonces* que ela olfatou o pungente Thanatos For Men muito próximo dela. Bastou-lhe olhar pro alto, num contraplongé radical, para identificar a caveira de raibã do segurança patolável da entrada a mirá-la, ou antes, a espelhá-la do alto de um corpo arranha-teto ancorado em sólidas pernas abertas. Lá estava o seu colosso de Rodes, braços em alça de xícara, punhos autoritários encaixados nos rins. Destra nas artes fornicatórias, bem como em outras tantas que não convém no momento mencionar, Fátima Marta de pronto deu um giro de cento e oitenta graus em torno do eixo que a empalava, de forma a se ver de cara com a braguilha do segurança espectral e de nádegas e dorso voltados para o cada vez mais simplesmente Hércules.

Novo e derradeiro excerto do primeiro volume de Folias póstumas, *de FM.*

"De frente pro crime, fiz o que a uma lady da minha estirpe caberia fazer naquelas circunstâncias. Desci o zíper da braguilha daquele deus soturno e fiquei à espera do que poderia sair dali. Sentia o cilindro carnudo acelerando sua pulsão de vida em minhas pudendas entranhas, e pus-me a conjecturar o que é que o dr. Hércules Fanfullanni estaria achando da minha retropaisagem, cuja visão estava sendo amplamente franqueada a ele agora. Tentei jogar-lhe uma piscadela anal, de modo a transmitir todo o meu apreço pelo meu novo mantenedor priápico, quando senão eis que as duas mãos do segurança pousam ósseas e frias sobre a minha cabeça, seus dedões ásperos cerrando minhas pálpebras sobre olhos que já não se espantavam com nada.

"Abri naturalmente a boca, à espera do que o acaso me reservava, e que eu desde logo me predispunha a acolher, chupar, lamber e engurgitar com devoção de monja anabatista sequiosa de rebatismo. E o que o acaso me reservava despertou breve curiosidade, se tanto.

"Não ousei abrir os olhos. Senti apenas o aço frio de um cano achatado na minha língua, 'um dildo hardcore', pensei, em minha santa ingenuidade imediatamente desfeita por um estampido que estourou os limites da audição humana, seguido do gosto de pólvora e sangue na garganta, e não sei se me darão crédito se eu afirmar que pude perceber-me inundada por dentro do baixo ventre de cálido, generoso e lubrificante líquido assim que tombei de costas sobre o barrigão e a peitaria do dr. Hércules, encerrando com mortífero sucesso minha fulgurante carreira ascensional."

Privada

— Além de ser linda, você faz mais alguma coisa na vida?
— Olhei pra ele e ele continuou: — Dentista? Auxiliar de overloque? Vidente?

Cinqüentão, cabelo curto grisalho, um George Clooney depois de uma varíola complicada com febre amarela, pneumonia dupla e dipsomania terminal. Mas não era feio, se alguém me entende. Copo alto de cerveja enganchado na mão esquerda, cotovelo fincado no balcão, bunda irrequieta sambando na banqueta, ele conversava com o Joca quando parei ali para beijar meu amigo, a caminho do banheiro. Notei que o velhote endireitou a espinha quando me viu. Com a típica sem-cerimônia alcoólica dos botequeiros, procedeu a uma meticulosa varredura ocular por toda a superfície do meu corpo, a vestida e também a desnuda, que era basicamente cabeça, pescoço, braços e boa parte das pernas, mais meus belos pezinhos, se descontarmos as tiras pretas das minhas havaianas. Vendo que o Joca não nos apresentava, deu aquele bote manjadérrimo pra cima de mim: "Além de ser linda...".

Dei a réplica perfurando os olhos do velhote com os meus:
— Todo dia é um mau dia para alguém.
Sei lá por que falei aquilo. Talvez porque aquele era certamente um dos meus maus dias, chutada pra escanteio pelo meu grande amor e assediada daquela maneira por um bebum assanhado com idade suficiente para ser o irmão mais velho do meu pai. Mas o "moço" cuspiu de volta quando soltei a frase:
— Ge-ni-al!!
Do lado de dentro do balcão, Marquinhos, um dos donos do bar, ria, por trás de sua barba de Metralha caçula, sacudindo uma cabeça complacente diante da desenvoltura do fulano, pelo jeito, um antigo chegado do boteco. Eu nunca tinha visto aquele cara antes, nem mais jovem, nem tão velho.
— Genial, essa frase — ele continuou. — "Todo dia é um mau dia para alguém." Isso define a humanidade, na prática.
Já reparou como os paqueras velhos são os mais incisivos? São quase sempre os mais agressivos no primeiro contato. Eles têm mais *punch*. Deve ser porque, além de mais experientes, eles sentem que não têm muito tempo a perder nesta vida. Era óbvio que o coroaço tentava me fisgar de prima. Meu olhar mais ou menos interessado deve ter estimulado o cara. Que completou, sem averiguar se eu tinha algo a dizer (eu não tinha):
— Onde você leu isso... ...?
Ele esticou aquelas reticências esperando que eu as completasse com o meu nome. Fiquei na minha. Mas o Joca, bocudo, entregou:
— Bia.
O meu velhote, pra chamá-lo de alguma coisa, exultou:
— Bia!
Carquei-lhe uma ironia no meio da cara:
— Genial, né?
Mas aquilo entrou nele como uma descarga extra de dopa-

mina, provocando-lhe instantânea gargalhada. Tava adorando levar um sarrinho, o simpático velhinho. E continuou festejando a minha frase:

— É isso aí, Bia! Todo dia é um mau dia para alguém. Ducaralho. Um verdadeiro *koan* budista. Sabe o que é *koan*, né?

Ele não me deu tempo de responder que eu não sabia nem estava especialmente interessada em saber o que é *koan*, budista ou não budista, inda mais com aquela cerveja toda na minha bexiga. Foi logo me perguntando, num tom menos eufórico, dando a conversação por definitivamente entabulada:

— Quem foi que disse essa frase maravilhosa?

— Quem disse foi quem acabou de dizer, *man* — soltei eu, com o *man* e tudo. Juro. Me senti uma personagem do Tarantino. Só faltava ser loira como a Uma Thurman. Também ajudaria ser atriz. Sem ser uma coisa nem outra, retomei o caminho da privada ouvindo o cacarejo das risadas atrás de mim, do Joca e do tal velhinho saliente (como diz minha vó).

A porta do banheiro tava trancada. Alguém mijava, cagava, se drogava, se suicidava lá dentro. Enquanto esperava, fiquei observando o Marquinhos conferir as comandas e fazer troco prum loiro com cara de alemão e voz esgarçada de leiloeiro aposentado, que esperava de pé, junto ao caixa. Celular no ouvido, o alemão dizia, num sotaque paulistanérrimo, com aqueles erres de língua vibrando feito guizo de cascavel no céu da boca:

— Amor, dá um tempo, vai... Já tô pagando aqui, meu bem... Amor.. *Amôrê*... Escuta, amor... Porra, amor!... Eu tive que *vim* aqui no bar pra encontrar o... *Amôrê*! Deixa eu falar, cacete... Não bebi nada, não senhora, só meia cerveja, aqui com o... Te juro, amor... *Amôre*?... Amô...

Deprimido, fechou a lingüeta do celular. Amor silenciara do outro lado. Resumiu, tumular:

— Fodeu coa patroa.

— Bom, já que fodeu mesmo, toma outra — filosofou o Marquinhos pro freguês, que não precisou de mais pra ser convencido:

— Fazer o quê — concordou, soturno.

— França! Uma Serramalte aqui pro Ricardo! — comandou o Marquinhos pra um dos garçons.

Ator versátil, esse Marquinhos. Como o próprio nome indica, é um tipo plural, um coringa brechtiano, como eles dizem no teatro (aprendi com o Sedan), a se desdobrar todas as noites em mil papéis diferentes atrás daquele palco-balcão. Além de gerente, caixa e barman da movimentada trapizonda, ainda se tresdobrava em confidente de bebum, *sparring* de papo-furado e até moderador das pirações mais floridas, como no dia em que aquela garota tirou a blusa na mesa, arrancou o sutiã e começou a dar com ele na cara de um sujeito totalmente embriagado que mal conseguia se defender com os braços, aos brados de "Vagabundo! Filho-da-puta!" e outros mimos. Marquinhos foi até lá e disse pra fulaninha: "Minha filha, não prefere um chicotinho, não? Tenho uns ótimos aí pra vender". A galera em volta caiu na gargalhada, esvaziando por completo o surto da outra. Os peitos irados tiveram que voltar pra debaixo da blusa, e o sutiã pra dentro da bolsa. Só a língua dela continuou solta mais um tempo na direção de seu desafeto, que mal se agüentava na cadeira, bebaço: "Seu puto de merda! Escroto!".

O alemão me jogou um olhar animado enquanto dava uma bicada na cerveja nova, ali mesmo no balcão, ao lado do meu velhote cult, com quem trocava frases esparsas. A tal de "Amor" ou *"Amôrê"* tinha toda razão de estar puta com ele. Em vez de ir pra casa tomar sopa e ver televisão com a patroa, o raposão ficava no bar se encharcando de cerveja e esguichando olhares carnavalescos pra mulherada. Fala sério. Happy hour pros caras, *unhappy* pras patroas encarceradas no lar, vigiadas pela tevê e pelos filhos. Bom, também quem mandou casar com esse traste? Agora tome sua sopa sozinha, veja sua novela, ajude o Júnior com a lição de casa, leve uma *Marie Claire* pra cama e esqueça o bofe, minha filha.

O velhote, que estava de costas pra mim, virou de repente a cabeça na direção dos banheiros, onde eu esperava apertando as coxas de mijaneira, e me viu. Ergueu o copo de cerveja em brinde, sorriu torto. Estava tão bêbado que nem conseguia sorrir direito. Ou então tinha acabado de ter um derrame, sei lá.

Tentei sorrir de volta, mas não sei se o sorriso saiu. O que estava quase saindo era o mijo. Tinha bebido muita cerveja, e muito depressa. Tava com "a dentadura boiando", como o Sedan gostava de dizer. As pessoas demoravam a entender que a dentadura da expressão bóia por causa do mijo que supostamente subiu à cabeça da pessoa, de tão represado. As mulheres achavam a expressão grosseira, e o Sedan se escangalhava de rir. Um moleque, o Sedan. Meu ex-moleque. Lembrei daquela expressão e vi o quanto eu transbordava também de Sedan, as frases mais cretinas dele aflorando a toda hora na minha garganta, compulsivas, compulsórias.

Dentro da privada, porta já fechada, eu ouvia perfeitamente a voz do meu admirador se destacando do frigir de vozes ao fundo:

— Godardiana, essa mina! Du-caralho! — ele dizia. — É a cara da Jean Seberg no *À bout de souffle*!

A "Djin" Seberg era eu, *por supuesto*. Eu não era nem loira, mas usava aquele cabelo joãozinho dela no filme. Tava me paquerando à distância, o velho cafa, imaginando, talvez, com sua lubricidade anciã, que eu estava naquele momento de saia levantada e calcinha arriada, a mijar gostoso no laguinho de porcelana da privada, como de fato estava. Ainda bem que eu tinha inventado de fazer aquele cursinho de cinema do Inácio Araújo. Só por isso eu sabia que a Jean Seberg era a atriz principal do primeiro filme do Godard, o À bout de souffle, que o Sedan traduzia por "A bunda sofre". Ou então "O cu assado", avacalhando o título brasileiro do filme, *Acossado*. Sedan achava "coisa de viado" ficar citando Godard, Truffaut, *nouvelle vague*. Tudo que ostentasse algum traço de sofisticação era "coisa de viado" praquele bronco de merda. O que não me impediu de assistir a vários filmes do Godard no curso do Inácio, a maioria com a Anna Karina. Achei o *Pierrot le fou* e *Masculin/Féminin* os melhores, além do "A bunda sofre", é claro. Os personagens não são de verdade, a história é uma confusão, as falas, poesia pura. Pop, erudito, experimental, tudo ao mesmo tempo, como explicou o Inácio. Não entendi tudo, claro, nem o Godard deve entender, mas do que saquei, gostei. No *Masculin*, por exemplo, o carinha diz pra garota infiel: *"Tu es une infâme!"*. Ao que ela (acho que era a Anna Karina) retruca: *"Je ne suis pas infâme. Je suis une femme"*.

    Infame ali era o Sedan. Já falo do Sedan. Mas adianto o que ele vivia me dizendo, meio de sarro, que não suportava mulher fiel, mas que me encheria de porrada se eu o traísse. Fala sério. Dá pra amar um cara assim? Só eu mesmo e meu coração energúmeno.

    O certo é que ali da privada, me esvaindo em água, eu podia ouvir os picos mais estridentes dos arroubos verbais do meu vovozinho jovial lá no balcão: "Du-caralho!" e "Quéruac!" foram alguns que pude discernir. Quéruac? Parecia nome de imperador inca. Ou do avô do Pato Donald. O banheiro ficava a oito passos do ponto do balcão onde o velho garotão babava sua paquera cult endereçada — eu achava — a mim. Se o bar silenciasse e eu fizesse espoucar um alegre peidinho, ele o escutaria perfeitamente. E haveria de proferir mais um "Genial!" ao bafo de cerveja com cigarro e sei lá que outras substâncias. Cocaína, talvez. É bem a droga da geração dele.

Mesmo sabendo que aquele era o único banheiro feminino da Mercearia e que outros intestinos e bexigas logo estariam em fila lá fora esperando eu desocupar a moita, resolvi continuar ali sentada. Na verdade, o alívio da urina cedeu lugar a uma sensação de pesadez, de estar chumbada na privada, de onde eu não me sentia capaz de sair nunca mais. Então, tirei um cigarro da bolsa pendurada na maçaneta da porta e acendi. A fumaça ajudava a botar um pouco de distância entre mim e a minha miséria humana. Além do mais, começava a sentir as primeiras cólicas intestinais que sempre acompanham a chegada da menstruação. Melhor mesmo era continuar na privada. E pensar na vida. Ou seja, pensar no Sedan, lá na mesa naquele instante, junto com o Marião, a Fernanda, a outra Bia e sua câmera e a curriola livresca que volta e meia se reunia naquele botecão dos altos da Vila Madá. (Na verdade, a *outra* Bia agora era eu...)

O Sedan. Um beatnik de Londrina, como ele mesmo informava às secretárias das pessoas com quem queria falar. "Quem deseja?", as pobres perguntavam. "Um beatnik de Londrina", ele respondia, sério. Imagino a secretária passando a ligação: "Doutor Pacheco, tem aí um bitinique de Londrina querendo falar com o senhor". Onde fui amarrar meu jegue, Deus meu? No pau de jegue de um bitinique de Londrina, onde mais? Quando o conheci, num boteco (onde mais? onde mais?), estava ali à mão, e à boca, e a todos os orifícios amoráveis abaixo do umbiquador. (Outra que peguei do Sedan: *orifícios amoráveis abaixo do umbiquador.*)

Começou a me dar vontade de chorar. Mas não chorei. Não porque não quisesse; as lágrimas é que não vinham. Nem o cocô, pra falar a verdade. Novos puns vieram, isolados ou em curtas seqüências, trombeteiros, flautinescos, momos e arlequins, de todo jeito e maneira. Peidimoça, como diz meu pai, citando provavelmente a vó dele, minha bisa que cheguei a conhecer, caipiraça da gema. Peidimoça fede menos. Ruim é peidivéia. Eu não era véia, mas mandei umas bufas federais. Guerra química. Fiquei até com medo de que aquilo escapasse por debaixo da porta e fosse sentido pela mulherada na fila de espera e pelos homens a caminho do banheiro deles. Já tinham chacoalhado de leve a porta de curvim sanfonado. E eu respondendo daquela maneira, com uma sinfonia flatulenta. E se o fedor avançasse também para o ambiente geral do bar, feito um alísio estercorário? Ao sair, eu seria alvo certo das risotas e piadelhas da canalha. A gata peidorreira. Até do meu cortejador jurássico, se é que ele não exultaria de novo num "Genial! Que peidos arquetípicos!" ou qualquer merda assim. Coitado do véio. Nem bem acabara de se enrabichar à primeira vista por uma fulaninha, e a tipa já saía disparando peidos morféticos pelo bar. Talvez aquele fosse um mau dia pra ele também.

Eu fazia um tremendo esforço pra me fixar em outras coisas, coisas não sedânicas. Por exemplo, como era bom ter uma fisiologia e poder comer, cagar, beber, foder. Sofrer. Sofrer por amor. Se foder. Um dia eu cagaria aquele ciúme todo que me enfezava as tripas d'alma: *tchblog-tchblum*. Expulsaria de mim aquele amor sulfuroso que me sufocava. Lembrei de como o Sedan (Sedan, *toujours* Sedan) liberava as maiores bufas na minha frente. Peidava e ria. Ria e peidava mais ainda. O cara já foi peidando durante a nossa primeira trepada. Pode? Ele dentro de mim, senti o drama. Eu ri, ele riu, e o riso dele virou gozo, como se risse também dentro de mim. Só não me apaixonei de vez naquele momento porque já estava mortalmente apaixonada — por ele, claro.

Esmurravam agora a porta do banheiro. Mandei um "Calma aí, gente", no melhor tom moribundo que encontrei. Uma voz de mulher rosnava protestos. Mulher é essa merda, como dizia o Sedan a céu aberto: só reclama. O que ele não diria pra aquela reclamante com a dentadura boiando do outro lado da porta da privada? E segui inventariando a droga da minha vida, já que não podia reinventá-la. Pra mim, naquela hora, o tempo era só um amontoado de minutos que não passavam, que se arrastavam nus a se esgarçar pela caatinga dos meus sentimentos esturricados. Mais de uma semana que eu não via o Sedan. Eu tinha chegado em casa mais cedo naquela tarde. Disse lá na editora que eu tava de chico, muito forte, o que era mentira, e me piquei. Quando cheguei em casa, o chico desceu mesmo, desmentindo a mentira. Ajudada pela TPM, enterrei-me de cabeça na angústia, melancolia, depressão, baixo-astral, ou que nome tenha essa inhaca doída que devora toda a alegria dentro da gente. Fui correndo buscar coragem numas latas de cerveja e num bamba bem bolado. Prefiro os psicoativos populares aos fármacos caretas, quando se trata de dar umas pauladas na depressão. Usei o quanto de coragem consegui juntar pra erguer o telefone e ligar pro meu *Pierrot-le-fou*-didão paranaense. O melhor que ele arranjou pra me dizer foi um "Oi, Bia, belê?".

Belê o rabo dele. Falei assim:

— Vamos conversar, Sedan.

— Hoje?

Veio com um papo de que hoje tava difícil, que ele ia participar com o Marião e a Fernanda dum *evento* na Mercearia com aquele "bando de escriturários metidos a escritor" que costumavam aparecer por lá para falar e beber e, depois, beber mais um pouco e falar ainda mais, até as palavras perderem completamente o fôlego e caírem mortas em covas atulhadas de frases vazias.

Me convidou, sem um pingo de convicção:

— Pinta lá.

Pinto é a sua cara de merda, seu bosta — é o que quase me escapou da boca. Mas botei banca de *cool* (no telefone é mais fácil):

— O.k., se der eu vou — e desliguei com o coração despencando num precipício de pedras e urtigas.

Mas que evento desgraçado era aquele? Fui correndo tomar banho, experimentar trezentas roupas até me fixar, cheia de dúvidas, naquele minivestido florido de otimismo da Marjorie Gueller, 1988, item de colecionadora, que achei num brechó elegante da Oscar Freire. Uma nota. Dava pra uma família de treze pessoas do polígono das secas se alimentar por um mês, cachorro, bode e galinhas inclusos. Dava também, a mim que o comprei, o ar de putinha coquete que talhava bem para a ocasião, expondo generosa centimetragem das minhas pernas e coxas, onde costumam grudar feito moscas sonsas os olhares da galera multissexy que se interessa pela fruta. Completei com umas havaianas pretas, pra temperar — ou mesmo realçar — a floração tropical da beca.

Então, pronto, foda-se: eu ia encarar o Sedan. Chega de mofar sozinha no abandono. Eu tinha conseguido me segurar uma semana sem ligar pra ele, mesmo sabendo que o meu silêncio não era castigo, mas sossego, praquele infeliz. Ele ia acabar se esquecendo de mim. Então procurei me pôr em bons termos com o espelho, dei mais uns pegas no bamba, tasquei uns pingos almiscarados de Curare nº 5 nas coxas, costelas e nuca, matei um resto de vinho branco que habitava a geladeira desde a primeira revolução industrial, liguei de novo pro Sedan e pedi pra ele chegar mais cedo na Mercearia, às sete em ponto, "pra gente conversar um pouco, porra!".

— Tá bom, *porra* — ele disse.

Abri o jogo:

— Não quero perder você praquela mulata bunduda.

Ele achou graça. Nem era mulata, a outra Bia, pros padrões tropicais. Nos Estados Unidos seria uma cucaracha de médio teor latino. Mas foi o que falei, do fundo das catacumbas do meu inconsciente rançoso de classe média ítalo-ibérica de São Paulo. O racismo é o último refúgio das enjeitadas — uma frase que me ocorreu mais tarde, bem ao estilo do Sedan, aliás. Depois de conceder mais uma vez a graça de uma risadinha, ele condescendeu, o meu conde plebeu:

— O.k., às sete.

Às seis e dezessete eu já estava na Mercearia, tentando me acomodar no incômodo da ansiedade com a ajuda de uma breja e um cigarro, numa mesa do terraço, de onde podia enquadrar todo o movimento nas mesas vizinhas e mais a tal da humanidade desfilando lá fora, a pé, de carro, doida, indiferente, desesperada. A humanidade passou todinha na minha frente, menos o Sedan, que não vinha. Chamei o França, pedi mais uma latinha de Bohemia e umas favas salgadas. Único boteco de São Paulo que serve favas, que eu saiba. Se o Sedan me mandasse de novo às favas, já as teria por perto para ir ter com elas. Quando pedi a terceira latinha já eram sete da noite e, lógico, nem sinal do cara. Sete e quinze, sete e meia, nada. Pedi a quarta ou a quinta latinha de Bohemia e aproveitei pra perguntar ao França que raio de evento com escritores ia rolar naquela noite. Lançamento? De romance? Conto? Poesia? De quem?

— Hoje não é lançamento, não — disse o França, num sotaque de Teresina inalterado há décadas, segundo testemunhos dos antigos devotos da Mercearia. (O que pouca gente sabe é que ele nasceu no Paraguai, mas essa é uma história que você terá de pedir pra ele contar diretamente.) O França completou:

— Vem aí o pessoal, Marcelino, Ronaldo, aqueles gaúchos, Ivana, Bebel... Joca tá aí... mais o...

O França soluçou uma risadinha antes de completar: "... o Mirola!". E logo saiu aos risinhos mofinos entre as mesas *à la recherche* de copos vazios e pedidos de garrafas cheias. O Mirola, apelido inventado pela Fernandinha, tinha virado o *clown* trágico da trempe literária que freqüentava a Mercearia. O Sedan gostava de recitar pro França e quem mais estivesse por perto as mais altas absurdices dos livros do Mirola, como quando o personagem dele declara que odeia orgasmos e "a obrigação de produzir líquidos culminantes a qualquer preço". O Sedan é quem diagnosticava: "O Mirola é o mais bem-humorado dos deprimidos terminais da literatura brasileira". E bradava, ao lado do coitado: "Meus senhores, minhas senhoras, aqui está o homem que escreveu que 'a infância pode ser sórdida para quem sabe aproveitar'".

Fiquei sem saber que misterioso propósito iria reunir aquela rataiada de estante naquela noite. Na verdade, os muitos caras e poucas minas da gangue se aglutinavam por ligas afetivas, etílicas e estéticas, mais ou menos nessa ordem, em duas ou três patotas distintas que se relacionavam basicamente nesses tais "eventos", ou nos freqüentíssimos lançamentos dos livros deles. Muitos bem jovens, outros nem tanto. Ninguém se dizia de vanguarda. Vanguarda era coisa de velho, pontificava o Sedan. (Merda, alguma hora vou ter que raspar todas as opiniões do Sedan que grudaram nos meus miolos.) O meu Matusalém lá no balcão deve ter sido "de vanguarda" na juventude dele, pensei. Um antigo hippie, talvez, há muito reconciliado com o barbeiro e o trampo careta, desprezando a maconha em troca do uísque e de umas cafungadas ocasionais, eu diria. Ou um velho comuna estudantil que se deu bem militando em algum desses partidos que abrigaram a velha esquerda e hoje ganha um bom salário num órgão público qualquer, às vésperas de uma sorridente aposentadoria.

Enfim, aquele povinho das letras logo estaria ali, poetas bêbados procurando a chave da poesia no bolso, contistas sucintos a caminho do silêncio, talvez por esbanjarem palavras demais nos parlatórios daquela babilônica Mercearia, romancistas compulsivos, como o Joca, o Ronaldo, e o próprio Mirola, que escreviam um livro novo a cada seis meses e também eram relativamente avaros de verbo. Escreviam como se quisessem se livrar das palavras, eu achava. Um dia eu disse isso pro Sedan, que me respondeu, no seu sarcasmo rotineiro: "As palavras é que deviam se livrar deles".

O França voltou com mais uma latinha de cerveja e mais detalhes sobre o evento:

— O pessoal do Marião vai fazer um vídeo aí com a turma, tal da geração noventa, né isso?

E partiu de novo, sumindo célere pelos corredores delimitados por gôndolas com secos e molhados, na ala da Mercearia que ainda fazia jus a esse nome. Ali, pra quem não sabe, era originalmente uma venda de bairro popular acoplada a um balcão de pinga, que foi se desdobrando em bar da moda, locadora de vídeo e, por último, livraria. Teve até uma fase — dizem, não vi — em que o Marquinhos, vidrado em cinema, projetava filmes de arte num paredão mais ou menos branco que separa o lugar do casario vizinho, num dos lados.

Os livros dos autores "da casa" ocupavam uma gôndola exclusiva, não muito longe de mantas de carne-seca, sacas de arroz, feijão, grão-de-bico e lataria em geral. O ranheta do Sedan dizia que aquilo era literatura "com prazo de validade estética ainda menor que a dos pepinos em conserva da gôndola ao lado". Pura dor-de-cotovelo. Ele odiava que eu gostasse de algo além do Mirola e dos livros do Marião, seu bró inseparável. Temia que, gostando, eu viesse automaticamente a dar pro autor — um de verdade, com livros publicados e à venda, ao contrário dele, o quase quarentão autor de uma vasta obra invisível. Homem inseguro é foda. (*But I like it*.)

A locadora de vídeo, apenas um enclave entre os víveres e os leres, tinha umas raridades cult que iam de *L'Année passée à Marienbad* — outro filme velho esquisito que vi no curso do Inácio, ideal para quem precisa se levantar várias vezes para ir ao banheiro ou fazer coisas, pois, ao voltar, continuará tão por fora da não-trama quanto antes — até *Garganta profunda*, um pornô clássico e decepcionante dos anos setenta, que o Sedan pegou um dia pra gente ver. Tudo se resume a que a mulher tinha o clitóris no gogó. Só gozava se seu par romântico entalasse um pinto duro e longo bem fundo na traquéia dela. Não rendeu nem siririca, o pornofilmeco.

E foi aí que a lua virou ficha e caiu pesada no meu entendimento: vídeo + Marião + literatura = Bia, a minha cruel xará e sua abominável câmera digital. Cacete. Ou melhor: caralho. A Bia, lógico. A fofa era a cinegrafista oficial do Cemitério, que também promovia seus agitos na cena contraliterária da cidade, como diria um jornalista de caderno de cultura. Pensei em me levantar e sumir dali, mandando apenas um "Pendura" pro França, de passagem. Mas fiquei onde estava, dividida entre o cagaço de topar com a minha rival e a vontade de enfrentá-la num destemido teta-a-teta, como, aliás, já tinha rolado antes entre nós, só que na cama, veja você. Já eram quase oito quando chegaram o Marião e a Fernanda, ele com um sorriso arrancado a pé-de-cabra de um carão sempre invocado, ela me oferecendo braços abertos e um amplo sorriso desenhado a batom carmim na cara linda equipada com profundos olhos verde-caramelados:

— Bi-á!

E me abraçou, e me beijou, carinhosa:

— E aí, menina, tudo em paz com você?

Olhei pra ela com a minha cara, a única de que eu dispunha na ocasião, e ela entendeu tudo. Nada parecido com a paz tinha a ver comigo naqueles dias.

— Fala, Bia — veio em seguida o Marião, simpático, mas sem arroubos. — O Sedan já chegou?

— Não.

E não consegui dizer mais nada. Como ele sabia que eu tinha vindo encontrar o Sedan? Esses machos vivem cozinhando entre eles seus sórdidos conluios contra as fêmeas. O Marião devia estar por dentro de cada detalhe bucoginecoproctológico da história do amigo com a Bia, amplificado pela desmesura com que o seu Sedan costuma se autobiografar pra quem quiser ouvir. A Fernanda também devia saber de tudo, óbvio, mas eu gosto bem mais da Fernanda, pra falar a verdade. Aquilo é uma fofa. No úrtimo. Atriz exuberante e também mocozada escritora de um blog maneiro, poético, sincero. Quando o blog dela estreou, o Marião saiu por aí sarreando: "A patroa tá de blog! A patroa tá de blog!". Grande Fernandinha. Não que eu desgoste do Marião. O Marião é o Marião. Ele é o.k. Mas não é do tipo que goste muito de ser gostado além de um certo ponto. Qual ponto, você fica sem saber direito. A Fernanda deve saber. Nos dias de sorte pelo menos.

O Marião chamou o França e se virou pra mim, cavalheiro:

— Cê tá tomando o quê, Bia?

O quê, não; aonde: no cu, pensei na lata. Me fodendo de verde e amarelo. Ele se antecipou:

— Bohemia, né? Vou mandar ver logo uma garrafa.

Fiz um o.k., manda ver logo tudo, cachaça, pó, fumo, licor de taturana, nitroglicerina *on the rocks*, caipirinha de cicuta, qualquer coisa, já que não posso mais beber na fonte a saliva, o suor e o esperma do Sedan. Até o sangue dele eu já bebi, no dia em que ele quase arrancou o dedo descascando uma laranja. E as lágrimas dele também já bebi, quando ele, bêbado, me pedia perdão pelas cagadas em série que cometia. Merda! Eu queria beber de novo o meu homem, *my liquid lover*, a somente cinco passos dali, daquela privada, e tão perdido na distância intransponível, encantado por aquela bruxa do baixo rebolado metida a cineasta de eventos. Cineasta, aliás, é o rabo gordo dela; só fazia apertar aquele botãozinho, nada mais; o resto ficava por conta da japonesada dentro da câmera.

Se eu tivesse conseguido um dedo de prosa, vinte minutos que fossem, só eu e ele... E nem pra discutir o maldito relacionamento. Era mais pra gente se olhar um pouco, se tocar, ver se ainda tinha o que salvar daquele amor estertorante, se ali, na frente dele, não me saía algum coelho da cartola. Ou do decote.

O França veio juntar mais uma mesa à minha, selando meu destino. Marião comandou:

— Vê uma Brahma e uma Bohemia, França. E abaixa essa porra dessa televisão, pelamordedeus.

Tinha uma televisão ligada perto da gente. Telejornal. William Bonner dava a primeira parte da notícia: "Coração de mulher traída explode num bar da Vila Madalena". A Fátima Bernardes dava a segunda parte: "Dezesseis poetas mortos e quarenta e oito contistas feridos". Nas imagens que entravam em cromaqui atrás do âncora via-se o interior detonado de um restaurante com uma pequena multidão de corpos esfrangalhados pela bomba que acabara de explodir, com paramédicos de quipá na cabeça atendendo as vítimas. Eu achei que talvez estivesse começando a ficar bêbada, afinal. Mais alguns copos de cerveja e meu corpo iria a pique. Mas minha dor estaria sempre à tona, brilhando lúcida, pavorosamente lúcida.

E foi aí que me entrou em cena, cabelos eternamente encaracolados pingando de banho recente, com aquela cara de querubim malandro, assobiando, trêfego feito um sabiá em si-maior — o Sedan. Sem pressa e sem pudor, deu uma conferida nas mulheres nas mesas em volta, viu a gente, veio em nossa direção, ainda sondando os arredores. Chegou em mim, me beijou na boca, um selinho seco, rotina. Senti o cheiro sabonetoso de banho tomado. O Superfrança já voltava com as brejas. Sedan beijou a Fernanda, disse em voz baixa sei lá o que pra ela que a fez rir gostoso, e trocou uma espalmada de mãos seguida de um soquinho de punhos fechados com o Marião, tipo nóis é fudido, nóis é bróder, bró. Vendo o França encher meu copo, fez questão, mais uma vez, de reiterar que Bohemia era cerveja de patricinha. Disparei à queima-roupa:

— Bebe aí e não me enche o saco, Sedan.

Deve ter soado mais engraçado que agressivo, pra minha sorte. O Marião riu, a Fernanda riu, o próprio Sedan riu. Os homens adoram mulher que sabe a hora de rodar a bombacha, e se for com humor, aí é que os panacas se derretem mesmo. Acho que nunca vou entender os homens. Minha mãe disse que começou a entender de homem quando o meu pai se separou dela. Bom, de que adiantou entender, então? O problema com os homens é que eles vivem equivocados em matéria de amor. Mulher sempre sabe quando e por que os homens se interessam por ela. A gente confia num decote, na maquiagem, em boas e bem depiladas pernas, em novas cores e cortes de cabelo. Quando algo emplaca, a mulher sempre sabe o que foi. Pode dizer, naquele tom assertivo de comercial de tevê: "Hummm! Meu gato ficou caidinho por mim — graças ao *wonder bra* e à calcinha *ass-lifting*, da Valisère, e também a essa base nova da Lancôme que soterra a sua coleção de rugas debaixo de uma cremosa suavidade".

Já com os homens, é diferente. Eles nunca sabem ao certo por que estão atraindo uma mulher. E quando acham que sabem, tão ferrados. Uns imaginam que é o bíceps bombado, o bronze na pele, o terno italiano, o perfil napoleônico, o jipão quatro por quatro com nome de índio americano, o magnetismo do cartão de crédito, prestígio social, intelectual, qualquer tipo de poder. Isso ajuda, o.k., e não sou eu quem vai se declarar absolutamente refratária a esse tipo de fascínio fariseu e cadelão. Mal desconfiam eles, porém, que a verdadeira magia pode emanar de uma dissimetria irônica nas sobrancelhas, da capacidade de sacar tiradas cruéis e matadoras sobre pessoas e fatos, do cheiro de bicho-do-mato se preparando pra dar o bote por trás do desodorante matinal, da voz lixada pela garganta de fumante compulsivo e bebum contumaz, de um brilho encantadoramente esquizóide no olhar, do humor idiota de televisão, mas com timing perfeito, do calor repentino e solidário da mão, do jeito de pegar um gato no colo, dos súbitos silêncios sem explicação. (Sou a última das românticas, eu sei, e a primeira das babacas, fazer o quê?)

Ao meu lado, aquela aura perfumada do Sedan começou a me incomodar de verdade. Âmbar com rosas. Phebo, na certa. Então agora o puto andava tomando banho às sete da noite com sabonete Phebo? Quando ele me olhava, eu bem via no olhar dele que o facínora podia ler com clareza as conjecturas fumegantes de ciúme na minha mente. Leu e cagou e andou, sentado mesmo, daquele jeito sonso-sedutor dele. O papo logo rolou solto entre os três, sobre o Mirola, pra variar. Tentei prestar atenção. Tantas vezes tínhamos saído os quatro pra comer, ir ao cinema, beber, viajar. Eu era a platéia do grupo. Falava o equivalente a menos de um por cento do que ouvia. Mas agora estava difícil escutar direito o que quer que fosse. Ouvir já era penoso. Minha capacidade de atenção ia pro ralo da ciumeira e seus poucos temas recorrentes. Fiz um esforço, me fixando nos lábios de quem falava para ver se aumentava minha concentração.

O Marião comentou que a brodagem hip-hop da capital andava querendo pegar o Mirola de pau por causa de umas crônicas aparentemente racistas e completamente antimanos & rappers & hip hoppers que ele andara escrevendo num site da internet. Era o papo que rolava nos sites de mano: *delenda* Mirola.

— Os manos deviam mais era deixar o cara em paz — dizia o Sedan — com aquele doloroso e hilário narrador-bomba dele, que fica se detonando o tempo todo, no mesmo passo em que arrebenta os altares da classe média e seus ídolos, sem contar a própria linguagem e o verbo em si.

— Pode crê, pode crê — repercutia o Marião.

— Tá afiado hoje, o Sedan! — aplaudia a Fernanda, alheia ao meu sofrer.

— Porra! — se inflamava cada vez mais o Sedan. — Será que os mano não sacam que aquilo é pra arregaçar o racismo encolhidinho da classe média dessa merda de país? O racismo do Mirola é só uma substância corrosiva, uma das muitas que ele usa pra escrever direto na carne viva.

Marião concordava:

— O Mirola só tá tentando desesperadamente arrastar a prosa pra poesia, à fina força dos absurdos que passam naquela cabeça espatifada. Ele tá cagando e andando pro politicamente correto. Mas não é fácil convencer um mano injuriado disso.

Pro Sedan, o Mirola era o único daquele lote de escrevinhadores que fazia diferença, artisticamente falando. Inveja, no úrtimo, eu via. Ele usava o brilhantismo estilhaçado do Mirola pra justificar sua própria paralisia como criador. Como esses caras que dizem: escritor é o Rosa, e ponto final, vamos cruzar os braços, não há mais nada a escrever. O que o incomodava era o fato de aqueles carinhas serem todos escritores editados, em geral mais jovens que ele, alguns já badalados pela mídia. Ao contrário dele, Sedan, que não tinha nada publicado ainda e por um motivo bem singelo: nunca escrevia picas. Achava escrever um saco. O sujeito tinha que ser muito panaca, ele dizia, pra ficar na frente do teclado horas a fio tentando caçar memórias, idéias, delírios e sentimentos com a frágil armadilha das frases. Pro Sedan (sou pós-graduada em Sedan), a única linguagem que importava era a visual, apesar de achar 99,99% dos cineastas uns bestalhões rendidos à ditadura da palavra. Dizia que qualquer texto, no fundo, se parece com qualquer outro texto. Uma página digitada do Joyce é absolutamente idêntica a outra do Paulo Coelho, se digitada na mesma fonte e com a mesma tabulação. Para haver alguma diferença seria preciso grafar algum dos textos no alfabeto cirílico ou com ideogramas chineses. Os concretistas até que tentaram escapar dessa limitação, mas com brincadeirinhas infantilóides demais pro gosto dele. Sedan apregoava que lhe bastava imaginar loucas tramas e mirabolantes estruturas narrativas, ao sabor do vendaval de estímulos etílico-intelectuais que soprava sem cessar na cabeça ferrada dele.

— Até porque não é o conto que conta; é a prosa — dizia, do alto de uma cátedra imaginária. E era assim que a sua rica prosa de boteco nunca virava conto ou roteiro de filme ou nada que prestasse ou durasse mais que o tempo de sua enunciação verbal numa mesa de bar. Tudo se passava lá nos confins dos miolinhos dele, marinados no álcool barato dos muquifos que ele freqüentava. O cara tinha a petulância de se autoproclamar um "escritor pré-socrático", que não carecia de papel e tinta. E menos ainda de teclas, telas e megabytes. Carecia de dinheiro, isso sim, substância que ele ia buscar regularmente na bolsa da mãe, viúva e pensionista do Estado, complementando seu orçamento com empréstimos a fundo perdido junto aos amigos mais abonados, se não em espécie, sob a forma de estada temporária e comida. O traste de vez em quando levantava algum também nos trampos picaretas que descolava por aí, como esse de "dramaturgo-auxiliar" da companhia do Marião.

Lá na mesa, momentos antes de ir buscar refúgio no banheiro, olhando o Sedan ao meu lado a desfiar suas intermináveis teorias sobre a prosa do Mirola e virando cerveja e pinga sem parar, eu não conseguia deixar de admirar a inteligência surtada do cara. Um mínimo de disciplina mental e existencial ali, uns átimos de sobriedade, renderiam um belo prosador, um cineasta poderoso, um crítico literário contundente. Bem feito. Que se flambe todo do cabo ao rabo sujo na sua loucurinha autocultuada. Era o que eu pensava e desejava e torcia pra acontecer logo — já, de preferência. Combustível de reserva no sangue pra explodir em chamas não lhe faltava.

Me lembro de ficar passando a mão pela cara a toda hora na tentativa auto-reflexa de arrancar a teia de fel que eu sentia colada ali. Se a inveja é uma merda, o ciúme é duas merdas. Ou quatro, pois é o tipo da merda que cresce em proporção pandêmica dentro da gente. Na verdade, eu não sabia exatamente com que cara eu tava naquela hora malina. Em volta não havia espelhos. Um carinha de outra mesa me olhou com interesse deslavado. Um carinha te olhando com desejo costuma ser um espelho mágico pruma mulher com a auto-estima no chinelo. Mas não pra mim naquela hora. A mim só restava ir às favas, que continuavam num pratinho em cima da mesa, crocantes, salgadas, contadas. Enfiei uma na boca. Meu nervosismo atiçado pelo sal da fava me fez esvaziar vários copos de cerveja em seqüência. Dei uns bicos na pinga do Sedan. Eu precisava de um sossega-leão — o leão do ciúme e seu bafo calcinante.

O Marião, morubixaba, dramaturgo-mor e ator principal de um grupo de teatro off-tudo de São Paulo, o Cemitério de

Automóveis, foi quem trouxe o Sedan de Londrina pra São Paulo. E o bestão virou "dramaturgo auxiliar", com salário, pago pela Secretaria Municipal de Cultura. Dramaturgo-auxiliar, até onde pude perceber, é o cara que vai beber junto com o dramaturgo-chefe e dá sugestões pras peças dele e pras encrencas de sua vida privada. Também conhecido pelos antigos como *amigo*. Era a máfia teatral de Londrina cavando seu espaço em São Paulo. Sedan odiava São Paulo. Achava Londrina uma merda, mas não a odiava, pelo menos não do jeito que odiava São Paulo. Pra ele, isso aqui não passava de um reduto de tropeiros broncos, de cruéis bandeirantes predadores, de imigrantes ávidos por grana, sem amor pela cidade que não os vira nascer.

— Os paulistanos são todos estranhos entre si — pontificava o Sedan. — Não tem jeito dos caras se acostumarem uns com os outros, de tão dessemelhantes que são. Isso aqui é uma vida muito desprovida de utopia. É mais acolhedor e divertido viver dentro de um cubo de gelo num copo de uísque.

O único paulistano que prestava era o Mirola, praticamente. Foi o que ele disse um dia, bêbado, numa mesa daquele mesmo bar. Perguntei:

— E eu, Sedan?! Eu não conto? Também nasci e moro em São Paulo.

O puto mandou bem:

— Tô falando dos homens, dos homens.

Continuaram os três na mesa falando do Mirola, das bochechas sarcásticas do Mirola, do gênio do Mirola, das broncas que o Mirola andava despertando por aí, e eu só de neura e neurônios atentos à iminente aterrissagem da minha rival letal, a *metteuse-en-scène*, a implacável metedora-em-cena, dona da buceta onívora que tinha engolido o meu Sedan. O lance dela naquela noite era filmar uma espécie de happening literário com a "novíssima literatura radical desenraizada, ou merda que o valha", como o Marião explicava em tom mais ou menos sarrista ao bando de literatos *al primo canto* que acabara de chegar e se aglutinava ainda de pé junto a nós, esperando o França cuidar do seu devido assentamento. Eram todos uns amorecos: o Chico e seu olhar em câmera lenta, junto com a graça da Grázi, sua namorada, o Paulinho, com aquela estampa romântica de jovem D'Artagnan das letras, escoltando uma *girl* de beleza voleibolística, alta, classuda, a Cris, mais o Fabrício, sempre abanando sua disponibilidade amorosa pras mocinhas desfrutáveis, e o relax, brilhante e sempre divertido Antônio, ainda a meio pau (talvez até literalmente) depois de se separar da fofíssima Fefa. Acho homem moderadamente deprimido o máximo. Deviam ser todos assim. Mas alguns eram como o Sedan, sempre exorbitando de todas as fôrmas, formas e normas, além da paciência alheia. (Vira e mexe na minha vida eu acabo caindo na lábia de um doido desses. É a sina aqui da mina.)

Tive vontade de tomar a palavra do Marião e explicar pra galerinha recém-chegada que o verdadeiro lance da minha xará não era filmar happening nem evento nem nada, mas apenas e tão-somente lamber e chupar as bucetas e pirocas dos principais expoentes do mundinho das letras, ofertando-se a todos, homens, mulheres e alienígenas, com uma prodigalidade que só não era maior que a sua fugacidade, apenas pra se sentir no âmago da "cena literária". E também porque era chegada numa sacanagem, a nossa senhora da cadelária, e sei de pelo menos três atores (um deles meio gay) do grupo do Marião que a comeram ao mesmo tempo numa cama instalada no palco do teatro, como parte do cenário de uma peça. Só faltaram os aplausos do distinto público, que não estava na platéia naquela madrugada.

Mas ela só dava mole mesmo era pras altas e grandes figuras, repito, pois quero agora e sempre frisar e repisar o quão sebosa era aquela alma, uma caricatura risível do eterno feminino pra consumo de londrinenses bitiniques embasbacados. O Sedan não era exatamente uma grande figura, mas era um expoente de si mesmo, digamos assim, um tipo considerado pelos mais considerados do pedaço, e sem deixar de dedicar a todos — exceção feita ao Mirola e ao Marião — um sólido e palpável desprezo intelectual. Outra coisa que o Sedan era, e que já deve ter ficado mais ou menos clara aqui: gostoso, no seu jeito sujo e mal-humoradamente cômico de ser. Lógico que, cedo ou tarde, ia acabar virando alvo daquela serpente fornicante.

Nos bastidores da patota comentava-se que até o Marião e a Fernanda já tinham chafurdado naquele "lodaçal de prazeres" (expressão by Sedan para designar o sublime sexo frágil), pouco antes da rameira fisgar a gente. Aliás, o Marião é quem deve ter batido pro Sedan: vai que a mina é chegada num coletivo. Mas ela também sabia destroçar corações individuais. Nem o Mirola escapou. Impressionante. Assim que notou o maluco comparecendo com freqüência nas páginas culturais dos jornais, foi lá e crau. Simulou até um namorico, a raposa. O outro achou que tinha encontrado a mulher definitiva da sua estropiada vida. Ele mesmo escreveria depois: "a gente também tem que saber morrer e tem que saber se matar e enterrar a si mesmo e, sobretudo, matar e enterrar a quem mais se amou (mesmo que esse amor tenha sido reconhecidamente um furioso equívoco): amor por demais; portanto vivido, enganado e matado, nunca morto demais". Eu tinha que reconhecer: isso era lindo, muito embora aquela barregã de botequim não merecesse tamanha homenagem.

Consta que o Mirola ficou pra lá de passado quando a víbora sumiu com o técnico de som do Lenine e foi dar umas bandas com ele pela Europa, onde, aliás, trocou o infeliz por um paparazzo francês que tinha fotografado os últimos minutos de vida da princesa Diana naquele túnel em Paris, conforme a minha xará não se cansava de alardear, como se isso a ligasse de alguma maneira à coroa britânica. Abandonado a sós com suas letras esquipáticas, Mirola anunciou que ia se matar "numa quarta-feira". Mas não especificou qual. Podia ser na próxima semana ou só em 2050. Até hoje não chegou a quarta fatídica. Se demorar muito, ele logo entrará naquela faixa etária em que já não faz muita diferença a pessoa estar viva ou morta, como o meu paquera lá do balcão.

O Mirola devia era ter matado a Bia. Era réu primário, tem diploma de advogado e fama de maluco, pegaria pena mínima, da qual cumpriria somente um terço, ficaria em cela especial, escreveria grandes livros na prisão, ficaria ainda mais famoso, viraria um mito. A prisão pode ser um paraíso para um grande punheteiro, como ele proclamava através do seu narrador boquirroto. Se ele me tivesse feito esse obséquio, o de trucidar a dona Bia, eu seria ainda a mulher do Sedan, acho, pois naquela altura não via nenhuma outra ameaça no horizonte. E ele, Mirola, não teria que ver a sua idolatrada amada esfregando a xaninha na cara do primeiro aspirante a famoso que encontrasse pela frente. Acho que foi por isso que o Mirola se picou de São Paulo pra Floripa, onde mora hoje, e não por medo de nenhum mano justiceiro. Se eu tivesse tido mais tempo, talvez até convencesse o Sedan a fazer um filho comigo. Ele só precisava entrar com o pau. O resto eu segurava. Mas não, tinha que vir aquela Bia de bunda atrevida e xota aglutinante e peitos ferozes e lábios grossos como salsichões borrados de ketchup e, sem mais nem menos, desligar a minha felicidade.

Pois a atual madame Sedan ia chegar a qualquer momento. A menos que uma bala perdida achasse a cabeça dela pelo caminho. Por que só inocentes levam as balas perdidas? Por que não uma predadora sexual como a Bia? É um mau sentimento esse, eu sei. Mas foda-se. E pensar que aquela piranha foi minha ex-amante por uma noite. Só um bálsamo frio me temperava um pouco o destrambelhamento emocional: a certeza vingativa de que a Bia não ia demorar a plantar uns belos cornos no Sedan. Poderia emprestar e até doar os meus a ele. Era esperar pra ver.

Mas a bala perdida não achou a Bia. E ela apareceu, afinal. Foi pior do que eu podia imaginar. Já chegou arrasando, de câmera na mão e uma ambição sem medidas na cabeça, enquadrando tudo e todos, a godardiana fajuta, com aquele decote escandalosamente mamário, a calcinha aparecendo por cima da cintura da calça-pijama Saint-Tropez, sandalinha papete nos pezinhos, o número todo. O bar parou. Só dava ela. Ouvi alguém resfolegar atrás de mim: "Que tesão!". Vinha de cabelo molhado, ela também. Oh, vida, por que não te esvais de mim, pensei na hora, por que não te esvais pra puta que te pariu? Eu podia me abrigar debaixo de uma daquelas tampinhas de cerveja do chão, só esperando alguém me chutar dali pra fora, pra calçada, pro bueiro, pro nada absoluto.

Com a Bia chegaram também os bofinhos da escrita gaúcha, o Galera, sempre com seu ar tô-nem-aí um tanto quanto calculado, e o Mojo, guedelhudo, barbudo, tipinho pançóide e simpaticão, com aquele olharzinho miúdo dentro do aquário da miopia a te devorar sem o menor pudor. Vou com a cara de freakbrother do Mojo. O texto dele é o fino. O primeiro livro dele, um que tem ovelhas no título, é o máximo. Até daria pra ele naquela noite mesmo, se não estivesse emaranhada até a raiz dos pentelhos nos cardos da minha paixão desesperada pelo Sedan. Daria pro Galera também. Aliás, quase dei um dia, mas acabou dando foi zebra. Deixa pra lá. Não quero que vocês pensem que eu sou apenas uma versão injuriada da outra Bia, the Big Bitch. Ou, por outra: pensem o que quiserem.

O foco único dos olhares de toda a Mercearia agora era a gata cineasta em perpétuo cio narcísico. Quando ela achou que já tinha feito suficiente estrago na área, baixou a câmera e veio até a nossa mesa, direto pra mim. Não me levantei, imobilizada num iceberg de ressentimento. Ela me beijou e me abraçou tentando transmitir uma espécie de solidariedade pós-feminista com um mudo mas suficientemente claro subtexto: "Ouvi falar que você tá mal, mas não fique não, a vida é assim mesmo, xará. E se quiser dar uns pegas no Sedan de vez em quando, tá liberado, não sou ciumenta".

Era o que me dizia o avesso daquele abraço. Fedia a cinismo puro, aquilo. E a âmbar com rosas. Sim, claro, ela tinha acabado de se ensaboar com o mesmo Phebo do efebo ao meu lado, o desgranhento daquele buceteiro do Sedan, com quem, aliás, a Bia teve a crueldade de trocar um beijo de língua por cima da minha cabeça, como registrei num contraplongé amargurado.

Aquele cheiro, aquele beijo, aqueles cabelos molhados acabaram de me matar. Era como se eu visse os dois saindo da cama lustrosos de sexo e suor direto pro chuveiro, da casa dela, provavelmente, rindo e se esbaldando com a paixão zero-quilômetro, cansados da fodelança mas nem de longe saciados. Ai, ai, suspirou baixinho minh'alma parnasiana. Aquilo doeu. Ponta de prego enferrujado raspando a ferida aberta. Eu e o Sedan, nosso acordo era claro. Só valia ele comer outra mulher comigo junto. E só quando eu topasse uma "homenagem a três", como ele chamava o clássico *ménage à trois*. Já tinham rolado algumas dessas homenagens, quatro, pra ser exata. Na verdade duas vezes com uma menina, duas com outra. Mas não vou entrar em detalhes. Quer dizer, vou, mas não hoje.

Daí, veio a Bia. Com a Bia eu tava junto. Já conhecíamos a figurinha fazia um tempo. Uma noite lá, vimos juntos no Bexiga uma peça do Marião na qual ele fazia um *tough guy* caidaço trampando de segurança pruns pleibas pagodeiros. O personagem dele meio que gosta de uma putinha de perifa viciada em crack, na pele da Fernanda. Show, dez, quem não viu devia correr pra ver. Dá vontade de pegar aquela menina no colo. Fomos depois beber e dar uns pitos no bar do teatro, instalado na cobertura do predinho de três andares, a cavaleiro do baixo Bexiga, só dois paus a lata de Skol, e nada pra comer, a menos que se chamasse uma pizza por telefone, o que rolava direto, aliás. Não faltava era gente à beça pra ver, conversar e eventualmente ficar, se fosse o caso.

Pois lá naquele boteco neoanarquista começou a sacanagem. Já bem mamado e fumado, o Sedan me envolvia junto com a outra Bia nuns abraços e encoxadas tentaculares, com direito a muitos beijos afogados em cuspe e chupões no pescoço e mãos na peitaria, na bundaria, em toda parte, uma delícia. Durante essas almôndegas humanas nem sempre dava pra saber que mão era de quem que pousara onde. Era a mão do desejo, e pronto. Marião, dando uma de gerente de saloon, vinha apartar a pegação com sua típica diplomacia off-Broadway: "Olha aí o Sedan, filho-da-puta! Feliz feito porco na merda". Quem ouvia, caía na gargalhada. E a gente desgrudava um pouco, os três já totalmente acesos por dentro e por fora. Quando sacou que se bebesse mais um gole de cerveja ou pinga ia cair de boca no chão, o Sedan propôs a nossa ida triangular ao quarto dele, improvisado num mocó debaixo do palco do teatro. Era só descer ou rolar pela escada íngreme de ferro que ligava a cobertura ao rés-do-chão.

Comecei num quero-não-quero, tentando na verdade empatar a foda anunciada entre o Sedan e a Bia. Pressentia que o interesse dos dois não se esgotaria numa noite de farra. Mas a grande merda é que eu também estava interessada no jeitão Madame Satã da bruaca, naquele corpão estrogênico dela, do qual o sexo escorria em cataratas. Eu já estava com o Sedan fazia um ano. Ele jurava que nunca tinha ficado tanto tempo com uma mulher. O Marião, que conhece o Sedan desde moleque, confirmava: "Um ano com uma mulher só, pro Sedan, equivale a bodas de diamante". Em outras palavras, eu já tinha virado a velha e boa patroa, diamante falso, de vidro baço, quebrável e descartável.

O.k., era difícil mesmo resistir ao carisma sexual daquela fêmea e sua morenice natural reforçada por fartas doses de sol ocioso nos litorais descolados que ela freqüentava nos dias úteis em que idiotas como eu mourejavam de luz fria a luz fria numa editora a diagramar livros por um salário de pura manutenção biológica. No fundo, e também no raso, os dois queriam era mandar ver, quebrar o barraco legal, e me usaram de isca — a minhoca bacante. O Sedan gostava de dizer, acho que para me tranqüilizar, que era mais fácil pra ele chegar numa mulher e propor uma suruba com a patroa do que um *pas-de-deux* tradicional. Sedan achava a transa a dois íntima demais, muito sujeita a complicações de toda ordem. Qualquer história nova o enchia de uma enorme "preguiça pré-conjugal". Eu gostava de ouvir aquilo. Não somava muitos pontos pra instituição do matrimônio, mas era uma espécie de garantia de não-exclusão das putarias vindouras do meu don Juan das terras roxas do Paraná.

Ele teorizava, dizendo que suruba era o canal do verdadeiro sexo desreprimido: "Puro polimorfismo pueril, ludoputaria desindividualizante, playground para dândis de todos os sexos" e outras bostas congêneres que todos, eu inclusa, adoravam ouvir nos bares e quebradas da vida. O Sedan só não admitia a mera hipótese de outro homem na parada. "Meu pau dá pro gasto geral", afirmava com sua prosápia macho-homófobo-provinciana. (O pior é que dava mesmo. Saudade daquele pau, meu Deus...)

A cama do Sedan era um colchão de viúvo no chão, sem os lençóis, que foram logo chutados pra fora com o nosso forró sexual em cima deles. Eu já estava acostumada a ficar pelada naquele tecido sintético estampado com um mapa-múndi de manchas de todas as cores e tonalidades deixadas por vazamentos variados de inúmeros corpos pretéritos. Notei, porém, que a Bia ficou meio assim. Mas só até o Sedan enfiar seu pau na boca da cadela. Aí pudemos ver, eu e o Sedan, que a nossa nova parceira entendia do riscado, a exemplo de mim mesminha, modestamente. Não era marinheira de primeira bacanal. Tinha a manha, a meretriz. As pernas longas e fortes dela — pernas de Cid Charisse, o Sedan proclamava — deslizavam flexíveis feito sucuris morenas pelo colchão, enlaçando as minhas em golpes certeiros que nos deixavam xota-a-xota, num velcro frenético de vulvas assanhadas. E o Sedan girando em volta, feito um Mandrake de pornochanchada, a roçar sua vara mágica na gente, caras, peitos, bundas, bucetas, ameaçando entrar aqui, cutucando ali, sem arrefecer. Na cara dura, ele tinha mandado um Viagra na nossa frente, antes de começar a função. "Faz parte do meu kit suruba", explicou o vagabundo. No começo, seguia distribuindo sua bênção priápica com relativa equanimidade entre nós duas. Mas não pôde, não soube, não quis impedir que seu vetor intumescido apontasse feito um carimbo de tabelião praquela putinha de cu arrombado.

Cu arrombado, sim, que eu vi e cheirei o Sedan comendo aquele cuzão arreganhado na minha frente, e a pedido da cachorra. É bem verdade que ela logo se arrependeu e pediu: "Ai, Sedan, tira, vai. Tá ardendo!...". O Sedan tirou? Nem tchuns. Continuou carcando fundo até gozar, o que demorou longos e pornográficos minutos, sob a gemeção e os protestos da potranca enrabada. Quando finalmente desentubou aquele cu gosmento de saliva, merda e porra amalgamados, constatamos que a camisinha tinha arrebentado, indo parar na base do pinto dele, feito uma pulserinha de látex.

— Desculpe — disse ele, cândido. — Mas acho que deixei uma lembrancinha no seu *derrière*...

— Tudo bem — ela respondeu, angelical. — Adoro esse tipo de lembrancinha.

— Nossa, que romântico — tentei brincar, já ferida de letal ciúme. Que intimidade era aquela? Tomara que ele tenha pegado aids daquela maloqueira, ou pelo menos alguma infecção grave nas vias urinárias, desejei na hora, numa espécie de ódio camicase. Mesmo assim, foi uma grande foda, devo reconhecer. De vez em quando o Sedan se lembrava da minha existência, mesmo que pra isso eu tivesse que enfiar o dedo no cu do cretino pra ele se ligar. Daí, ele vinha pra cima de mim, e eu lhe dava umas chupetadas poderosas, como aqueles aspiradores de lama do Tietê, querendo sugar suas bolas pelo canudo do pau e toda porra que elas continham, que era pra não sobrar mais nada praquela diaba.

Mas o Sedan é putanheiro velho de guerra e não gozava, se entregava até certo ponto e logo recolhia a geléia de volta pro pote, num refinado exercício de ioga erótica que ele deve ter aperfeiçoado nos puteiros de Londrina. Daí, retesado pelo meu superboquete, ele partia feito cão danado pra cima da Bia, todo fogoso e criativo, enquanto comigo era tudo mais pro convencional, jogo de cena, quase cortesia.

Ele se gabava de desfrutar duas Bias de uma só tacada, chamando-nos de "Bi-Bias", como se fôssemos uma entidade plural votada ao seu bel-desfrute. O que não diria o pessoal de Londrina, né?, se o visse naquela hora, o machão local triunfando de pau duro na grande capital. Merda: ele tava afinzão mesmo era daqueles tetões da Bia, daquele bundão moreno tatuado de biquíni branco, daquela pentelhama tropical cercando a racha vermelha e faminta.

— Bucetão — comentaria depois meu lírico Sedan.

E pensar que eu já tinha lambido e dedilhado aquela coisa toda e arrancado urros de loba no cio daquela égua afogueada, só preparando o terreno pro Sedan cavalgá-la de espora e penacho, aos estertores: "Pu... tamerda!... ai!... ca... ralho! ... *fff!*... *ããiii...*".

Com ela, gozou três vezes — três emissões seminais completas, quero dizer, a última no fiofó da sem-vergonha, bem castigado. Comigo nenhuma vez, em buraco nenhum. Ali se começava a cavar o buraco da minha desgraça.

Dias depois da suruba com a Bia, o Sedan me anunciou que a peça nova do Marião ia prum festival em Londrina, e que ele ia junto e eu não ia, claro, porque tinha que trampar das nove às seis e meia no Macintosh da editora, a escrava Isaurinha em seu eito de vidro fumê. Senti que ia bailar numa buena antes mesmo de saber que a Bia viajaria também pra filmar o espetáculo do Marião e sua trupe. Não deu outra. Duas semanas depois, já de volta a São Paulo, quando afinal se dignou a passar no meu apartamento pra pegar umas coisas dele, numa hora em que supôs erradamente que eu não estaria, encostei o cagão na parede:

— Cê andou comendo aquela vagabunda?

— Quem? — ele disse, forjando um ar distraído. — A Bia? Comi. Quer dizer, andei.

Ainda me vinha com gracinhas. Fui pra cima:

— Olha aqui, seu filho-da-puta...

Não olhou coisa nenhuma. Virou as costas e saiu. Não bateu a porta ao sair. Era louco, caótico, imprevisível, mas não era violento. Sumiu por um número de dias marcados a pontapés no meu coração. Nunca imaginei que fosse ficar daquele jeito por causa de um reles imigrante londrinense filho de carteiro com costureira, durango crônico, o homem-sem-profissão, arrogante e rabugento, ex-interno de seminário salesiano, de onde foi expulso por suas leituras sacrílegas e seu consumo reincidente de maconha, com a agravante de se recusar a comer cu de padre ou liberar o seu. Esse era o Sedan. Deve ser ainda, mas não sei nem quero saber. Um tipo clínico portador de alguma dessas síndromes modernas que o fazem tender à patinação artística pelos anéis de Saturno nos dias úteis, feriados e dias santos, conectando-se eventualmente à Terra por intermédio de sua "probóscide fenomenológica", como ele chamava pernosticamente o próprio pênis. (Se bobear, sou capaz de lembrar de todas as bobagens que ouvi do Sedan nesses quase doze meses de cama e mesa.)

    Pois então. Naquela mesa, só a Fernanda, acho, entendia a minha dor. É piegas isso de "entendia a minha dor", mas vá você sofrer por amor e tentar ser original ao mesmo tempo. Além do que minha avó tinha os discos da Vilma Bentivegna, que cantava o "Hino ao amor" num falsete de trincar corações e copos de requeijão. Ela me fazia ouvir aquilo e chorava, e eu chorava, ah, e como era bregamente bela a tristeza na voz de Vilma Bentivegna. Isso cola na alma e no estilo duma pessoa. Mas de que me servia a Fernandinha ou a Vilma entenderem a minha dor? As dores pedem pra ser extintas, não compreendidas. Que frase. Enfim. Eu queria mais é que a minha dor se fodesse. Mas ela só me fodia, a minha dor. E o Sedan do meu lado, cumprimentando quem chegava com tiradas de ocasião. Foi assim com a Ivana e sua filhota, a Bebel, estalando de sela nos vinte aninhos dela, a musa-mascote da matilha. Daquelas que eu mesma paro e digo: Porra, mas que gracinha essa menina. O Sedan não podia ver a Bebel que já ficava se coçando todo.

— Inda trago essa guria — o merda me confidenciava outro dia no meu carro, completamente de porre, sem ter a mínima idéia de quem era seu (sua!) confidente: eu. Patético.

O Marcelino chegou em seguida, com uma amiga morena (outra morena; isso aqui tá virando uma rumba), toda sedutora e tímida e interessante. Constava que era poeta e publicitária. Arienne, Adrienne, por aí. Não a conhecia. Nem o Sedan, que, ao ser apresentado e trocar beijinhos com ela, deve ter feito um esforço monumental pra não cair de boca naqueles peitinhos duros perfeitamente vislumbráveis através do linho ralo da camisa impecável que ela usava. E eu ali, a ex-patroinha fiel, empoleirada ao lado do garanhão irrequieto, ganhando de vez em quando dele um carinho distraído no joelho, debaixo da mesa, desses que se costuma dedicar aos cachorros. Meu joelho era o cachorro do Sedan. Tava na cara que eu era um estorvo pra ele. E pra Bia, talvez, se bem que ela estava de novo muito absorta, de câmera em punho, apontando o olhar digital pras personalidades que não paravam de chegar: o Bruno e aqueles olhos verdes que ele roubou de um traficante de esmeraldas, a Andréa, de tranças líricas, o Xico com X, pernambucano nascido estranhamente no Ceará, o André, sem sapato branco, a Índigo, enigmando suas sacanagenzinhas, o Ronaldo, manguefônico debaixo do seu eterno boné de Hunter Thompson, o Alê, pendurado no trigésimo cigarro do dia...

No novo rearranjo do layout humano da mesa, com a incorporação dos recém-chegados, o Mojo puxou uma cadeira e um papinho comigo. Talvez soubesse da minha separação, pelo Marião, provavelmente. E veio tentar a sorte com a rejeitadinha da mesa. Eu mal conseguia segurar o número da ouvinte benevolente, balançando ou sacudindo a cabeça a tudo que ele dizia e emitindo hã-hãs periódicos. Não sei se ele via que eu estava tropeçando em meus próprios cornos, me ferindo toda de morte, a vaca escorpiônica. Minha vontade era abrir à faca uma fenda suficientemente larga em meu peito pro Mojo ver só o estado lastimável em que tinha ficado a droga do coração. Em vez disso, pedi licencinha e me levantei pra ir mijar.

Recapitulando isso tudo e mais um monte de outras coisas no troninho feminino da Mercearia, fiz outro cocô. Me aliviou um pouco. Umas cem gramas de alívio. Me limpei, puxei a calcinha, ajeitando antes o sempre-livre, e dei a descarga, sentindo inveja da merda que ia embora dali para o rio Tietê, e depois pro rio Paraná, e depois pro estuário do Prata, e depois pro mar aberto, onde mais tarde evaporaria até virar nuvenzinhas brancas no firmamento de um cartão-postal. Eu tinha que voltar pro set de filmagens em que a Bia tinha transformado o terraço da Mercearia. Eu precisava marcar presença. Nem que fosse pra perturbar um pouco o romancinho daqueles dois. Só tinha medo de que o choro represado desaguasse lá na frente de toda aquela gente esperta. Que se fodam, decretei, abrangendo o Sedan, a minha malsinada xará cineasta, as escritoras, os escritores, os atores e atrizes, os bonitões, as bonitinhas, os livros, as fitas de vídeo e todas as latas de óleo Maria da Mercearia. Abri a porta, arrasada mas disposta a encarar qualquer bin Laden que me surgisse pela frente. O Senhor é meu pastor e não me faltará grama pra pastar quando eu cair de quatro, pensei.

Duas garotas me esperavam do lado de fora. A que ia entrar, mais velha e estilosa, me encarou duro, num protesto explícito pela minha demora. Expliquei, encolhendo os ombros, humilde:

— Caganeira brava. Desculpe...

A tipa ergueu o nariz e arremeteu para dentro do banheiro, levando com ela aquela informação, talvez excessiva para a sua fina sensibilidade. Eu e a outra guria, uma japonesinha tímida, ouvimos quando ela começou a tossir lá dentro.

— Eu avisei... — disse eu à garota. Ela me devolveu um sorriso envergonhado. Gracinha.

Passando de novo pelo balcão, logo topei com o meu velhinho animado lendo em voz alta de um livro trêmulo que trazia na mão, *On the road*, numa velha edição *pocket* da Penguin. Jack Kerouac. Era o texto original, em inglês. Ele lia, em tradução titubeante, tendo como ouvintes apenas os grandes potes de vidro sobre o balcão com amendoins, castanhas e as minhas diletas favas. Joca não estava mais lá, e o Marquinhos conversava com o alemão noutro ponto do balcão, indiferentes às errâncias do Sal Paradise e sua trupe de malucos pela América do final dos anos quarenta. O tiozinho, coitado, não se tocava de que falava sozinho.

Me deu uma ternura aguda pelo matusa, ali, dando voz à caudalosa prosa beatnik pra ouvido nenhum ouvir. Ele era o espelho perfeito da minha condição naquela hora: um coração abandonado num bar, como se fosse um guarda-chuva esquecido, um guarda-chuva de camelô, sem valor. Mais que ternura até, foi me dando uma coisa por aquele cara. Uma coisa que, de repente, podia ser até um vago tesão. Belo dum coroa, ele era, eu achava agora. Tinha sido um jovem bonito. Devia ter tripudiado no destino de muita mulher por aí. Talvez tenha sido sapateado por algumas também. Vai saber. Prestei atenção no texto que ele dizia com sua embriagada flama:

— "Eu disse à Terry que estava indo embora. Ela só tinha pensado nisso a noite toda e já tinha se conformado com a idéia. Me deu um beijo sem emoção, nós dois ali, no meio do vinhedo. E foi andando pela trilha entre as parreiras. Segui na direção oposta. Doze passos depois, nos viramos, pois o amor é um duelo, e nos olhamos pela última vez."

Aí ele abaixou o livro para medir o efeito de sua leitura nos supostos ouvintes. E deu comigo, seu único público, com um cigarro entre os dedos, procurando o isqueirinho dentro da bolsa. Minha mão tremia, o cigarro tremia, a bolsa tremia e eu não achava o isqueiro.

— Tem fogo? — perguntei pro cara. Não conseguia focá-lo direito. Sua imagem me aparecia diluída agora, uma aquarela debaixo da chuva. Não era mais o bode faunesco de vinte minutos antes, em todo caso. Era como um pai agora. Um pai bebum e afetuoso. Pai de quem, não sei, mas um pai.

— Acho que você precisa é de lenço — ele me respondeu por fim, apanhando uma pequena resma de guardanapos que descansavam sobre um pratinho de porcelana, do lado de dentro do balcão.

Só aí percebi que as lágrimas tinham chegado, afinal, por conta própria, na hora que bem entenderam. Enxuguei os olhos e a cara, constatando no papel enegrecido que o meu rímel já era. Assoei o nariz numa trombetada vigorosa.

— Toma uma cervejinha comigo — o Pai propôs, já alcançando um copo limpo no escorredor ao lado da pia, sempre muito íntimo do pedaço. Encheu o copo com a pretinha espumenta que ele estava emborcando.

Virei tudo de uma longa e larga talagada, até o limite do copo e do fôlego. Olhei pra ele.

— Bonito — eu disse.

— Quem? Eu?! — ele se animou.

— Isso que você acabou de ler aí — respondi, rindo, entre grossas lágrimas que ainda insistiam em rolar. Ele me estendeu o livro:

— É do paizão dos beatniks: Jack Kerouac. A mãe era o Allen Ginsberg.

Coincidência incrível ele falar em "paizão". Estava lendo os meus pensamentos, o bruxo. Em seguida, me ofereceu a chama do seu isqueiro. Acendi o cigarro, tirando a mais longa baforada da minha vida.

— Ainda bem que não consegui parar de fumar — comentei, depois de assoprar a fumaça e tossir um pouquinho.

— Pode crer — ele disse, puxando um Marlboro do próprio maço. — Sem cigarro eu simplesmente não tenho mais motivos para respirar.

— Você também é escritor?

— Apenas um leitor, graças a Deus — me respondeu, com um sorriso paternal e encantador. Ou encantador porque paternal. Ou apenas bêbado, sei lá, não importa.

— Você é casado? — chutei a gol.

— Três vezes no passado, zero no presente. Estou livre como um táxi.

— Essa frase é do Millôr, não é?

— Pode crer! Você sabe das coisas, hein, guria?

— Sei. Mas de que me adianta? — falei, com cara de Madalena enxovalhada.

Ele riu. Lá de fora vinha a voz nordestina e declamatória do Marcelino: "Mãe que é mãe não deixa a filha doente amarrada ao tronco...". E pai que é pai não deixa a filha sem cerveja, sem fogo pro cigarro e sem um dedo de atenção, pensei eu, ao lado do velho garotão que por certo tentava achar algo inteligente pra me dizer em meio à sua neblina alcoólica, enquanto o Marcelino seguia eloqüente com sua récita lá fora. Com toda a certeza estava sendo filmado pela Bia. Era o evento. Todos lendo trechos de seus livros. De onde eu estava não conseguia ver ninguém. Ainda bem. Vi de relance a Márcia Denser segurando um copo. Ela me viu também, mas fez que não me reconheceu. Bom, também eu mal conhecia a Márcia Denser. Eu era só aquela menina do Sedan pra ela, pra todo mundo. Ex-menina, agora. No som do bar, o Morrisey falava da lua sangrando na janela ou qualquer droga assim. Pedi pro Marquinhos aumentar o volume. A voz gay-melô do Morrisey dominou o ambiente, encobrindo o Marcelino lá fora. Meu mais recente velho amigo, ao meu lado, abriu a boca pra me dizer alguma coisa, mas eu disse primeiro:

— E você, meu, faz o que da vida além de paquerar meninas choronas nos botecos da Vila?

Ele adorou aquilo e riu de novo, feliz da velha vidinha dele. Puxou uma banqueta pra mim, convidou:

— Senta que eu conto. — Daí, deu uma minipausa, e continuou: — Como diz aqui o meu amigo Marquinhos.

Enquanto eu me acomodava na banqueta, considerando que talvez só mesmo um incesto simbólico pudesse me salvar naquela noite, ouvi o Marquinhos, atrás do balcão, devolver pro outro, num sorriso maroto:

— Cê me deve essa, hein!

História à francesa

Folhetim de temática adulta e forte em três capítulos

1.

Conta-se que um conde viúvo começou um relacionamento íntimo com uma princesinha muitos anos mais jovem que ele, de estampa e estirpe finíssimas, com quem teve a grata fortuna de se pôr a fofolar maravilhosamente bem desde os primeiros e sublimes instantes do relacionamento.

De seu lado, a jovem princesinha, como um furtivo observador poderia notar, também não era de todo alheia às pelancudas e adiposas graças de seu cavalheiro-amante, cujos embornais, por acaso, transbordavam d'ouro e crédito magnético.

Ato contínuo, casaram-se.

Apesar de bastante apaixonado, e tudo mais, o conde, que se conservara na mais estrita viuvez durante tantos anos, não estava de todo satisfeito com sua fresca esposinha. O caso é que não tinha rolado ainda na sua ampla cama de dossel o que o animado aristocrata apodava de "a mais eletrizante das 'Variações Amenas'", justamente das que mais prazer lhe proporcionavam: a dama lambrejar-lhe o rebulho *cum brio*, mantendo a lâmbia ativa e atenta a todas as redobras e interstícios interessantes do supradito recanto anatômico. Uma pequena tara de estimação, nada mais.

No vai da valsa, o conde bem que insinuava sua branca, magra e peluda bigonfla e respectivo rebulho na direção da deliciosa princesinha. Isso quando não lhos tentava impor mediante manobras radicais da luta romana clássica e do jiu-jítsu contemporâneo, momentos em que rompia as fronteiras do ortopedicamente possível para um homem da sua idade, ao ponto de sofrer agudos reclamos de mais de uma vértebra ou costela magoada.

Certa feita, já bastante alcoolizado, o idoso fauno chegou a chafurdar no patético, quando obrigou a princesinha a meter-se no chuveiro com ele, nus os dois. Ali, de costas pra moça, simulando procurar um suposto sabonete caído no chão, proclamou, com a voz mole e incerta dos ébrios: "Aproveita que conde bêbado não tem dono. Rá rá rá... ah... ah...".

E nem assim. A distraída princesinha parecia refratária às veementes insinuações do marido, bem como a seus sofríveis trocadilhos. Nunca lhe acudia a idéia de ir de lâmbia e alma àquele rebulho oferecido — ou *fecóbio*, como mais pudica e educadamente ela mesma diria.

E não é que a moça fosse travada, carola ou inexperiente. Longe disso.

A princesinha adorava fofolar, de muitas e variadas maneiras, e era, a seu jeito, uma libertina com pedigree modernista agravado por um instigante viés clubber. Ela mesma se definia dessa maneira, enquanto, nua e de chapéu Derby, batia a piteira sobre a tapeçaria de Samarcanda que amaciava seus passos e os do conde na ampla alcova do casal.

Só lambrejar o rebulho do conde é que não lambrejava.

Para o conde, aquela tola fantasia era como o nada que se torna tudo diante de uma recusa ou aparente impossibilidade. Ainda mais no curioso e tantas vezes tormentoso campo do amor físico.

E por que é que esse raio desse conde de merda não pedia duma vez à sua desenvolta parceirinha de folguedos fofolais que afinal lhe fizesse as vontades ao seu bendito rebulho peludo?

Porque faltava-lhe a fleugma pós-moderna necessária pra chegar na princesinha e mandar na boa:

— Vem cá, brotinho, me dá uma lambrejada rápida no rebulho, vai. Tá limpinho...

Não era o tipo de fórmula que mais se adequava a um varão da alta nobreza ou a uma princesinha de conto de fadas como a que ele tinha esposado. Poderia usar, é claro, palavras sanitizadas e até mesmo poéticas, de respeitável origem greco-latina, tais como: "Você não me faria o enorme obséquio de executar um trabalho de lâmbia neste meu velho e arejado fecóbio sentimental, *honey-baby*?".

Todavia, oitocentos anos de sabedoria avoenga davam-lhe a medida do ridículo e o aconselhavam a deixar pra lá.

— Com mil barões assinalados! — praguejava o senhor conde. — Mas o que dizer, então? Como obter de minha doce amada o que tanto almejo e em meu desejo ensejo, sem que comprometa minha fidalga dignidade nem ofenda os pruridos d'alma e berço da minha requintada princesinha?

2.

O conde passava os dias às voltas com as vertigens dos terríveis dilemas que lhe assediavam a mente e o coração — pedir? não pedir? o que dizer? Aos poucos foi se pondo alheio aos negócios do condado e mesmo de toda a sociedade servil, incluído seu restrito círculo de conselheiros e amigos.

Vagando a desoras pelos corredores do castelo, não se lembrava mais da caça à raposa cinzenta e ao faisão dourado, o esporte predileto de sua família havia séculos, tendo igualmente abandonado as rodas de pif-paf royal e o karaokê de canto lírico que tanto o distraíam na ala social do castelo.

Era grave a coisa, comentava-se pelos quatro cantos do condado.

Indiferente ao que sussurravam as paredes de pedra, o infeliz aristocrata trancava-se horas a fio em sua monástica biblioteca de jacarandá-da-baía, buscando naqueles vetustos alfarrábios uma réstia de luz que fosse. Leu de tudo: Ovídio, Pico della Mirandola, Paulo Coelho e até a autobiografia de Grace Kelly psicografada por um talentoso médium de Campinas. Páginas e páginas poeirentas farfalhando em vão sobre o imorredouro tema do amor físico, e nada, absolutamente nada que pudesse lhe avivar a chama do entendimento.

— Ó Deus Todo-Poderoso — clamava o conde, olhos voltados para o longínquo teto em abóbada da biblioteca —, quando hei de ter meu desgraçado rebulho por fim lambrejado pela senhora minha princesinha?

Mas a abóbada do teto permanecia calada.

3.

Até que um dia a princesinha desandou a bufar pelos cantos do castelo que estava pelas tampas com o relacionamento estritamente binário que vinha levando a cabo e a rabo com o deprimido conde. Advogando que até o Deus católico era uma trindade, passou a ventilar seu desejo de deitar-se sob o baldaquim conjugal na companhia de um *tertius*, que até podia ser do mesmo sexo que o dela, qual fosse, o feminino. Uma tércia, pois. E tinha que ser jovem e bela, isso era fundamental.

Como negar o que quer que fosse àquela a quem dedicava tamanha estima ergonômica, apesar de não ser retribuído da forma lâmbrejo-fecobiana com que insanamente sonhava?

Deixando a enfarada esposinha a sós por um momento na sala de jogos, onde, deitada no pano verde da grande mesa de snooker, distraía-se com um taco luzidio, abalou-se o conde até o orelhão do castelo, ao lado das cocheiras. De lá, discou para um conhecido disk-moxas, encomendando o mais belo espécime em estoque.

Ao desligar o telefone, trazia no olhar um estranho brilho de vitória antecipada. Dir-se-ia que alguma idéia centrípeta girava em alta rotação no interior de sua caixa craniana. (Sim, dir-se-ia praticamente qualquer coisa.)

Meia hora depois, a refolhuda moxa encomendada pelo conde chega à recepção do castelo, de onde é conduzida direto à alcova do senhor conde. Porém, ao transitar por um trecho sombrio de um longo e desolado corredor, seguindo o monge carmelita descalço que a guiava, viu-se a pobre abduzida por mãos silenciosas que a arrastaram para dentro de um aposento escuro.

Mergulhada no medo e no desespero, mal se equilibrando nas altas plataformas que calçava, a trêmula moxa viu acender-se uma vela. Um vulto embuçado erguia o lume, apreciando suas formas com murmúrios de aprovação.

O que o vulto embuçado fez em seguida, para seu grande alívio, foi apenas entregar-lhe um saco de pesadas moedas sonantes com a recomendação categórica:

— Agarre-se ao senhor conde assim que o senhor conde agarrar-se a você. Grude nele com todos os poros e pêlos do seu admirável corpo. E, sobretudo!, não olhe nem se relacione com a consorte do conde, sob nenhuma hipótese.

Depois de ser devolvida ao corredor e retomar seu caminho atrás do silencioso e paciente monge, que a esperara com as mãos sumidas dentro das largas mangas do hábito, a moxa, já despida, viu-se afinal na gigantesca cama de dossel do conde, em companhia do grão-senhor em pessoa e de sua jovem e adorável consorte, a princesinha, ambos igualmente desnudos.

Conforme a advertira o vulto embuçado, o conde de pronto se lançou por cima dela, prostrando-a de costas sobre os lençóis de seda e atracando-se a ela num inescapável conúbio missionário, sem preâmbulos, mas com várias proparoxítonas.

Não contente em alojar o estrongalho na pandoreba ainda despreparada da moxa, o conde, ao mesmo tempo, introduziu-lhe um salivado índex no olho do rebulho, sem deixar de bolinar-lhe as balonetas bicudas e dar-lhe trabalho à lâmbia, que o escolado conde atiçava com sua própria lâmbia assanhada e babilenta.

A boa moxa sentiu-se como que dominada por uma velha sanguessuga sôfrega, faminta e obstinada em ocupar-lhe todo o território corporal num único e asfixiante bote.

Mas, apesar da brusquidão do conde e do incômodo geral que a cena lhe causava (aquele índex a tamponar-lhe o rebulho, por exemplo, era de matar), a morena de aluguel obedeceu à risca as recomendações do vulto embuçado, cingindo o velho sátiro num enlace aracnídeo de braços e pernas trancados, como se quisesse que o matusalêmico fidalgo permanecesse em cima e dentro dela até o último suspiro.

Mas e a princesinha consorte? — lembrou-se a moxa, a certa altura. Tinha se esquecido dela por completo, como, de resto, lhe fora expressamente recomendado pelo vulto seqüestrador, por absconsos motivos palacianos que ela não alcançava.

Nisso, ouviu uma voz feminina injuriada por trás do conde, que continuava todo emaranhado nela, com suas velhas, chupadas e peludas bigonflas, mais o indefectível rebulho e as baloiçantes búbulas acondicionadas em seu pacote de brancas penugens, voltados estrategicamente para a princesinha:

— E eu, senhor meu marido? Desse jeito não deixas um centímetro da mulher-moxa para meu proveito! Vou ficar fazendo o que nesta cama, podes me dizer? O baldaquim já tem quatro colunas, não é necessária uma quinta.

Ao que o astuto conde, emergindo da longa luta de lâmbias que travava com a moxa, e voltando a nobre cabeçorra pra trás, retrucou, no tom mais casual deste mundo:

— Ora... que tal osculejar o meu rebulho?... digo... lambrejar o meu fecóbio... quer dizer...

— Mas o que estás aí a dizer, homem? O que é que tem o teu fecóbio? O que se passa com o teu rebulho?

Fez-se um silêncio paralisante.

— Nada, não — suspirou e disse o conde, afinal, desengatando-se pesadamente daquele ser não mais que figurativo debaixo dele. — Vem, minha princesinha, podes vir. A moxa é toda tua. Deleita-te.

Ainda arfando do intenso esforço fofolativo e vendo baldada mais aquela tentativa de ter seu rebulho lambrejado pela princesinha, o conde franziu as sobrancelhas e tomou a difícil resolução que vinha tentando adiar até aquele instante:

— Vou comprar um repuxê de fina porcelana e ricos metais. Antes uma esguichada sincera no rebulho do que uma lambrejada para todo o sempre adiada.

É o que começava a achar seriamente o senhor conde.

Vidadois

— E sabe você por acaso qual foi a evolução da oferta de vagas no setor hoteleiro nos últimos dez anos? Não tem idéia, né? Pois foi de duzentos e cinqüenta e sete por cento, no Brasil todo. Vou repetir: duzentos e cinqüenta e sete por cento, cara!

O cara era a loira Inês, que mirava o forte Gualberto, que acabara de lhe dar tal notícia no bar onde se viam cercados pela noite ululante da Vila Madalena. Lugar novo, tipo chique, o Exu Briaco, na rua Wisard, especializado em grapa. Abriu onde funcionava antes uma quitanda que, além das verduras e hortaliças, vendia também boletos do jogo do bicho, com um puxadinho nos fundos onde vivia um casal de velhos surdos e seus gatos subnutridos. Os gatos se perderam pelos telhados da Vila. Quanto aos velhos, pode ser cruel dizer isso, mas não vêm ao caso.

Gualberto — "Beto, me chama de Beto, pelamordideus" — contou pra Inês que o pai do pai dele foi proprietário de um hotel "modesto *pero* honesto" na rua Bresser, no Brás, nos anos quarenta, logo que chegou da Espanha com umas economias.

Depois vendeu o hotel e passou para o varejão de autopeças, onde chegou a acumular uns trocados mais consistentes. Mas o fato é que o sangue hoteleiro do avô circulava agora nas veias do neto. Gualberto estava no terceiro e último ano de administração de hotéis na FIM.

— Manja a FIM?

Ela não manjava. Ele explicou: FIM — Faculdades Integradas do Morumbi. Emprego certo, quando se formasse. Empregão, na verdade, o moço garantia. Inês achou engraçado aquele tipo ter o topete de ir até sua mesa para se vender como um potencial bom partido, como se ela estivesse agitando alguma bandeira matrimonial. Então tá, pensou. Lá estava um marido com emprego garantido no exuberante setor hoteleiro. Achou aquilo engraçado e não inteiramente desinteressante. Deu corda:

— Você trabalha?

Uma pergunta simples, que fez o Gualberto se remexer na cadeira. Ele abriu um sorriso que se esforçava por parecer condescendente e explicou que a FIM, "não sei se você sabe", tinha um moderno sistema de aulas espalhadas pelos três períodos do dia, o que praticamente impedia o aluno de trabalhar, ou dificultava muito que o fizesse. A idéia era induzir o "docente" a se dedicar em tempo integral ao curso. O pai, que herdara e expandira o negócio de autopeças e acessórios, bancava seus estudos. E a sua vida, em geral.

— Na boa. Meu pai aposta na minha formação — se gabou Gualberto pra Inês.

— Que bom — ela disse.

— E não sou eu que vou decepcionar o velho — continuou o rapaz. — Tem muito pleiba bunda-mole por aí que só quer saber de coçar o saco e posar de maluco beleza. Não sou um deles, tá ligada?

— Falô, Gualberto.

— Me chama de Beto.

— Acho Gualberto mais bonito. Guaaal-berto. Um nome aberto.

— Você é uma das duas únicas mulheres que acham isso no mundo. A outra é a minha mãe.

Ele riu, ela riu. Era noite de sexta, qualquer coisa era assunto. Inês podia ter encerrado o papo por ali mesmo, mas foi deixando rolar. O cara tinha chegado nela com educação: "Posso tomar uma cervejinha com vocês?". Meio mala, a Inês achou no começo. Formal e educado demais. Fosse menos careta, seria até mais bonito. Um nariz um pouco maior também ajudaria. Aquele dele, minúsculo, colado na cara glabra, lhe dava uma aparência *baby* um tanto enjoativa. Papo vai, papo vem, contudo, Inês acabou se destacando do grupo de amigas baladeiras, todas de olho em algum gato, real ou hipotético, e foi se deixando enrolar pelo ramerrame do Gualberto. Tomavam grapa com cerveja, moda no pedaço.

A horas tantas, por razão nenhuma, resolveu virar pro Gualberto e confessar à queima-bafo:

— Descobri que a minha coisa é o palco, sabe? Tô em formação também, que nem você. Só que eu mesma pago a minha formação de atriz. Não tenho pai rico.

Inês contou que fazia parte de um grupo de teatro de Santana, o Ribalta ZN. Tinha ingressado nele depois de fazer o curso introdutório do próprio Ribalta. Eles convidavam e pagavam atores, diretores, cenógrafos e iluminadores pra dar aulas e também orientar as montagens amadoras que faziam. A grana vinha basicamente da Prefeitura e do bolso de cada um.

— Já ouviu falar no Ribalta ZN? — Inês perguntou, num tom de quem contava com boa probabilidade estatística de ouvir um sim.

Mas o Gualberto não tinha ouvido falar no Ribalta ZN. Ele

morava no Bonfiglioli, Zona Oeste, do outro lado da cidade. E não ia muito ao teatro.

— Na prática, não vou nunca — confessou.

Mesmo assim, o Ribalta ZN ia montar Ariano Suassuna no fim do ano e ele estava desde já convidado. O *Auto da Compadecida*. Gualberto perguntou se era alguma história automobilística. Seria uma incrível coincidência, já que era o ramo profissional da sua família.

Devia ser outra piada, a Inês imaginou. De todo modo, esclareceu:

— Não é auto de automóvel, bobo. É um tipo de teatro medieval que o Ariano Suassuna atualizou. Um clássico brasileiro. Já teve milhares de montagens, virou filme, minissérie da Globo.

— Quem sabe se um diretor da Globo não te descobre na ribalta do Ribalta — disse o Gualberto, mais pelo gosto de fazer uma frase sonora, e também para desviar o assunto de sua ignorância teatral.

— Quem sabe — ela respondeu, um pouco mais interessada agora no Gualberto, ou Beto, ou lá quem fosse aquele sujeito. E emendou: — Enquanto não me descobrem, continuo encoberta e balconista.

— Balconista?

— É, ué. Alguém tem que ser balconista nesta vida. Calhou de ser eu.

— Não, tudo bem. Meu pai também foi balconista lá na autopeça do meu avô. E hoje é o dono. O meu pai, aliás, dizia que...

— Não quero ser dona da loja onde eu trabalho. Nem meu pai é filho do dono — cortou Inês.

— Claro, claro. O que eu ia dizer, aliás, o que o meu pai dizia é que uma loja é como um palco. O vendedor tem que ter um número ensaiado pra ganhar o cliente. Como qualquer ator.

Ou atriz. Os aplausos por uma boa venda vêm na forma de comissão. É isso.

Ela gostou da argumentação, apesar de um pouco enfadonha. De qualquer maneira, achou o Gualberto um cara mais sensível do que parecia à primeira vista. E pegou o mote:

— A vida é um palco.

— Filósofa, a senhora, hein? — lascou o Gualberto, pensando: Balconista, loira, atriz amadora. Que peça, meu.

Inês foi forçada a reconhecer: Não é que esse pleiba bunda-mole tá me ganhando? Quem diria.

— E onde fica essa loja? — ele quis saber.

Ela contou que a Irmãos Carrascosa Tecidos ficava na Voluntários da Pátria, em Santana, a três pontos de ônibus da casa dela. E no embalo das cervas e do par de grapas que já bebera, à vontade agora com seu novo amigo, Inês desatou a relatar que sua mãe era basicamente do lar mas confeccionava, fritava e assava quibes e esfihas pra lanchonete de um libanês do bairro que tinha enviuvado da esposa cozinheira. Seu Tufik dependia agora da nova colaboradora para suprir a lanchonete. A mãe preparava também *homus* e babaganuche. Comprava grão-de-bico, tahine importado, berinjela. Temperava o babaganuche com cinzas de cedro, segundo receita imbatível da finada libanesa do seu Tufik. Um sucesso.

— Você precisava comer o quibe da minha mãe, Gualberto.

— Com certeza. Só não como o quibe do teu pai — ele replicou, com uma risada intencionalmente apalhaçada.

Ela achou que aquele tipo de humor não caía muito bem no Gualberto, não combinava. Mesmo assim fabricou uma risadinha. Gualberto se animou:

— Adoro babaganuche. Só evito as baranganuches.

Vamos lá, vamos rir novamente, Inês decidiu. Ele pediu

que ela falasse mais de sua vida. Ela contou do pai taxista, com certo orgulho na voz:

— Nome dele é Osmundo. Paraibano.

— Nossa — exalou Gualberto. — Quer dizer, puxa.

O negócio dos quitutes árabes crescia em Santana, como Inês contou, longe das bombas do Oriente Médio. Dinheirinho extra em casa, às vezes o mesmo tanto que o pai tirava com o táxi. O caso é que o aumento dos pedidos levara a mãe a convocá-la pra cozinha duas, três noites por semana, quando Inês voltava da loja. E também nos fins de semana. Ela era a única mulher da prole, e o rebento mais velho. Não tinha escapatória.

— Modéstia à parte, eu sei enrolar um belo quibe — ela se gabou. — Pego a massa, faço assim, ó... assim... e assim... pra cima... pra baixo... aperto nas pontas, e pronto: um quibe.

Vendo aqueles dedos condecorados de anéis de artesanato a gesticular o nascimento do quibe, Gualberto sentiu algo como um latejamento no baixo-ventre. E talvez nem fosse outra a intenção daquela fulaninha, ele pensou. Balconista em Santana. Safadinha. Mas tinha uma estampa de universitária descolada de classe média. Podia passar sem problemas por uma *girl* dos Jardins. Tinha sua classe, ele achava. Então, enfiou discretamente a mão no bolso para ajeitar sua coisa na cueca, cabeça pra cima, de modo a encontrar espaço caso desatasse a crescer.

— Problema é o cheiro de alho, cebola e carne crua que fica nas mãos da gente — segredou Inês. — Nem lavando com sabão de coco. Demora dias pra sair.

O latejamento cessou dentro da cueca do Gualberto. Ele não achou muito erótico saber que as mãos de sua possível bem-amada poderiam estar cheirando a cebola, alho e carne crua. Entretanto, ouviu-a dizer que prezava demais sua independência. Teve que batalhar duramente por isso em casa. A mãe, em especial, era contra ela trabalhar fora.

— Nome dela é Nise — contou Inês. — Tem todas as letras de Inês. É de propósito.

— Sei. Você é um espelho da sua mãe.

— Deus me livre. Não pretendo passar minha juventude modelando quibe.

— Tá certo. Com tanta coisa melhor pra modelar por aí — Gualberto arriscou, na caradura.

Ficando saidinho, o tal Gualberto. Ou apenas tentava parecer esperto com aquelas tiradinhas debilóides. Mas o moço tinha um certo estilo, Inês condescendia. O Gualberto. Vejam só. Típico garotão imaturo, pensionista cativo da família, fervendo na *night* da Vila com a mesada do pai. Justamente o pleiba bunda-mole que ele afirmara que não era. Manjava a figura. Reparou melhor na camisa dele: listras azuis discretas contra fundo rosa, cambraia fina. Mangas enroladas na altura do cotovelo. Relógio esportivo. Sapato de jogador de boliche. Todo tipo, todo bacana. Devia malhar regularmente também.

— Tô te enchendo com as minhas histórias, Gualberto?

— Não, magina, enchendo o quê? — E emendou: — Seu cabelo...

— Que que tem meu cabelo?

— Bonito demais. É seu?

Outra piadinha. Tudo bem, ela decidiu. Era um esforço que ele fazia em sua homenagem.

— Gracinha — ela disse, fingindo ser a guria imbecil que aquele tipo de cantada pressupunha. E deixou que ele pedisse mais duas grapas.

Inês estava começando a achar de fato engraçado aquele mauricinho exibido. A paquera agora era explícita. Ele já não era mais o garotão direito e chatinho da primeira abordagem. Tinha adquirido uma desenvoltura, advinda talvez das grapas que ia entornando. Ela, igualmente desinibida, enfatizou que seu emprego na Irmãos Carrascosa era a salvação da pátria.

— Até porque a loja fica na rua Voluntários da Pátria, não fica? — devolveu Gualberto.

Essa pegou a Inês. Era a prova de que ele estava prestando atenção nela.

— Pode crer, Gualberto. Nem tinha pensado nisso.

Inês comentou que naqueles tempos bicudos não estava fácil arranjar emprego com carteira assinada, férias, plano médico e tudo mais, mesmo que o salário fosse na base de uma merreca fixa mais a comissão suada. E, sendo comerciária, podia freqüentar a piscina do Sesc Santana, tinha desconto em shows, cursos e outras facilidades. Trabalhava de uniforme, o que, pruma mulher, é um alívio: escarpim meio salto, preto; saia verde, lisa; blusa bege, com uma plaquinha dourada de identificação no peito: Inês.

— Simples, elegante. Cê precisava me ver de uniforme.

— Precisava. E sem uniforme também.

Opa. Agora o Gualberto tinha sacado de vez a garrucha, observou Inês. Ela via que ele precisara juntar boa dose de coragem pra disparar aquele petardo. Não era nenhum velho lobo dos bares. Era só um esforçado lobinho aprendiz. Enfim, era o desodorizado lobisomem que o destino lhe reservara para aquela noite, não havia outro à vista. Sendo assim, ela produziu um riso malicioso para recompensá-lo pela ousadia.

Aí que, alta madrugada, as amigas já querendo encerrar a balada — "Vambora, Nesinha?", puxava uma gorducha fatigada —, o Gualberto deu o bote:

— Vamos tomar uma última grapa, *Nesinha*? Tô de carro. Vou ter o maior prazer de te levar pra casa. Não vou?

— Você é uma bola, Gualberto!

Inês repetiu que morava em Santana, do outro lado da cidade. Longe paca. Ele caprichou na réplica:

— Tudo é perto de madrugada, especialmente com uma loira estonteante ao seu lado no carro.

Aquilo soou bonito aos ouvidos dela. Inês então deixou que ele pegasse sua mão, alisasse a pele nua do seu braço até o ombro. A carícia lhe provocou um calafrio bom. Inês podia ver o ar de triunfo na cara do Gualberto pela conquista de todo aquele território epidérmico. Sentiu vontade de apalpar-lhe a braguilha pra ver se ele estava ligadão também, ou o quê. Em vez disso, apanhou e debicou o novo copinho de grapa que o garçom lhe trazia, cheio até a borda. Era a sua terceira grapa. Ou quarta?

Quando por fim se mandaram do bar, Inês viu que Gualberto tinha um Golf azul-metálico todo equipado na loja de autopeças e acessórios da família, como ele foi apontando. Vidro fumê, rodas de magnésio, pneus de perfil baixo. Estofamento em couro legítimo, como ele se apressou a esclarecer num tom casual quando ela se afofou no banco do passageiro. E muitos alto-falantes, atrás, na frente, nas portas, com *turbo-tweeter, bass-enhancer, noise-suppress, mini-woofers,* enumerava o piloto enquanto rolava um rap do Eminen.

— Modéstia à parte, é um puta *sound* — ele se elogiou, aos berros, para ser ouvido.

— Puta som — gritou de volta Inês, pensando baixo: Por que todo mauricinho se amarra em música de mano? Mas mesmo que pensasse alto não seria ouvida, diante do *sound* diluviano que jorrava ali dentro agora.

Ela não entendia nada do que o Eminen vociferava naquele tom invocado dele, como se chamasse o ouvinte pro pau. O Gualberto entoava aos brados o que parecia um refrão: *Come on everybody — get down tonight*. Ela só percebia isso e uns *shit* ocasionais. Os ataques do baixo em uníssono com o bumbo da batera eletrônica faziam seu pulmão fibrilar dentro do tórax. O mundo desabava em decibéis, mas o carro rodava maneiro pela Rebouças acima, em direção ao centro. O Gualberto era um chofer cuidadoso, talvez por amor aos equipamentos e acessórios todos.

De repente, Inês o viu labializando umas palavras que pareciam destinadas a ela. Mas não conseguia ouvir xongas. Só o Eminen berrando *shit, shit, shit,* sem parar.

Ela fez um sinal, ele baixou o *sound*. Passaram diante de um novíssimo prédio-torre de vidro e metal, quase na esquina da Consolação com a Paulista. Gualberto apontou:

— Morgan House Hotel. O gerente-geral é meu professor lá na FIM.

— Sério? — Inês retrucou, deixando o ar noturno lhe bater em cheio na cara pela janela aberta. Precisava se reanimar depois de toda aquela grapa com cerveja. A presença um tanto formal daquele boyzinho a seu lado de algum jeito estava ajudando a enxugar seu pileque. Ele não era exatamente uma presença inebriante. Falava com monocórdica animação coisas como:

— A taxa de ocupação da rede hoteleira aqui em São Paulo cresceu vinte e cinco por cento, só do ano passado pra cá.

Enquanto ela balançava a cabeça diante daquela espantosa revelação, ele acrescentou:

— É o setor que mais cresce na economia, sabia? Com crise ou sem crise.

— Impressionante. Acho que você já tinha me dito alguma coisa a respeito — ela conseguiu dizer, torcendo para o motorista ter a manha de mudar de assunto.

Seguiu-se um breve duelo de línguas dentro do carro, à porta da entrada da vila onde ela morava. Inês deixou que ele manipulasse um peito dela por baixo do coletinho de cetim preto que usava por cima da pele, sem sutiã. Ela já tinha sido manipulada naquele mesmo local por outros caras dentro de outros carros. Aquele era o pior de todos os manipuladores. Não sabia provocar um bico de seio. A carícia lhe saía maquinal, como se ele estivesse girando uma porca num parafuso. Nada, porém, que ela não pudesse ir ensinando a ele com o passar do tempo, se fosse o caso, pensou.

E os dias se passaram, e as semanas também, em inevitável ordem cronológica, ali em Santana e em outros lugares. Uma das conseqüências da passagem do tempo foi que a Inês começou a namorar o Gualberto, ou melhor, ele começou a namorá-la, antes mesmo que ela se desse conta disso. O cara não sabia acariciar um mamilo, mas era rápido no gatilho em matéria de acasalamento.

A certa altura do namoro, o castanho original da loira Inês começou a despontar com vigor no rés do couro cabeludo. Ela reparou que ele já tinha posto tento nisso. Teria aquele boyzinho ingênuo achado de fato que estava diante de uma loira autêntica, desde o primeiro encontro deles lá no Exu Briaco? Será-o-benedito que ele não sabia reconhecer e valorizar uma loira naturalmente química, quando via uma?

Em todo caso, um belo dia Inês ressurgiu sueca até a raiz dos cabelos diante de um agradecido Gualberto.

— Você está linda! — ele se deslumbrou. — Gosto de loiras que sabem se manter loiras.

Era só o que ele tacitamente lhe pedia: uma loirice íntegra, da raiz à ponta dos cabelos. O resto dela dava e sobrava pro gosto e pro gasto do Gualberto. Tudo em riba ali, ele achava. Corpo de violão — ou de cavaquinho, já que ela não passava muito de um metro e meio de altura. Uma gostosinha compacta, como ele a definia. E loira, da mais brilhante e renovável loirice. Gualberto já falava em casamento.

Inês intuiu um possível destino naquele futuro administrador do setor hoteleiro. Já tinha pensado inúmeras vezes num marido que a resgatasse dos Irmãos Carrascosa e da vida de balconista. Onde iriam morar? Num hotel de velhotes reumáticos em Caxambu, pra começar a vida, provavelmente. Até o Gualberto virar gerente de algum Mediterranée da Costa do Sauípe ia levar um certo tempo, ela calculava.

Será? Não tinha certeza de nada.

Mas vinham a mãe e a prudência lembrá-la de que aos vinte e cinco anos não se despreza um bom casamento com um parceiro jovem e bem de vida. De fato, ela via com certo horror como a velharada se interessava por ela muito mais do que os gatinhos. Coroa casado era o tipo que mais dava em cima dela, sempre a fantasiar um caso com uma comerciária gostosinha que ajudava a mãe a enrolar quibes. Gostosinha, sim, mas baixinha, essa era a verdade. Se fosse mais alta, ela achava, estaria na mira de melhores pretendentes. Mignon daquele jeito, porém, cabiam-lhe os coroas e os gualbertos, por mais que ela se equilibrasse em vertiginosas plataformas.

Até seu Tufik, o libanês do restaurante, tinha vindo com uns papos diferentes pra cima dela quando teve oportunidade: "Vamos conhecer apartamento meu em Guarujá? Vai no mar, armoça peixe, camaron, muito bom". Mas ela o mandou plantar grão-de-bico e largar do pé dela.

Inês já via tudo: se não se casasse, e logo, ficaria cada vez mais vulnerável aos Tufiks da vida e seus quibes assanhados. Não podia dar bobeira. Aquele era o homem — Gualberto-*man*. A hora era agora. Seu Tufik mesmo é quem dizia, cheio de médio-oriental sabedoria: "Ninguém compra esfiha murcha".

Onde é que ficava Caxambu, mesmo?, se indagava Inês, em seus solilóquios pragmáticos.

Sexo com o Gualberto, só papai & mamãe. No máximo um mamãe & papai de vez em quando, pra variar. Mas era claro que ele não se sentia confortável por baixo dela. Gualberto não se sentia à vontade com nada que exorbitasse alguns centímetros da mais estrita convenção. Na sexta ou no sábado (nunca na sexta *e* no sábado) era de lei: iam no Love Moments, numa quebrada da marginal Tietê, perto da ponte das Bandeiras.

— Sem luxo desnecessário — propagandeou o Gualberto, quando foram lá pela primeira vez. — Direitinho, limpinho. E fica perto da sua casa. Quer dizer, você pode terminar de amassar um quibe na sua cozinha e em quinze minutos já está agasalhando o meu croquete aqui no motel.

— É mesmo — concordava Inês, rindo para agradar o namorado. — Pelo menos não parece que acabaram de suar e ejacular em cima dos lençóis. Nem tem merda boiando na privada. E cheira a desinfetante até dentro do quarto. Limpinho mesmo. Você entende pra valer de hotelaria.

Na cama do Love Moments, sempre o mesmo trivial invariável: luz baixa, camisinha, ele em cima dela, missionário sem imaginação, fuque-fuque e sonequinha. Não chupava nem gostava de ser chupado. *Love moments.*

Até aí, tudo bem, ela procurava se consolar. A vida sexual não tem que ser necessariamente um site pornográfico. De mais a mais, ela não estava morta. Se quisesse, dava uns tiros com silenciador na paralela. Uma mulher como ela sempre encontra alguém disposto a cometer adultério, com direito a toda sorte de variações eróticas. O Marquezi, por exemplo, subgerente da Carrascosa. Trinta anos, casado, filhos pequenos, família estruturada, deixava claro com suas atitudes e obséquios que a porteira estava aberta para ela.

Mas a Inês logo viu que não teria muito espaço para sair atirando na paralela. Praticamente não havia vida paralela com Gualberto ao seu lado. Ele se revelava cada vez mais um campeão de grude conjugal. Visgo duro. Arre.

Um belo dia ele decretou que iria levar a Inês todas as manhãs pro trabalho. Vinha lá do Bonfiglioli, pegava a Eusébio Matoso, avenida do Jóquei, ponte da Cidade Jardim, Nove de Julho, avenida Tiradentes, ponte das Bandeiras, Campo de Marte, Alfredo Pujol, no mais torturante pico do trânsito, até apanhá-la às quinze pras oito na vila para conduzi-la ao trabalho na Voluntários, num trajeto de dez minutos, quinze nos dias ruins. Ela o proibiu de fazer aquilo. Mas Gualberto fincou pé:

— Pra mim, é um prazer, Inês. Vida a dois, tá ligada?

Mais do que ligada, ela se sentia inteiramente amarrada. Vidadois? Que história era aquela? E Gualberto não só a levava como também vinha resgatá-la no fim do expediente, às dezenove em ponto. Não falhava.

— Mas e a faculdade? — ela se preocupava. — E as aulas?

— Horário flexível — repetia o infatigável Gualberto. — Eu me ajeito, na boa.

Dona Nise também não aprovava aquela marcação cerrada:

— Quem ele pensa que é? Teu feitor? Teu guarda-costas?

O pai paraibano vivia rodando o taxímetro cidade afora e não participava muito da vida dos filhos.

— Sempre correndo mundo, o coitado do Osmundo — suspirava dona Nise, quase poética.

Gualberto não tinha visto o homem mais que duas vezes. O fulano tinha mesmo cara de taxista paraibano, achou ao conhecê-lo. Baixinho, pele curtida de sertanejo, cabeça chata, seu Osmundo era o protótipo do sertanejo. Só faltava o chapéu de couro. Retado, o homem. Nascido e criado em Cacimba de Areia, seu Osmundo frisou logo no primeiro encontro. Tinha passado fome e sede na caatinga. Metade de seus doze irmãos tinha morrido na infância.

— Pô... — comentou o Gualberto, ouvindo aquilo. Um sogro que podia ter acabado seus dias como um esqueleto de boi branqueando no chão esturricado do agreste. Um filho do Norte, um forte.

— Cacimba de Areia era o inferno, meu jovem — asseverou seu Osmundo, com sua voz de tabaco barato. — Eu escapei do inferno.

— Nem me fale... — foi tudo que o Gualberto arrumou pra dizer.

Inês trabalhava também aos sábados, só na parte da manhã. Como nos outros dias da semana, Gualberto passava às quinze pras oito pra conduzi-la ao trabalho. Dava depois um pulo na FIM pra assistir alguma aula avulsa. A aula avulsa era uma das grandes inovações pedagógicas da FIM, como ele gostava de repetir. Um avanço em relação à tradicional grade de aulas fixas, que tolhia e infantilizava o aluno.

Daí, voltava a Santana à uma e meia, com a Carrascosa já descendo suas portas para o fim de semana, como fazia desde 1964, segundo informava a placa na porta. Abria por fora a porta do Golf para Inês entrar, feito um *valet* de porta de restaurante, e tocava pra casa dela. Almoçavam só os dois na sala. Seu Osmundo nunca estava em casa e dona Nise almoçava cedo, com os meninos.

Depois do almoço, Inês "partia pro Líbano", como ela dizia, para ajudar a mãe na cozinha. Ali produziam todo o cardápio do comedouro árabe do seu Tufik. Gualberto, se não saía pra fazer alguma coisa na rua, permanecia na sala zapeando a tevê, ou lendo jornal, revista, sempre na companhia de pelo menos um dos dois irmãos mais novos da Inês.

O temporão, Adílson, nos seus doze anos, não falava. Não era mudo, mas não falava — pelo menos com ele. Jeitão do guri. O do meio, Lilico, nos seus vinte e dois já, tinha tido um problema de oxigenação ao nascer, de modo que assistia a desenhos infantis na tevê se babando todo, zurrando palavras tortas que ninguém fazia questão de entender, atirando coisas pra todo lado e tentando se masturbar, tudo mais ou menos ao mesmo tempo. Ficava abrindo e fechando o zíper da braguilha, tirando e guardando o pinto. Até que o Adílson berrava em seu ouvido:

— Guarda isso, Lilico! Senão o pai te malha de cinta!

Aí o Lilico guardava o troço, puxava o zíper e se encolhia de medo na poltrona. Choramingava. Fungava. Resmungava coisas na língua desoxigenada dele. Parecia um menininho de quatro anos. Dali a cinco minutos estava mexendo de novo no pinto.

Desagradável, o Gualberto achava. Mas a irmã dele compensava. Inês. Gostosinha. Paixão. Você não encontra uma mulher dessas dando sopa lá nos Jardins, ele se dizia. Ou já têm dono, ou são umas frescas, ou são umas vacas.

Num daqueles sábados, depois do almoço regulamentar, Gualberto resolveu se oferecer pra ajudar dona Nise e a Inês com os quibes e as esfihas. "Pra matar o tempo", disse.

Dona Nise sentiu vontade de mandar o atual genro ir matar seu tempo lá no Bonfiglioli ou nos quintos dos infernos, onde achasse melhor. Mas a Inês intercedeu e dona Nise aceitou o novo ajudante — para dispensá-lo de novo menos de meia hora depois, sem maiores explicações:

— Pode deixar, Gualberto, pode deixar, brigada. Vai ver sua tevê na sala, vai.

Mais tarde dona Nise confessaria à filha que tinha se incomodado muito vendo o rapaz massagear a massa do quibe.

— Meio indecente — disse. — Você não achou?

O que a dona Nise não contou à filha é que chegara a sentir uns calores estranhos ao ver aquilo. Definitivamente, lugar de homem não era na cozinha manipulando massa de quibe.

A Soraya, cabeleireira e confidente quinzenal da Inês, achava a dedicação doentia do Gualberto o máximo:

— Incrível, né? Nunca vi nada igual! Ele é o teu anjo da guarda — sussurrava a moça, de jeito a não ser ouvida por Gualberto na saleta de espera, a folhear fofocas de artistas e famosos nas revistas velhas.

Anjo da guarda. Sei, pensava Inês. Mas começava a dar no saco dela aquela marcação angelical, as caronas compulsórias, a presença constante, o bombardeio de telefonemas, os orgasmos burocráticos no Love Moments e o tão anunciado futuro hoteleiro.

— Você é a hóspede número um do meu coração — ele dizia.

Mas ela se sentia mais prisioneira que hóspede daquele hotel amoroso.

— Me sinto no Carandiru — confessava às amigas. E quando as amigas lembravam que o Carandiru tinha acabado, insistia:

— Pra mim acabou de começar.

Porque o Gualberto fazia questão fechada de ir com ela também a ginecologista, dentista, supermercado, shopping, festas, reuniões, ensaios do Ribalta ZN, chás de cozinha. A qualquer outro lugar ou evento da agenda pessoal dela. Se era algum encontro só de amigas, ele ficava esperando no carro, emburrado, atordoando-se com seu puta *sound*. O rei do grude. E fazia escândalo quando descobria que ela tinha saído sem ele. Inês só não via o Gualberto nas horas de serviço na loja e na cama, à noite, trancada em seu quarto. E no banheiro — se bem que um dia ela se pilhou puxando a cortina do boxe do chuveiro para conferir se não havia nenhum Gualberto escondido ali. Vai saber.

Um dia, internaram o avô da Inês, pai de sua mãe. Pneumonia dupla galopante. Ficou pra morrer — e morreu. Gualberto, que ligava toda hora pro hospital, soube antes dela e foi buscá-la na loja.
— Já tá sabendo? — ele disse.
— Vovô? — ela adivinhou, sem maior surpresa.
— Meus pêsames, amor.
Pêsames, pêsames. O que ela iria fazer com os pêsames dele? Tudo nele a irritava. Inclusive os pêsames e a barriguinha que ele começara a cultivar depois de abandonar a academia, alegando "falta de tempo". Pudera. Ele vivia o tempo dele e o dela também. Inês queria seu tempo de volta, só dela, só pra ela. Foi pensando nisso no caminho até o hospital.

Gualberto não saiu do lado dela no velório. Ela ia mijar, lá ia o cara junto até a porta do banheiro. O tempo não passava, como se o avô morto impusesse sua acronia a todos os viventes. A câmara mortuária apinhada de condolências, o cheiro das velas e das flores que pareciam já ter velado outros defuntos, o estômago vazio, o caixão do avô, as moscas pousando na gaze fina sobre o rosto chupado do velho, o cafezinho morno e superadoçado da térmica, um real o copinho de plástico, a noite sem dormir — e o Gualberto, o Gualberto, o Gualberto consolando-a sem parar com frases assim:
— Pelo menos foi rápido, né? Ele não sofreu quase nada.
Tinha também variantes levemente surreais:
— Foi tão rápido que ele nem notou que morreu.

De manhã, chapada de sono e enfado funerário, Inês teve uma breve alucinação: no esquife não era mais o avô que jazia, mas o Gualberto — o Gualberto morto, de terno e gravata, algodões entuchados nas narinas, mãos cruzadas na barriga.

Em seguida, desmaiou — nos braços do Gualberto.

Um enfermeiro foi chamado às pressas. Ao dar por si de novo, Inês sentiu um nauseabundo cheiro de amônia, e viu — o Gualberto.

— Você não estava morto?... — ela estranhou.

Choque emocional, justificaram todos em volta, a começar pelo próprio Gualberto. Ninguém suspeitava que ela estimasse tanto aquele avô, a quem mal dera pelota em vida.

No enterro, recuperada da vertigem, Inês chegou a pensar num meio de se livrar imediatamente da presença aglutinante do Gualberto, daquele braço em colchete gadunhando com força seus ombros, como se ela precisasse de um guindaste para se manter de pé. Teve ganas de empurrá-lo pra dentro da cova que os dois homens de uniforme azul imundo tinham acabado de abrir na terra com suas pás. Enterrar o Gualberto — essa idéia se instalara em definitivo na sua cabeça.

Quando o caixão tocou o fundo da cova num baque surdo, Inês sacudiu forte os ombros, praticamente expelindo o braço do outro. Todo mundo reparou — até o padre, que aspergia água benta e latim sobre a cova. Vexado, Gualberto se fechou numa falsa contrição fúnebre.

Enquanto o religioso, breviário na mão, arrolava certas vantagens da vida eterna, Inês fez Gualberto se inclinar para um cochicho:

— Gualberto...

— Hã?

— Some da minha vida.

— Quê?

— Não quero te ver nunca mais. Nunca mais, entendeu?

O sangue congelou nas veias e artérias do homem dos hotéis. Como assim, nunca mais, sem mais nem menos? As lápides em volta, reverberando o sol das onze, eram mais calorosas que o coração daquela mulher. Ele já tinha percebido o enfado crescente da namorada, uma espécie de TPM constante. Agora, aquele "nunca mais". Foi a vez do Gualberto sentir vertigem. Alguém lhe explicasse: será que o amor de Inês por ele tinha escolhido morrer justo num cemitério, à beira-túmulo?! Era alguma pegadinha da tevê, aquilo? Tinha alguma câmera escondida atrás de um daqueles anjos?

Achou melhor se afastar um pouco. Descansando um pé sobre o granito polido de um túmulo, Gualberto procurou se acalmar. Não era possível. Vai ver que daquela vez era uma legítima TPM turbinada pelo choque emocional. Mulher perde a cabeça com facilidade. Com certeza aquela crise ia passar assim que o caixão estivesse todo recoberto de terra. Dez minutos, no máximo. Tudo o que ele precisava era de tempo e, talvez, de Lexotan — um pra ele, outro pra ela. Será que conseguiria comprar Lexotan sem receita em alguma farmácia por perto?

Do cemitério, Inês quis seguir direto pra casa com os pais e os irmãos, o Adílson bocejando de sono, o Lilico babando copiosamente, muito agitado com todo aquele alvoroço. Dona Nise tinha pedido a uma vizinha solidária para o manter afastado da cerimônia do enterro, não fosse ele se masturbar aos olhos de todos. Seguida a certa distância por Gualberto, a família compungida se instalou no táxi do seu Osmundo.

— Não quer mesmo que eu te leve? — perguntou Gualberto a Inês enquadrada pela janela do Vectra branco.

— Não — Inês respondeu, tumular, olhando fixo à frente, enquanto o pai engatava a primeira.

À noite, ele ligou. Inês mandou dizer que estava dormindo. Na cama, mergulhou num sono difícil. Sonhou com o Gualberto. Lá estava ele de novo no caixão do avô, posto em pé agora, olhos esbugalhados, a vigiá-la através do véu de gaze roxa. Trazia a braguilha aberta, com um imenso quibe despontando lá de dentro. De repente, o quitute começava a perder sua higidez até se esfarelar por completo.

Três dias depois, às quinze pras oito, encerrada a licença por luto na Carrascosa, Inês, posta em seu uniforme, acabava de tomar o café-da-manhã quando ouviu a buzina lá fora. Pelas frestas da persiana semi-aberta avistou o Golf do Gualberto estacionado no lugar usual, com o próprio ao volante. Mandou o irmão menor à porta com o recado:

— Minha irmã mandou avisar que é pra você ir embora e não voltar mais. Senão ela chama o pai no celular.

O coração do Gualberto se encolheu imediatamente, vendo já o valente retirante de Cacimba de Areia avançar de peixeira em punho pra cima dele, aos urros, feito um cangaceiro de cinema. Adílson voltou-lhe as costas e entrou em casa, batendo a porta com estrondo.

— Bate com a cabeça! — ecoou a voz de dona Nise de dentro do sobrado.

Gualberto permaneceu na mesma posição, as duas mãos apertando a direção, cabisbaixo como um *boxeur* ouvindo as instruções do técnico.

Num impulso, pulou fora do carro e foi até a soleira da porta. A persiana da janela lateral, totalmente cerrada agora, não deixava ver o interior da casa. Levou o dedo até a campainha mas não teve coragem de apertar. Olhando para baixo, contemplou o par de Nike Cushion que calçava, seu único elo com a Terra naquele momento — não exatamente a Terra, mas o capacho onde se lia: *Bem-Vindo*.

Ficou assim, queixo enterrado no peito, até sentir um líquido gosmento e morno pingando em seu cangote, por dentro do colarinho. Dando um salto instintivo para trás, olhou pra cima e viu o irmão lesado da Inês no parapeito da janela de cima tentando dizer algo em sua língua gutural, com a baba a escorrer-lhe abundante em câmera lenta.

Nunca mais foi visto em Santana, o Gualberto — Beto, pros íntimos.

Data de publicação dos contos

"Love is..." (revista *Ácaro*), 2002

"Belo Horizonte", 2005

"Sildenafil", 2004

"Umidade", 2004

"Carta nº 2" (revista *Around*), 1983

"Bijoux" (*Boa companhia — Contos*, Companhia das Letras), 2003

"Festim" (revista *Around*), 1984

"Privada" (*Uma antologia bêbada — Fábulas da Mercearia*, Ciência do Acidente/Mercearia São Pedro), 2004

"História à francesa", 2005

"Vidadois", 2003

ESTA OBRA FOI COMPOSTA EM ELECTRA PELO ESTÚDIO O.L.M. E IMPRESSA
PELA RR DONNELLEY MOORE EM OFSETE SOBRE PAPEL PÓLEN SOFT DA
SUZANO BAHIA SUL PARA A EDITORA SCHWARCZ EM SETEMBRO DE 2005